KB241719

환상단편집 2

Fabulierbuch von Hermann Hesse

헤르만 헤세

환상
단편집 2

헤르만 헤세 지음_ 김양훈 옮김_

종문화사

차 례 | CONTENTS

제1부_ 한밤중 후 한 시간

제2부_ 노발리스

제3부 헤르만 라우셔

제1부

한밤중 후 한 시간

고도에서의 꿈

"자, 떠나세요! 이별은 어느 누구도 끝을 알 수 없는 하나의 예술이죠. 당신이 언제가는 내게 빛을 밝혀 주기 위해 다시 돌아오리라 믿어요."

저 멀리서 활 모양을 그리며 부드럽게 밀려오고 있는 파도가 내 작은 배를 바위 위로 밀어 올렸다. 조난자는 노 젓던 자리를 떠나 침묵의 대지 위에 엎드려 두 팔을 한껏 벌렸다. 자주색 외투는 해어질 대로 해어져 엉덩이 아랫부분은 몹시 구겨져 있었다. 그동안 굶주리며 노를 젓느라 팔과 목이 무척 야위었고, 머리카락은 텁수룩하게 자라 목덜미까지 뒤덮고 있었다. 검푸른빛을 띤 고요한 수면은 내 모습을 비추어 내고 있었다.

오랜 여행 탓일까. 내 몰골은 몰라보게 변해 있었다. 구부정한 허리와 야윈 얼굴, 위험과 패배 그리고 끝없이 반복되

는 극복의 가혹한 시간들이 남긴 상흔이 뺨 위에 깊게 패어
있었다.

나는 상처 난 사지를 조그만 배에 의지한 채 아득한 미명
속에서 숱한 아침을 맞았다. 바다의 밑바닥을 드러내 보이
던 폭풍우는 배의 구석구석을 들락거리며 나를 위협했고,
내 뺨과 목에 그 자취를 깊이 새겨 놓았다.

내 두 눈은 겁에 질린 아이처럼 드넓은 동굴 속에서 빛났
고 아득하게 흩뿌려진 별들을 끝없이 좇았다. 칠흑 같은 어
둠 속에서 검푸른빛을 발하고 있는 바다. 높이 치솟은 돛대
에도 어둠이 수줍게 걸려 있었다.

티끌조차 바라볼 수 없을 정도로 뜨겁게 달아오른 태양열
속의 오후. 나는 이 팽팽한 대기 속에서 그리움으로 환상에
빠져 들곤 했다. 저 아득한 곳에 푸르름이 길게 깔려 있는 숲
과 희미한 안개 속에 가리어진 도시들의 환영. 그 환영들은
반짝이는 수면 위에서 밝고 호탕한 웃음을 지어 보였다.

나는 오랫동안 보지 못했던 하얀 조약돌과 갈색 대지, 푸
른 초원에 완전히 취하고 말았다. 가느다란 하얀 띠처럼 보
이는 대기가 숲 주위를 맴돌고 있었다. 푸른 초원과 대지 위
를 떠돌고 있는 투명한 공기에 얼마나 굶주려 있었던가. 기
쁨으로 두근거리는 가슴을 활짝 열고 탁 트인 초원과 벌판의
따스한 공기를 맘껏 들이마셨다. 때로는 힘차게, 때로는 아
주 조심스럽게 소중하고 단단한 대지 위를 밟았다.

뭍에서 한줄기 바람이 휙 내게로 날아왔다. 풀잎의 풋풋한 냄새, 저기 어디선가 풍겨 오는 정원의 은은한 향기가 스민 바람. 달콤한 황홀지경. 나는 두 팔을 힘껏 벌려 바람을 끌어안았다.

손가락 사이사이를 뚫고 손바닥으로 전해 오는 가느다란 숨결. 그것은 살을 에는 모진 바닷바람에 시달린 관자놀이를 포근히 어루만져 주었고, 색 바랜 작은 배를 하얀 모래톱 위로 끌어올렸다. 내 손아귀 속에서 오랫동안 시련을 함께 견뎌 온 아치 모양의 뱃머리는 매끄럽게 닳아 있었다.

나는 뱃머리를 가만히 쓰다듬었다. 그리고 시야 가득히 광활하게 펼쳐진 울창한 숲을 향해 발걸음을 옮겼다. 푸른 울타리를 따라 거닐면서 황금빛 푸르름이 뒤섞인 온화하고 푸른 그림자를 실컷 즐겼다. 부드러운 잔디가 넓게 깔린 초원을 지나자 조금 더 키가 자라 무릎 위까지 와 닿는 꽃들이 있는 언덕이 보였다. 풀이 무성한 넓은 들판이 밝은 태양 빛 속에 누워 있었다. 나는 관목림 사이로 햇빛이 스며들면서 일정하게 그림자 띠를 형성하고 있는 숲의 가장자리를 따라 계속 걸어갔다.

무릎에 잔잔한 피로감이 느껴지기 시작할 무렵, 길 왼편으로 마치 문처럼 생긴 좁은 출구가 숲을 향해 나 있는 것을 발견할 수 있었다. 조개 껍질들이 죽 깔려 있는 오솔길에서 뚝 끊어져 버린 푸르름 속에 감추어져 있던 어둠이 불쑥 몸을 드러내더니 높다란 나무들의 우듬지가 우뚝 나타났다. 출구는 인위적으로 둘러쳐진 화환으로 통제되어 있었다.

나는 한동안 우두커니 서서 소리 없이 마지막을 불태우고 있는 저녁노을을 바라보았다. 내 혼탁한 두 눈은 해거름 빛 속에서 말끔히 씻겨졌다. 그리고 나는 시시각각 변하는 은은한 빛깔들의 유희를 탐닉했다. 신비스러울 정도로 가리어진 숲 속에는 수천 개의 푸른빛 그림자가 스며 있었다. 나의 시선은 점점 부드러운 여명에 잠겨 있는 갈색빛 숲을 쫓고 있었다. 이윽고 황금빛으로 일렁이고 있는 초원이 태양 속에서 환하게 모습을 드러냈다. 다시 보게 된 초원, 감회가 새로웠다.

나는 둥근 머리의 돌기둥 위에 오만한 자태로 자랑스럽게 걸려 있는 화환을 풀고 문을 열었다. 그리고 나서는 붉은 꽃과 하얀 꽃들로 만들어진 둥근 화환을 목과 허리에 감았다. 여름 축제를 위해 화려하게 치장한 사람처럼. 나는 반쯤 거두어진 어둠을 향해 조심스럽게 발길을 옮겼다. 어린 나무 줄기와 덤불로 이루어진 울창한 숲은 정확하게 원형을 이루고 있었다.

좁은 오솔길에는 야생목 울타리가 인위적으로 쳐져 있었다. 나무들의 우듬지 사이로는 갈색과 푸른 빛이 잠겨 있었다. 나무를 벤 땅 위에는 하얀 모래가 흩뿌려져 있었고, 대리석으로 된 작고 동그란 의자 두 개가 서로 마주 보고 있었다.

그 위에는 숲의 침묵이 짙게 드리워져 있었다. 나는 숲 속 깊이 나 있는 좁은 길을 따라 걸었다. 익숙하지 않은 공기 탓일까. 머리가 무거워지더니 심장은 마구 고동쳤다. 무릎에 통증이 엄습해 왔다. 쉴 곳을 찾으면서 길을 막 돌아서자 확 트인 드넓은 들판이 눈에 들어왔다.

잔디밭과 꽃밭을 덤불이 휘감고 있었다. 장미와 형형색색의 꽃들이 파란 잎사귀와 어우러져 화려하고 풍성하게 자라 있었다. 정원 한가운데에는 고목들이 고고하게 서 있었고, 그 뒤로는 대리석으로 된 사원과 궁전처럼 생긴 건물이 저녁 노을 속에서 하얗게 빛나고 있었다.

거대한 측백나무에 완전히 가려진 낮은 벤치가 잔디 위에 놓여 있었다. 나는 보드라운 잔디 위에 앉아 팔짱을 끼고 돌로 된 의자에 머리를 기댔다. 나는 적막한 밤이면 늘 뱃전에 앉아 신비하리만큼 푸른빛을 머금고 있는 광활한 하늘을 쳐다보곤 했다. 하늘에는 눈부시게 새하얀 솜털 구름이 한가로이 떠다니고 있었다. 나는 눈을 지그시 감고 눈꺼풀 사이로 밀려들어 오는 희미한 빛을 가만히 음미했다. 잠의 신이 살그머니 몸을 굽혀 자비로운 손길로 피곤에 지친 나의 팔과 다리를 녹여 주었다.

내 영혼은 꿈속에서 마구 뛰놀기 시작했다. 지난날의 환영들이 너무나 새로운 놀라움과 슬픔으로 되살아났다. 거세게 몰아치는 파도가 내 작은 배를 혹독하게 밀어냈고, 폭풍우 속에서 하늘은 분노로 아우성쳤다. 그러나 보다 거센 힘으로 나를 위압하는 것은 소리 없이 무섭게 밀려오는 고독이었다.

나는 소음으로 가득한 도시들이 즐비한 육지에서 버림받고 말았던 것일까. 지친 메아리, 잃어버린 향기, 잊혀진 젊은 날의 노래. 하지만 도시의 더러움과 소음 속에서는 아름다운 예술이 희미하게 빛나고 있었다. 얼마나 그 빛을 바랐던가. 또 얼마나 그것을 두려워하고 고통스러워했던가! 고풍스럽게 빛나고 있는 하늘 저 멀리, 소년 시절의 봄날이 아른거렸다. 정감 어린 향기 탓인지 가슴이 일렁이는 것 같았다.

내 꿈은 뒤엉킨 삶의 좁은 길을 지나 해가 막 솟구쳐 오르고 있는 곳을 향해 작은 날갯짓을 하며 날아갔다. 슬픔이 사라지면서 꿈의 세계는 어릴 적에 처음으로 올라갔던 산과 고향 집을 펼쳐 보여 주었다.

측백나무숲 위로 태양이 솟아오르면서 졸린 듯한 논두렁 위로 따가운 빛을 쏟아 부었다. 나는 머리를 들었다. 드높은 하늘, 푸른 정원이 한층 산뜻해 보였다.

어디선가 투명하고 해맑은 목소리들이 들려왔다. 그것은 즐거움에 내지르는 탄성과 흡사했다. 마치 바다 속 깊은 곳에서 울려 오는 양 청아하여 사람의 목소리 같지 않았다. 거기에는 단 한 번도 불행이라고는 경험해 본 적이 없는 아름다움으로 충만된 삶의 기쁨이 어려 있었고, 사람의 손길이 전혀 닿지 않은 신선한 샘물의 첫 방울처럼 맑고 투명함이 묻어 있었다. 뿐만 아니라 거기에는 강인하면서도 달콤한 음향이 깃들어 있어서 듣는 이로 하여금 중압감을 느끼게 했다. 이따금 우리의 영혼은 인생의 황혼기에 접어든 나이 든 세대와 슬픈 이야기를 나눈다.

나뭇가지들을 조심스럽게 헤치고 들어서자 날씬한 몸매의 젊은 여인들이 노란 공을 가지고 놀고 있었다. 그녀들은 두 무리로 나뉘어 한 여인이 공을 머리 위로 높이 던져 올리면 그 공을 서로 차지하려고 했다. 여인들은 폭이 넓은 밝은 색 드레스를 입고 있었고, 머리는 단정하게 끈으로 묶고 있었다. 공을 잡으려고 몸을 구부렸다가 머리를 뒤로 젖힐 때면 목덜미의 고운 선이 드러났다. 황금빛 샌들 끈이 교차되어 있는 복사뼈 위로 옴폭 들어간 부분이 앙증맞아 보였다. 앞으로 몸을 굽히며 뛰어다닐 때마다 잘록한 허리가 가볍게 흔들렸고, 블라우스의 부드러운 소맷귀 사이로 아름다운 분홍빛 팔이 수줍은 듯 모습을 드러냈다.

갑자기 우듬지가 후두둑 떨리는 듯하더니 내가 서 있는 부드러운 잔디밭 위로 노란 공이 떨어졌다. 나는 공을 주워 들었다. 마치 눈앞에 커다란 위험이 닥치거나 생각지도 못한 행운이 찾아 들 때처럼 가슴이 두근거리기 시작했다. 어느샌가 여인들이 내게 다가오고 있었다.

나는 유령처럼 오른손으로 공을 높이 쳐들고 숲에서 나왔다. 그리고 공을 위로 던져 올렸다. 여인들은 옆으로 비켜서 더니 놀란 시선으로 낯선 이방인을 바라보고 있었다. 내가 가까이 다가가려 하자 여인들은 이리저리 달아나 버렸고, 결국 나는 넓은 들판에 또다시 홀로 남겨졌다. 그런데 길 맞은 편에 있던 키 큰 여인은 그대로 서 있었다. 그녀는 여인들 가운데 가장 아름다웠다. 바로 그네들의 여왕이었던 것이다.

나는 시선을 아래로 떨구며 말없이 그녀에게 인사했다. 눈부시게 하얀 드레스가 그녀의 무릎 위에서 하늘거렸다. 그녀는 순결하고 위엄 있어 보였다. 그녀 앞에서 나는 점점 작아지는 자신을 발견했다. 오랜 세월 걸어온 숱한 미로들, 신에 대한 비난, 내 모든 삶이 매우 부끄러워졌다. 나는 병들어 있었다. 명예심도 자만심도 한순간 사라져 버렸다.

나는 그녀 앞에 무릎을 꿇고 진심으로 존경 어린 인사를 했다. 그때 그녀의 투명한 목소리가 들려왔다. 그 소리는 다른 여인들의 목소리보다 크고 당당했으며, 고귀한 울림을 지니고 있었다. 나는 더욱 움츠러드는 자신을 발견했다.

"여기서 무얼 찾고 계시죠? 그리고 어떻게 이 길을 찾아내셨나요?"

고개를 들어 보니 커다란 눈망울의 그녀가 진지하게 나를 내려다보고 있었다.

"당신에게 돌아오기 위해 수백 일 동안 밤낮없이 바다 위를 떠다녔습니다. 저는 뜬눈으로 공포와 불안의 밤들을 지새웠습니다. 오랜 여행의 고통으로 두 팔은 몹시 야위었고 두 손에는 피멍이 맺혔습니다. 아주 어릴 적에 당신이 내게 손수 주신 훌륭한 옷을 아직도 갖고 있습니다. 그런데 제 손은 더러워지고 두 눈은 증오심으로 가득 차고 말았습니다. 나는 쓸모없는 인간이 되었습니다. 이 옷은 순결한 손과 신성한 눈의 소유자에게나 어울리는 것입니다. 더 이상 이것을 지닐 수 없게 되었습니다. 그래서 이 옷을 돌려 드리려고 당신에게 돌아온 것입니다."

"왕의 옷이 당신에게는 그렇게 하찮은 것이었나요?"

여왕은 미동도 하지 않은 채 나를 뚫어지게 바라보고 있었다.

"난 당신을 잘 알고 있죠. 당신은 지금 몹시 지쳐 있어요. 당신이 어떻게 살아왔는지도 알고 있어요. 어린 시절 당신이 푸른 산을 동경했던 일이며, 신에 대한 경건함을 지니고 있다는 이야기를 들은 적이 있죠. 난 당신의 영감을 통해 아름다움의 영상과 비유를 듣곤 했어요. 그런데 내가 당신에게 기도하는 법을 가르쳐 준 성전을 파괴하고 우리가 사랑을 나눈 정원을 욕되게 한 사람이 진정 당신인가요? 내가 당신에게 가르쳐 준 노래를 저속하게 만들어 버리고, 우리의 기쁨의 술잔으로 만신창이가 될 정도로 술을 마신 사람이 진정 당신인가요?"

"그렇습니다. 제가 잘못을 저지르자 당신은 멀어져 갔습니다. 저는 당신을 갈망하면서 두 팔을 허우적거렸습니다. 당신을 애타게 불러대며 젊음의 모든 명예를 그대에게 바쳤습니다. 그러나 당신은 이미 내 말에 귀 기울이지 않았습니다. 결국 저의 삶은 의미를 상실해 버린 채 헛되이 굴러다니게 되었습니다. 저는 절망의 늪을 헤맸고 신을 저주했으며 모든 순결함을 짓눌러 버렸습니다. 수없이 절망의 늪으로 굴러 떨어졌다가는 다시 기어올라 이제는 완전히 기진맥진했습니다. 경직된 어깨 위에 당신의 자비로움을 베풀어 주십시오. 그로 인해 제가 다른 사람이 되게 해주십시오."

여왕은 고개를 돌렸다. 나는 그 순간 그녀의 얼굴을 훔쳐볼 수 있었다. 그녀는 여전히 나를 신뢰하고 있음이 분명했다. 그러나 부드러운 미소 뒤에는 그늘이 드리워져 있는 것을 느낄 수 있었다.

"이 섬을 찾아오기 위해 스스로 고행을 감행할 만큼 당신이 소심한 줄은 몰랐습니다. 놀랍군요!"

"소심해서가 아닙니다. 여왕님! 삶에 대한 혐오감이 저를 밀어냈던 것입니다. 도시의 역겨운 냄새가 폐부를 찌르는 듯했고, 당신의 사원은 시끄러운 소음으로 가득했습니다. 그러나 여행을 하는 동안 당신에 대한 그리움만큼은 날마다 사무쳤습니다. 힘든 노동과 위험 속에서 제 자신을 가혹하게 몰아쳤습니다. 고독은 잃어버린 삶으로부터 제 시야를 자유롭게 해방시켜 주었지만, 당신의 나라가 푸른 대양에서 서서히 그 매끈한 곡선을 드러내 보이며 솟구쳐 오르는 것을 본 순간, 저는 젊음을 되찾은 듯했습니다. 그동안 느껴 본 적이 없는 기쁨으로 제 가슴은 충만했습니다. 마침내 대지 위에 발을 내딛게 되었을 때, 저는 경이로움과 경건함으로 기도하는 자가 되어 두 팔을 벌렸습니다. 마치 다시 태어난 사람처럼 당신의 숲을 거닐었습니다. 저는 그 훌륭한 옷을 더욱 단단히 어깨에 걸쳤습니다. 제 발걸음은 더 이상 참회자의 무거운 발걸음이 아니었습니다. 숲 뒤에서 당신의 하녀들이 놀고 있는 것을 몰래 엿보았습니다. 그 모습에 가슴이 마구 뛰었습니다. 그런데 당신의 시선과 마주치는 순간, 초라한 제 모습을 발견하게 되었고 더 이상 당신을 바라볼 수가 없었습니다. 이제 병 들고 쓸모없는 인간이 되어 버린 저는 당신의 순결 앞에서 무너져 버리고 말았습니다."

"일어서세요."

그녀는 진심 어린 깊은 목소리로 말했다.

"내게 어떤 대답도 강요하지 말아요. 단지 내 손님으로 머물러 주세요. 한 번 더 내 곁에서 지내도록 하세요!"

나는 미심쩍은 눈길로 그녀를 쳐다보았다. 아름다운 여인은 내 손을 잡았다. 그리고 다른 여인들이 기다리고 있는 곳으로 나를 안내했다.

"내 친구들에게 인사하세요. 혹시 아는 사람이 있는지 살펴보시고요."

순간 참으로 신기한 일이 눈앞에 펼쳐졌다. 아름다운 여인들 가운데서 한 여인이 주저 없이 앞으로 나와 나에게 인사했다. 낯익은 시선들이 여기저기에서 나를 응시하고 있었다. 언젠가 본 적이 있는 몸짓과 시선들이었다. 그러나 이상하게도 이 여인들의 이름이 전혀 기억나지 않았다. 얼마쯤 시간이 흐르고 나서야 비로소 하나 둘씩 그녀들의 이름이 머릿속에서 되살아났다.

그녀들은 내가 매료된 적이 있는, 잘 알고 있는 여인들이었다. 그녀들은 좀 특이했다. 각자 독특한 매력을 지니고 있었고, 보통 여인들보다 아름다워 사람들의 시선을 끌곤 했다. 내 생애의 모든 순간순간은 여인들의 아름다움으로 인해 더욱 소중하고 가치 있게 엮어졌으며, 훌륭하고 완전한 모습을 지닌 채 살아 숨쉬고 있었다.

그 여인들 가운데 특히 여왕은 신비스러울 만큼 아름답게 조화를 이룬 몸매를 지니고 있었으며, 얼굴 가득 고귀한 위엄과 사랑스러움이 빛나고 있었다. 그녀의 잔잔하고 다정한 눈빛과 마주칠 때마다 첫사랑의 봄날들이 수줍은 듯 기쁨 속에서 되살아났다.

밤은 정원에 온통 어둠을 몰고 왔다. 그것은 남국의 밤처럼 성급하고 오만하게 다가왔다. 언덕과 숲, 덤불이 앞 다투어 어둠에 잠기고 바로 가까이에 서 있는 것들조차 소리 없이 재빠르게 몸을 숨겼다. 그리고 마침내 신비롭게 빛나던 성으로 모든 것이 사라져 버렸다.

나는 넓게 트인 타원형 홀에서 여왕의 발밑에 앉았다. 검은 기둥들이 파수꾼처럼 희뿌연 하늘 저 멀리 조용히 솟아 있었다. 대리석으로 만들어진 분수대 입구에는 두 개의 불이 붉게 타오르고 있었으며, 네 개의 수은등이 우리 머리 위에 매달려 있었다. 삼면에서 무거운 밤 공기가 서서히 다가왔고, 짙은 올리브 향기가 은은하게 스며들어 왔다.

낮 동안에는 사원과 정원까지 들리지 않던 파도 소리가 거대한 리듬 속에서 나지막이 노래를 부르고 있었다. 여인들의 노랫소리가 끊임없이 울려 퍼졌고, 축제의 멜로디는 희미한 여운을 남긴 채 허공을 떠다녔다. 여인들은 내게 조그마한 5현 라우테를 건네주고는 내 입을 응시하며 기다리고 있었다.

나는 눈을 감고 밤 공기를 들이마셨다. 잔잔한 비명 소리가 들려오는 듯했다. 행복감으로 가슴이 복받쳐 올랐다. 노래를 부르는 내 목소리는 가늘게 떨려 왔다. 부드럽게 현을 매만졌다. 얼마나 오랫동안 불러 보지 못했던 노래인가. 매혹적인 시의 운율과 박자가 내 가슴을 한층 들뜨게 만들었다. 나는 우선 지난 여름날의 이야기를 노래했다. 그 시절 호기심에 가득 찬 소년의 시선은 젊은 여인의 자태와 걸음걸이에 매료되었었다. 이어서 보리수 향기가 일렁이던 어느 늦은 저녁 한때를 노래했다. 당시 나의 애틋한 열정은 검은 연못 위를 떠다녔고, 벤치나 오솔길을 찾아다녔으며, 어슴푸레한 빛 속에서 한낮의 날렵하고 아름다운 자태가 드리워져 있는 곳이라면 어디든 기웃거렸다. 나는 뜨겁게 달아오른 사랑의 열정을 가슴에 안은 채 말을 타고 사방을 쏘다니며 정열을 불태웠던 지난날에 대한 노래도 불렀다. 그때 나는 장미꽃이 만발한 숲 속에서 사색에 잠기기도 했고, 재스민 향기 그윽한 어두운 오솔길을 거닐기도 했다.

여인들은 즐겁게 웃기도 했고, 커다란 눈망울로 진지하게 나를 쳐다보기도 했다. 나의 눈길은 어느새 눈부시도록 아름다운 여인에게 향했다. 살짝 감은 그녀의 눈 밖으로는 푸른빛이 도는 긴 속눈썹이 보였고, 사랑스런 입술과 야윈 뺨 위에는 봄의 빛깔이 곱게 물들어 있었다. 그녀의 해맑은 이마 위에는 금발의 곱슬머리가 매혹적으로 드리워져 있었다. 순간 꿈속에서나 맛보았던 향수와 추억 속에 잠겨 있는 그 옛날의 아름답고 황홀한 첫사랑의 모습이 되살아나는 듯했다. 나는 계속 노래를 부르며 지난날의 그리움과 고통이 묵직하게 밀려옴을 느낄 수 있었다.

여왕이 살그머니 손을 잡았다.

"생각나시나요, 사랑하는 이여?"

그녀는 미소를 띠며 눈을 떴다.

"말해 보세요. 당신은 어느 누구보다 행복하지 않았던가요?"

나는 가만히 고개를 끄덕였다. 나의 시선은 엘리제의 입술만큼이나 어여쁜 그녀의 입술 위에 고정되고 말았다.

　"보람이 있었나요?"

　또다시 밀려오는 슬픔에 나는 고개를 떨구었다. 여왕이 손짓하자, 하녀는 능숙한 솜씨로 은제 술통으로 작은 술잔에 달콤한 포도주를 따랐다. 여왕은 우아하게 잔을 건네며 친절하게 술을 권했다.

　"당신에게는 휴식이 필요해요. 한잔 마시고 푹 주무세요. 내 하녀가 당신의 잠자리를 보살펴 드릴 거예요."

　나는 술잔을 비우고는 친절한 그 여인에게 감사의 악수를 청했다. 아름다운 하녀는 넓은 궁전으로 나를 인도했다. 그녀는 작은 방의 문을 열었다. 그러고는 방의 등불을 켜고 내 곁을 떠났다. 방은 아담하고 창문이 높이 있었다. 방 한가운데에는 낮고 소박한 모양의 침대가 하나 놓여 있었다. 나는 침대에 드러누워 벽을 따라 바닥 높이에 새겨져 있는 가느다란 장식을 보았다. 그 위에는 지혜와 절제, 정의와 용기의 아름다움과 희생을 요구하는 덕목들이 반쯤 완성된 채 걸려 있었다. 부드러우면서도 위풍 있어 보이는 그림은 흥분된 마음을 편안하게 진정시켜 주었으며, 꿈틀거리는 꿈의 형상처럼 내 긴 잠 속으로 미끄러져 들어왔다.

　다음날 아침 일찍 눈을 뜨자, 화사한 얼굴이 나를 내려다보고 있었다. 나는 이내 아름다운 그 여인이 누구인지 알 수 있었다.

"게르투르트 부인?"

나는 그녀의 이름을 부르면서 인사했다.

그녀는 한동안 내 곁을 서성이더니 가벼운 걸음으로 뜰로 나섰다. 그러고는 내게 간절하게 말했다.

"이리 오세요. 예전에 우리가 거닐던 길들을 찾아보도록 해요."

저 멀리 궁전 뒤로 오래된 플라타너스숲이 치솟아 있는 것이 보였다. 플라타너스들은 친구처럼 무리 지어 서 있었다. 게르투르트 부인과 나는 꼬불꼬불한 오솔길을 따라 나란히 걸었다.

이 길은 예전에 우리가 즐겨 거닐던 바로 그 길이고 숲이었다. 마음이 평온해졌다. 바람 소리와 새들이 지저귀는 소리가 낮은 탄식음으로 울려 퍼졌다. 나는 지금 예전의 그 잔디밭을 거닐며 그때 그 소리들을 듣고 있었다. 도대체 그동안 얼마만큼의 세월이 흐른 것일까?

"이게 뭔지 아시겠어요?"

게르투르트 부인이 내게 물었다. 그녀는 얼룩 반점이 있는 플라타너스의 줄기를 만지고 있었다.

가장 오래되고 키가 크다고 해서 전에 우리는 이 나무에게 '아버지'라는 이름을 지어 주었다. 나는 말없이 고개를 끄덕였다.

"이 푸르름과 황금빛, 숲의 길을 기억하시겠어요?"

행복감과 정신적 피로가 한꺼번에 밀려왔다. 나는 다시 고개를 끄덕였다. 그녀가 말했다.

"늦여름날의 꿈이여! 사랑하는 이여! 당신은 늦여름날의 꿈을 노래했고, 그것을 향한 그리움의 나날을 보냈었죠. 그 꿈은 밤마다 당신의 창문으로 크게 날갯짓하며 날아들었어요. 당신의 추억과 그리움이 지금 당신을 에워싸고 있습니다."

나는 게르투르트 부인의 가냘픈 손을 잡았다. 그녀의 우아한 자태와 순결함, 가느다란 분홍빛 손가락, 모든 것이 예전과 다름없었다.

게르투르트 부인이 물었다.

"알고 계세요? 길게 드리워진 라일락 나뭇가지 아래에서 처음으로 함께 보낸 정오의 한때를?"

"기억하고 있어요. 그때 일들을 잊지 않고 있습니다. 당신은 제게 위안과 충고를 해주었죠. 저는 당신을 통해서 보고픈 어머니를 떠올릴 수 있었답니다. 제가 병 들어 방황하고 다닐 때 당신은 제게 신앙심과 경외심을 불러일으켜 주었습니다. 당신은 저로 하여금 잃어버린 아름다움을 다시 추구하도록 했고, 그 속에서 젊음을 되찾게 해주었어요."

"친구여, 내게 다시 한 번 그 아름다운 노래를 지어 주시지 않겠어요? 기억나세요? 밤낮없이 노래를 지으며 하얗게 지새우며, 신기하고 값진 일이라면 무엇이든 열정적으로 찾아 헤매었죠. 그 어떤 예술가도 찾아내지 못한 빛과 음을 추구했고, 어떤 시인도 창조해 내지 못한 사랑의 언어와 경외의 언어를 찾아다녔죠. 주위를 한번 둘러보세요! 여기 당신의 손길이 닿기만을 간절히 바라고 있는 당신의 노래가 있어요. 당신은 그 어떤 진실보다 아름답고 진실된 것을 알고 있죠. 나무와 고귀한 숲들, 그리고 새들이 당신의 선택을 기다리고 있답니다. 자, 보세요! 황금빛 햇살이 넘실대는 푸른 초원을, 그리고 나직이 속삭이는 바람 소리를 들어 보세요. 맑은 눈으로 나뭇잎의 다채로운 빛깔을 느껴 보세요. 당신에게 속해 있는 이 모든 것을 돌봐 주세요! 훗날 당신은 깊은 잠에서 깨어나게 될 거예요. 당신은 내면의 눈의 힘을 상실했기 때문에 모든 소리와 그림자를 고통스러워하며 그리워하게 될 겁니다. 당신의 노래는 어떤 방식으로든 당신을 따라다닐 거예요. 당신의 첫 노래에서 경험했던 황홀감은 향수를 느끼게 해줄 것이고, 낯선 것들은 낯선 사람들로서의 연상 작용을 북돋워 줄 거예요. 당신의 작품은 더욱 성숙될 것이고, 삶은 풍성해질 겁니다. 그것이 침묵의 시간 속에서 둥지를 떠나고 난 뒤 완성되어 당신 앞에 순수하고 아름다운 화음으로 나타날 때까지 말이에요."

게르투르트 부인은 살짝 내 손을 잡았다. 멀리서 시원한 폭포수 소리가 다정하게 울려 왔다. 플라타너스 나무 둥지 사이로 둥글게 열린 하늘 위로 커다란 새 한 마리가 날개도 파닥이지 않고 미끄러지듯 유유히 날고 있었다.

항상 그렇듯 첫 새가 울기 전에 잠자리에서 일어났다. 간밤에 이슬비가 내렸는지 대지는 물기를 머금고 있었고, 촉촉한 냄새가 났다. 투명한 이슬방울이 나뭇잎마다 알알이 맺혀 있었다. 대지에 발을 내딛었다. 숨을 크게 들이쉴 때마다 젊음과 건강이 다시 솟구쳐 오르는 것 같았다. 아득히 높은 파란 하늘은 생기발랄한 젊은 처녀의 투명한 모습, 바로 그것이었다. 퍽 오래전 내가 소년이었을 때의 일이다. 뜨거운 피가 솟고 사랑의 열정에 사로잡히리라는 예감이 나를 감쌌다. 대지는 온화하고 부드러운 모습으로 나를 유혹했다.

사람의 손길로 어느 정도 다듬어진 듯한 숲길로 들어섰다. 고목들이 가득 찬 숲 가운데는 더욱 울창하게 우거져 있었다.

늙은 참나무숲 위로 무거운 바람이 불었다. 참나무들은 나뭇가지들이 겹겹이 휘어진 채 키 작은 나무들을 휘감고 있었다. 마치 의좋은 거인 형제처럼 빛이 스며들고 있는 공간을 향해 뻗어 있었다. 이따금 어두운 숲의 대지 위로는 숲을 가로질러 달려간 작은 말발굽의 예리한 흔적이 나타났다.

날이 어슴푸레 저물 무렵이었다. 숲 근처에서 놀고 있던 작은 사슴 한 마리가 가냘픈 목을 고고하게 들어 내 쪽으로 고개를 돌리는 것을 보았다. 나는 가끔 숨을 죽이고 서서 온갖 현상과 침묵의 경이로움으로 가득 차 있는 숲을 가만히 엿보곤 했다. 그럴 때마다 나는 짜릿한 흥분을 느끼며 그것에 매료되었다.

폭이 넓은 시내가 돌멩이와 이끼 위를 졸졸거리며 산 아래로 흐르는 듯싶더니 마침내 계곡으로 이어졌다. 물기둥이 아치형으로 솟구치는 계곡의 깊은 곳에서는 검은 숭어가 수줍은 양 소리 없이 헤엄치고 있었다. 그러다 내 그림자가 그들의 은신처 위로 드리워지자 검은 빛살처럼 쏜살같이 사라져 버렸다. 경쾌하게 흘러가고 있는 시냇물을 따라 계속 거닐다 보니 어느새 나는 예전에 즐겨 찾던 계곡에 서 있었다.

강 어귀에 높이 치솟아 있는 구름을 빙 돌아서 그곳을 떠났다. 시냇물의 한쪽은 바싹 말라 있었고, 다른 한쪽은 졸졸거리는 소리를 겨우 내며 흘러가고 있었다. 어린 너도밤나무 한 그루가 서서히 모습을 드러내는가 싶더니, 이윽고 뒤로 물러서면서 신비롭고 우아한 자태는 내 시야에서 완전히 사라졌다.

넓게 펼쳐진 언덕들 사이로는 나무로 뒤덮인 푸른 골짜기가 산줄기를 따라 죽 뻗어 있었다. 어린 시절 많은 시간을 보내던 키 큰 갈대숲 속의 검은 연못이 나타났다. 줄기만 앙상하게 남은 몇 그루의 나무와 엉성하게 가지들로 뒤엉켜 있는 우듬지가 갈색빛이 감도는 수면 위에 한껏 반사되고 있었다. 내 어린 영혼은 이 갈대숲 연못의 잔잔한 수면 위로 반짝이는 영롱한 삶을 꿈꾸었었다. 감미롭게 밀려오는 고독감은 나로 하여금 묘한 혼돈의 시상을 떠올리게 했다.

나는 오른손으로 한쪽 눈을 가린 채 온화한 빛깔을 음미하듯 빨아들였다. 이 정적과 평화로움, 나는 전혀 다른 시간 속에 존재하고 있는 사랑의 장소로 내몰린 듯한 느낌을 받았다.

마른 짚단과 갈대들이 신음 소리를 내며 부산스럽게 움직였다. 하지만 그것은 오히려 더 깊은 침묵의 소리였다. 연못 맞은편 온기를 머금고 있는 촉촉한 땅 위에서 물안개가 엷게 피어 오르는 것이 보였다. 그것은 저 멀리 길게 누워 있는 언덕을 푸른 하늘과 맞닿게 해주고 있었다. 교회의 뾰족한 첨탑이 바로 가까이에 서 있는 언덕의 구릉지 위에 솟아 있었는데, 그곳에서는 투명한 종소리가 울려 퍼지고 있었다. 그 소리는 긴 여운의 파문을 부드럽게 일으키며 내 귓가를 스쳤다.

언덕 너머에는 성당이 있었다. 나는 그곳에서 처음으로 현재와 미래에 대해 사고하는 법을 배웠고, 지식의 달콤함을 체험했다. 그리고 숨어 있는 아름다움의 감미로운 예감을 느끼기도 했다. 예민한 나의 감성은 위대한 인물들의 고귀함과 엄숙함에 압도당했는데, 페리클레스나 소크라테스 그리고 핀다로스와 호메로스가 바로 그 위대한 인물들이었다.

내 영혼은 아치형 기둥과 십자의 고딕 양식 창문이 모습을 드러내고 있는 것을 또렷하게 볼 수 있었다. 그것을 다시 보자 슬픔이 한꺼번에 밀려와 가슴을 뒤덮었다. 그러나 그곳을 떠나지 않았다. 가슴 깊이 자리 잡고 있는 그 이미지를 파괴할까 봐 두려웠기 때문이다. 꿈속에서 그토록 그리워했던 이곳이 다른 어떤 곳으로 옮겨지는 것을 본다는 게 두렵기만 했다.

태양이 교회 탑 위에서 밝게 빛나고 있었다. 여기저기 가파른 언덕의 능선 뒤로 황혼이 스러져 갔다. 나는 인사를 하듯 손을 내밀었다. 가슴이 일렁였다. 한 조각 아쉬움을 그곳에 묻어 두고 자리를 떠났다. 아직 날개를 펴지 못한 충동과 꿈으로 가득 찼던 젊은 날이여!

늪 사이로 샛길이 나 있었다. 전에도 그랬던 것처럼 나는 발꿈치를 들고 조심조심 걸으면서 난간 위에서 몸을 굽혀 연못을 내려다보았다. 내 모습이 물 속에 조용히 잠겨 있었다. 나는 그 모습에서 예전의 모습을 찾아내려고 애써 보았지만, 결국에는 그저 멍하니 지금의 내 모습만 바라볼 수밖에 없었다. 얼마 후 나는 정적이 흐르는 숲을 떠나 천천히 정원으로 발길을 돌렸다.

그곳에서는 여왕이 하녀들과 둥글게 모여 앉아 있었다. 그녀들은 달콤한 향기가 풍기는 황금빛 과일들을 손에서 손으로 건네주고 있었다. 한 사람이 과일을 다 먹기 전에 그 과일에 대해 한 마디씩 하는 놀이를 하고 있는 중이었다. 내가 막 그녀들이 둘러앉아 있는 곳으로 다가갔을 때, 그 과일의 껍질은 작고 까무잡잡한 여인의 손아귀 속에서 요동치고 있었다. 나는 줄지어 서 있는 협죽도에 거의 가려져 있는 그녀가 앉아 있는 의자 뒤로 다가갔다. 그 자그마한 여인은 검은 곱슬머리에 가려져 있던 길고 하얀 목덜미를 드러내 보이며, 바구니 위로 몸을 굽혀 무척 신중한 몸짓으로 잘 익은 과일을 찾고 있었다. 그녀는 감동에 젖은 듯한 눈빛을 던지며 탐욕스럽게 과일을 입으로 가져갔다. 그녀는 웃으면서 말했다.

"여기에는 이 맛있는 과일을 줄 만한 사람이 없으니 혼자 먹어야겠어요."

내가 나뭇가지들을 헤치고 그녀에게 다가갔을 때는 이미 과일 한 조각이 그녀의 입 속으로 사라져 버린 뒤였다.

나를 맨 처음 발견한 맞은편에 앉아 있던 여인들이 웃음을 터뜨렸다. 그 웃음은 계속 옆사람에게 전해지더니 바로 내 앞에 앉아 있는 그 여인에게 이르렀다. 그녀는 어리둥절해하며 옆을 둘러보았다. 왼손에 과일 껍질을 들고 서서 까닭도 모른 채 그냥 따라 웃더니, 갑자기 자리에서 벌떡 일어나 주위를 둘러보고는 이내 수줍은 듯 얼굴을 붉히며 한 입 베어 먹은 과일을 내 입에 갖다 댔다. 그리고 재빨리 정신을 가다듬은 그녀는 정중한 목소리로 말했다.

"이런! 첫 번째 주의예요."

여왕이 활기찬 목소리로 말했다.

"이 귀중한 과일은 내가 파멸의 길을 걷는 것을 막아 줄 행운임에 틀림없습니다. 용기 있게 먼저 시식한 저 여인을 행운의 여신이라고 부르도록 허락해 주세요. 오, 행운의 여신이여!"

그 달콤한 과일은 나를 신선함으로 사무치도록 해주었다.

어느새 정오가 되었다. 우리는 따갑게 내리쬐는 햇살을 피해 되돌아왔다. 과일과 빵, 꿀 등이 날라져 왔고, 둥근 병에 가득 담긴 우유와 돌항아리에 그득히 담긴 포도주도 날라져 왔다. 우리는 물통을 서로 건네주면서 즐겁게 식사했다. 내 옆에는 행운의 여신이 고개를 숙이고 앉아 있었다. 그녀는 말없이 앉아 사람들의 이야기에 귀 기울이고 있을 뿐이었다.

어느 여인이 내가 살아온 삶에 대한 이야기를 끄집어낼 때까지 나 역시 그녀처럼 묵묵히 앉아 있었다. 여인들이 한 바탕 웃음을 터뜨리고 난 후에야 내 이야기는 중단되었고, 다시 새로운 이야기가 시작되었다. 여왕이 이야기에 끼어들었다.

"당신이 어렸을 적 일을 기억하는지 모르겠네요. 브론델에 대한 이야기 말이에요. 시인들은 대부분 보통 사람보다 자신들의 어린 시절 일들을 정확하게 기억하고 있는 경우가 많은 것 같아요. 잊지 않고 있다면 우리에게 이야기를 들려주세요."

그러자 오랫동안 잊고 지내 온 어린 시절의 추억들이 선명하게 떠올랐다. 겁 많은 소년의 얼굴.

"아주 어렸을 때, 그러니까 여섯 살도 채 못 되었을 때 일이죠. 언제 어디서인지 알 수 없지만 브론델이라는 가수의 이야기를 듣게 되었어요. 그때는 그 이야기에 대해 잘 이해하지 못했고, 그래서인지 금방 잊어버렸습니다. 그러나 부드럽고 다정한 브론델이라는 이름만은 머릿속에 남아 있었습니다. 그 이름은 때때로 신비스러울 정도로 연약하고 조그만 소리로 내게 속삭였죠. 그 이름을 불러 볼 때면 모든 것이 훌륭하고 마음을 흐뭇하게 해주는 뭔가가 있음을 느낄 수 있었습니다. 그래서 동네 아이들과 어울려 놀 때마다 나는 그들에게 브론델이라고 불러 달라고 졸라대기도 했었죠. 그건 정말 기분 좋은 일이었습니다. 그러던 어느 날 오후, 나를 브론델이라고 부르는 데 익숙해져 있던 한 사내아이가 우리 집 울타리 밑에 서서 창문을 향해 목청껏 소리쳤습니다. '브론델! 어서 나와, 브론델!' 때마침 부모님이 손님과 함께 방에 계셨습니다. 나는 소중한 비밀이 탄로 난 것이 부끄러워 몹시 화가 났죠. 그래서 창가로 다가가긴 했지만 얼굴을 내밀지는 않았습니다. 당황한 그 친구는 매우 화를 내며 절교를 선언했습니다. 물론 나중에는 화해했지만요."

여왕이 말했다.

"그랬군요."

여왕은 말을 이었다.

"말이 나온 김에 오늘 아침 어디에 갔었는지 말해 주세요. 당신에게 아침 바다를 보여 주려고 했는데 당신은 해가 뜨기도 전에 나갔더군요."

"아침 일찍 달리는 일은 기분을 상쾌하게 해주죠. 그렇게 달리다 보니 신비한 베일 속에 가리어져 있는 숲을 거닐고 싶은 충동에 사로잡히게 되었습니다. 숲은 언제나 제게 경이로움을 안겨 주곤 한답니다. 연못 가에 서서 여전히 소중한 향기를 지니고 있는 제 어린 시절의 꿈들이 수면 위에 떠 있는 것을 보았습니다. 그리고 그 건너편 언덕 위로 솟아 있는 사원의 첨탑을 보았습니다. 그곳에는 저의 젊은 시절의 꿈들이 잠들어 있죠."

아름다운 여왕이 말했다.

"나도 알고 있어요. 당신이 가장 고결하고 경외심으로 가득했던 시절이죠. 그때 나는 숲 속을 거닐면서 나뭇잎이 떨어지는 소리에도 슬픔에 잠기곤 하던 어린 소년의 모습을 보았습니다. 아마 당신이 바이올린을 켜고 있을 때나 존경하는 시인의 시집을 읽고 있던 어느 저녁만큼 우리가 가깝게 지냈던 적은 없을 거예요. 그때 나는 미래의 그림자가 당신에게 다가오는 것을 보았습니다. 두려웠어요. 당신이 새로운 젊음과 또 다른 슬픔을 간직한 채 다시 내게 오리라는 것을 예감할 수 있었답니다. 이 그리움의 시간을 위해 나는 당신의 잃어버린 세월 속에서도 당신을 사랑해야 했어요."

그녀가 이야기하는 동안 내 젊은 날들이 마치 한 폭의 그림처럼 눈앞에 펼쳐지는 것을 느꼈다. 잘못을 저지른 어린아이의 슬픔에 찬 눈이 나를 응시하고 있었다.

여왕은 바이올린을 가져오게 하더니 식사가 끝나자 연주할 것을 부탁했다. 다른 여인들 또한 애원하듯 고개를 끄덕이며 졸라댔다. 행운의 여신이 아주 공손하게 바이올린을 건네주었다. 나는 조용히 앉아 손가락이 바이올린의 손잡이에 익숙해질 때까지 현을 부드럽게 튕겨 보았다. 그러고는 연주를 시작했다. 어두운 젊은 시절의 환상들이 열정적인 박자 속으로 번져 나왔다.

아름다운 게르투르트 부인의 시선이 쇼팽의 「야상곡」을 갈망하고 있음을 알 수 있었다. 그 곡은 무척 아름다워서 마치 바다 위에서 고고한 빛을 발하고 있는 달빛이 바람에 흔들리는 듯했다.

나는 여왕과 함께 정원으로 뒤덮여 있는 성의 숲길을 지나서 해변을 거닐었다. 그녀는 그곳에서 그림으로 장식되어 있는 높은 성벽이 있는 곳으로 나를 안내했다.

"내가 좋아하는 그림이에요."

그 속에는 훌륭하게 그려진 남국풍 정원이 있었다. 그림자가 짙게 드리워진 숲 때문인지 한층 어두워 보였다. 그리고 그리스풍 조각상과 힘차게 물줄기를 뿜어내고 있는 분수도 있었다. 그 벽면 밑에는 칠현금이 기대어져 있었다.

"이 정원을 알고 있죠?"

"아뇨, 모르겠어요. 하지만 저 칠현금은 아리오스트 것이 분명해요."

그녀는 살며시 미소를 지었다.

"아리오스트! 그는 아직도 가끔 이곳을 산책하곤 한답니다. 그리고 내게 밝은 선율을 들려주기도 하죠. 언젠가는 장난삼아 내 머리에 화환을 얹어 주었답니다."

여왕이 살며시 손짓을 해보이자 그림으로 가득 차 있는 성벽이 뒤로 물러났다.

그러자 광활한 수평선이 우리 앞에 펼쳐지면서 짙푸른 정원이 발 아래 놓였다. 그때 어딘지 우울해 보이는 깡마른 남자가 원탑에서 천천히 걸어 나왔다. 그는 칠현금이 있는 곳으로 가 몸을 굽혔다. 그러고는 분수대에서 솟아오르는 물줄기의 투명한 소리를 연주하듯 현을 뜯었다. 연주가 끝나자 그는 점점 어두워지고 있는 바다를 향해 걸어가다 정원을 둘러싸고 있는 성벽에서 사라져 버렸다. 이 모든 일이 올랜도의 시구처럼 고귀하면서도 장난기 어린 천진한 소녀의 웃음소리처럼 지나갔다.

나는 여왕의 손을 잡고 해변 쪽으로 거닐었다. 잔잔하게 움직이는 수면은 푸른빛이 섞인 붉은색을 띠고 있었고, 저 멀리 은빛으로 영롱하게 반짝이고 있었다. 우리는 한동안 시시각각 변하는 빛깔들의 유희를 즐거운 마음으로 지켜보았다.

아름다운 여왕은 나뭇가지를 꺾어 호수로 이어져 있는 좁고 하얀 계단을 가리켰다. 그곳에 내 작은 배가 묶여 있었다.

여왕은 오렌지꽃 나뭇가지를 꺾어서 보트에 던지고는 나를 조심스럽게 앞으로 떠밀면서 손을 내밀었다.

"자, 떠나세요! 이별은 어느 누구도 끝을 알 수 없는 하나의 예술이죠. 당신이 언젠가는 내게 빛을 밝혀 주기 위해 다시 돌아오리라 믿어요. 그것은 당신이 더 이상 노를 저을 수 없게 될 때겠죠."

파도가 무거운 탄식음을 내며 계단에서 부서졌다. 배는 그녀를 뒤로하고 떠내려갔다. 나는 그녀가 아리오스트의 산책길에서 가볍게 인사를 보내고 완전히 보이지 않게 될 때까지 그녀의 밝은 모습을 향해 두 팔을 벌렸다. 이윽고 밤이 되었다. 묵직한 어둠의 자락이 슬픔과 외로움을 더욱 채찍질해댔다. 밤은 수천 개의 찬란한 눈으로 나의 지루한 귀향길을 엿보고 있었다.

엘리제를 위한 소기악곡집

지금은 사라져 버린 내 청춘, 그러나 그 시절 아름다운 꽃들이 만발한 6월의 하늘 너머로 활활 타올랐던 내 소중한 꿈들을 받아 주오.

그대, 나의 첫사랑이여!

봄빛 찬란한 화환이 그대의 금발머리 위에서 빛나고 있다오!

산드로 보티첼리의 봄의 영상 속에서 그대는 이따금 잊혀진 모습으로 나를 엿보고 있군요!

잊을 수 없는 어느 이른 여름날,

내가 처음 노래를 부르기 시작할 무렵이었죠. 며칠 동안 내 주위에는 행복이 드리워져 있었다오. 이름을 부를라치면 재빨리 사라져 버리곤 했던, 도저히 짐작조차 할 수 없었던 꿈속의 얼굴.

그것은 바로 당신이었소. 그 이전에도, 이후에도 다시는 되돌아오지 않을 산산이 부서진 단 하나의 빛 같은 그대의 선홍빛 입술, 황금빛 머리카락, 상냥하고 감미로운 노랫소리를 기억하고 있소. 그대 이름은 엘리제.

그대는 요정!

그대는 한 떨기 꽃이요, 가볍게 날아오르는 영혼이어라!

그대는 마치 잔잔하게 흐르는 음악처럼 행복으로 충만했던 내 청춘의 팽팽한 양탄자 위로 미끄러져 내려오고 있구려. 희미해진 추억처럼, 아니 젊은 시절 그 심오한 빛을 발하던 영혼처럼 말이오. 내 침묵의 인사를 받아 주오!

공원에서의 그 매혹적인 여름 축제,

그때 내 가슴 깊이 간직해 온 추억의 소중함을 그대에게 바치겠소!

지금은 사라져 버린 내 청춘, 그러나 그 시절 아름다운 꽃들이 만발한 6월의 하늘 너머로 활활 타올랐던 내 소중한 꿈들을 받아 주오.

공주, 그대에게 이 노래를 바친다오!

전나무숲이 끊어지고 베르타부르트성의 너도밤나무숲이 시작되는 길목에서 이 곡을 떠올렸다오. 숲을 지나 해맑은 모습으로 피어 있는 달구지 국화밭 너머 우리가 늘 앉던 시

냇가 벤치에서 말이오. 내 기억으로는 나의 맨 처음 곡이 아
닌가 하오.

목동의 무리가 집으로 돌아가고 있다오.
검은 물을 토해 내고 있는 시냇물.
저 멀리에서 피어 오른 안개, 온 세상이 아득하오.
영원히 이대로 서 있고 싶소.

이렇게 서서, 꿈에 취한 듯 사랑스런 눈길로
산책을 즐기고 있는 그대를 바라보고 싶소.
아름다운 그대를.

그대, 내게로 다가오고 있구려.
뜨거운 눈물로 얼룩진 얼굴을 감추려 하오.
그대가 알지 못하게.

열병을 앓는 뮤즈

뮤즈는 내 심장의 고동을 어루만지면서 그리움에 대한 갈증으로 텅 빈 눈동자를 자극했다. 그녀는 나의 공허한 시선과 심장의 떨림이 산산조각 날 만큼 큰 소리로 웃었다.

오늘 나의 뮤즈는 열병을 앓고 있다. 계속 골목을 쏘다니고 이리저리 방황하던 그녀가 오늘은 조용히 앉아 침묵을 지키고 있다.

예전에도 그랬듯이 그녀는 그곳에 앉아 나를 유혹하고 있다. 우리는 여전히 서로 사랑하는 연인이고 금발의 소년 소녀이다. 뮤즈는 의자 깊숙이 몸을 파묻고 앉아 머리를 뒤에 기댄 채 그녀 특유의 지적이고 열에 들뜬 흐릿한 시선으로 나를 바라보고 있다. 젊은 시절 우리는 열정적인 노래를 부르면서 신을 조롱했다. 그 때문에 우리는 사랑을 빼앗겼고, 거친 황야에서 영원히 방황해야만 하는 형벌을 받았다. 그후 그녀는 수많은 밤을 지새워야 했다.

뮤즈의 시선은 은밀하게 숨어서 막 싹트기 시작하는 모든 것을 지켜본다. 그녀의 시선은 꽃망울을 터뜨리고 비밀스럽게 감추어진 것들을 속속들이 파헤친다.

신을 빼앗긴 성전과 어우러진 사랑의 정원 저편에서 그녀의 눈빛은 대답하는 듯하다가도 묻는 듯하다. 그 누구에게도 발견되지 않은 또 다른 비밀을 갈망하면서.

우리는 서로 영혼의 깊이를 재어 본다. 빛이 산산이 부서지고 소리가 스며드는 곳이라면 어디든 날카롭고 예리한 시선을 번뜩이며 우연의 법칙을 찾아내려고 두리번거린다. 우리는 부서지는 파도가 남기고 간 의미 없는 소리, 희미한 빛을 발하는 창백한 무지개를 사랑했다. 공포와 의혹, 죽음의 고통에서 마주쳤던 극한 상황을 사랑했다.

우리는 몸부림치듯 떨고 있는 소리와 명멸해 가는 열병의 빛깔로 신비롭고 불가사의한 우리만의 세계를 구축했다. 나의 뮤즈는 점차 창백해지고 야위어 갔지만 꿈을 꿀 때마다 더욱 아름다워졌다.

나의 상념 속에 투영된 그녀의 모습, 연약한 몸매와 길게 늘어뜨린 머리카락, 우아한 손가락 마디, 짙붉은 입술에 드리워진 창백함. 광기를 번뜩이는 화가들은 순간순간 이런 형상의 초현재적 잉태를 꿈꾼다. 그들은 마치 마술에 걸린 것 같은 붓으로 캔버스 위에 찬란한 색채를 뿌려 놓았다. 황홀경 속에서 바라본 그림은 산드로 보티첼리의 은빛 꿈을 연상시켰다. 거기에는 훌륭하고 놀라운 재능이 깃들어 있었고, 섬세한 손끝의 흔적들이 남아 있었다.

뮤즈는 무엇인가를 회상하는 양 미소 지어 보였다. 그녀는 그림 뒤에 서서 타오르는 영혼의 결코 이루어질 수 없었던 소망을 설명해 주었다. 그리고 예리하게 테두리가 쳐진 단테의 초상화가 걸려 있는 곳으로 나를 인도했다.

그녀는 어떤 때는 병 든 피아니스트의 여원 모습에 기대어 그의 가느다란 손가락을 부드럽게 자극했다. 그리고 그의 비애 속에서 울려 나오는 격렬한 박자는, 듣는 이로 하여금 가슴을 두근거리게 하고 거친 숨을 몰아쉬도록 강요하는 애잔하게 부서지는 울림을 가르쳐 주었다. 또한 그녀는 병 든 쇼팽을 유혹해 거듭되는 흥분의 세계로 몰아넣고는 그에게 자신의 감정을 들여다보게 하고 이해하도록 가르쳤다. 그리고 가늘게 떨리는 박자 속에서 그의 심장이 고동치고 있음을 깨우쳐 주었다. 그의 심장이 피로와 그리움에 사무쳐 기진할 때까지. 그녀에게서 병 든 음악가의 이야기를 들었을 때, 나는 그의 고통이 배어 있는 리듬 속에서 내 가슴이 마구 고동치고 있음을 느낄 수 있었고 자신의 모습을 되돌아볼 수 있었다.

그녀는 여전히 내 곁에 앉아 나지막한 목소리로 나를 유혹하고 있다. 사람의 마음을 꿰뚫어 보는 듯한 창백하고 날카로운 그녀의 시선이 나를 휘감고 있다. 그녀는 숨겨진 나의 비밀을 들추어내 온갖 유희를 즐기고픈 욕망에 들떠 있다. 뮤즈는 내 심장의 고동을 어루만지면서 그리움에 대한 갈증으로 텅 빈 눈동자를 자극했다. 그녀는 나의 공허한 시선과 심장의 떨림이 산산조각 날 만큼 큰 소리로 웃었다.

그녀는 처음 내게 다가왔을 때 검은 옷을 입고 있었다. 늦여름에 어울리는 옷이었다. 그녀는 늦여름의 풍요가 넘쳐흐르는 숲 사이로 잔잔히 흐르는 작은 시내와 나뭇잎이 떠다니는 호숫가를 호젓이 오가는 작은 배를 좋아했다. 그때 나의 가슴은 순수한 사랑으로 갈기갈기 찢겨진 실에 매달려 떨고 있었다. 나의 그리움은 사랑하는 이의 이름을 소리쳐 부르는 숲 속의 메아리가 되어 떠돌았다. 이렇듯 나의 사랑은 감미로운 속삭임 속에서 슬픈 사랑의 대화를 되풀이했다.

영롱한 은빛을 반사하고 있는 시냇물을 텅 빈 시선으로 바라보고 있는데 열병의 뮤즈가 다가왔다. 그녀는 내게 검은 라우테를 연주해 주었다. 그후 그녀는 금지된 성을 세우도록 도와주었다. 우리는 붉은빛이 감도는 사랑의 성의 창가에 드리워진 어둠 속에서 추위로 몸을 떨었다.

그러는 동안 비단 휘장의 뒤편은 결혼식과 피로연으로 떠들썩했다. 유리잔이 맞부딪치는 투명한 소리, 열정적인 바이올린 선율. 그녀는 내 영혼의 보고를 덮어 줄 순결을 상징하는 순백의 베일을 쓰고 있었다.

그녀는 호화로운 성을 쌓고 싶은 헛된 열망과 황금을 탐닉하는 허황된 욕망이 내 가슴속에서 불붙도록 유혹했다. 우리는 뜨거운 정열의 이야기를 지어냈고 아름다운 정원과 황량한 들판을 만들어 냈다. 그리고 날렵하고 위풍당당한 방랑자인 우리가 그 위를 거리낌 없이 거닐고 있는 남국풍 풍경도 만들어 냈다.

나는 나의 비애가 시의 운율에 익숙해지는 것을 배웠고, 암울한 운율에 마음을 투영시키는 것에 친숙해졌다. 마침내 우리는 지옥 거울을 통해서만 볼 수 있음 직한 동화를 생각해 내기에 이르렀다. 통념 속에 존재하는 삶의 과정이 완전히 뒤바뀌어, 태어날 때는 늙은 백발 노인이었던 사람이 점점 나이를 먹어 갈수록 젊어져 결국에는 어린아이가 되어 불행한 최후를 맞이한다는 이야기였다.

그후, 그러니까 어느 불안한 밤에 나는 뮤즈 몰래 도망쳐 나와 태양이 스러진 푸른 들판을 향해 걸었다. 그녀는 종종 내게로 다가와 백납 같은 어둠 속으로 나를 유혹했고, 사랑과 위선이 뒤섞인 아름답고 지적인 눈길을 내게 고정시켰다. 그 눈길에는 우리의 지나가 버린 꿈들을 애써 회상하려는 열망이 가득했다. 이별한 연인들처럼 서로를 이해는 하지만 어쩔 수 없는 비애에 젖어 상대방을 바라보았다.

우리 두 사람 중 누가 훔친 자이고, 누가 피해자일까. 그녀는 빨간 입술을 살며시 열어 보였다. 그리고 창문 가득 붉은 노을빛 속에 잠겨 있는 사랑의 성 그림과 바이올린의 난폭한 굉음을 회상했다. 그녀는 지금 내가 쓴 글을 보고 마치 창백한 주검을 보듯 길게 한숨짓고 있다.

새로운 상(像)을 세우다

질병의 고통 속에서 허우적거리고 있을 때 정원에서 날아온 신선한 공기가 당신의 심장에 생명의 신선한 입김을 불어넣어 주어 그 감미로움에 복받쳐 오르는 희열을 느껴 본 적이 있는가?

인간의 삶이라는 게 대부분 그렇듯 내게도 변화의 특별한 시점이 있었음을 생각해 낼 수 있다. 경이로움과 칠흑 같은 어둠 속에서의 몽매함, 방황과 고독이 인생의 한 모퉁이에 그 자취를 남겨 놓았다.

아무것도 들을 수 없는 무감각하고 공허한 시간들. 밤하늘에는 새로운 별이 떠오르고 새로운 시선들이 무의미하게 우리 곁을 스쳐 간다. 산산이 깨져 버린 상념과 일그러진 꿈을 쫓아 몸을 한껏 웅크린 채 걸었던 내 청춘의 폐허.

친구들은 알은체하기가 부끄러운지 그냥 지나가 버렸고, 바로 엊그제 생각했던 상념들은 마치 1백 년이라는 긴 세월 속에 묻혀 있던 것처럼 아득하고 진부하게 느껴졌으며 너무나 낯선 얼굴로 나를 바라보았다. 모든 것이 내게서 멀어져 갔고 이내 공허함과 바람조차 숨죽이는 적막이 나를 감쌌다.

내 주변에는 사랑하는 사람도 친절한 이웃도 존재하지 않았다. 내 삶은 온갖 혐오로 절정을 이루었다. 척도가 무너져 버린 듯했다. 제단은 더럽혀졌고, 모든 달콤한 것은 구토를 일으켰다. 그 모든 고귀함은 숨 막힐 듯 답답하게 느껴졌다. 순결의 희미한 빛마저 소멸되고, 아름다움에 대한 예감 또한 부서지고 무참히 짓밟혀 버린 것 같았다. 더 이상 추구할 것도, 내세울 것도, 미워할 것도 내게는 남아 있지 않았다. 마음 한구석에 늘 자리하고 있던 성스러움과 명예, 온순한 것 모두가 빛과 소리를 상실하고 말았다. 내 삶을 지켜 주던 파수꾼들은 잠들어 버렸고, 다리들은 파괴되었으며, 저 멀리 푸른 창공은 강탈당하고 말았다.

매혹적이고 사랑할 가치가 있는 모든 것이 이렇게 내게서 사라져 버렸을 때, 나는 영혼의 난파자처럼 피폐해졌으며 허탈하고 비참한 현실을 깨달을 수밖에 없었다. 나는 비로소 눈을 감았다. 그리고 무거운 사지에 몸을 의지한 채 일어섰다. 나는 한밤중에 자신의 둥지를 잃어버린 사형수처럼 과거의 모든 관습에서 뛰쳐나와 이리저리 방황했다. 누구와도 작별 인사조차 나누지 않고 문을 활짝 열어 둔 채 말이다. 누가 이 대지 위에 스며 있는 고독을 보았겠는가? 누가 감히

이 버림받은 땅을 알고 있다고 말할 수 있겠는가?

절벽 위에서 아래를 굽어볼 때처럼 그 끝을 찾을 수 없는 아득함에 눈이 아찔했다. 나는 피로에 지쳐 무릎이 부서질 것같이 아파 올 때까지 그 버림받은 땅을 배회했다. 그러나 여전히 끝을 알 수 없는 길이 내 앞에 펼쳐져 있었다.

슬픔으로 얼룩진 밤의 침묵이 꿈결처럼 내게 드리워졌다. 고향으로 돌아오는 친구를 맞이하는 따스함처럼 졸음이 밀려왔다. 그것은 어깨를 무겁게 짓누르던 여행 가방의 중량감에서 나를 해방시켜 주었다.

당신은 난파당해 본 적이 있는가? 그래서 뭍으로부터 구조자가 당신에게 헤엄쳐 오는 것을 본 적이 있는가? 질병의 고통 속에서 허우적거리고 있을 때 정원에서 날아온 신선한 공기가 당신의 심장에 생명의 신선한 입김을 불어넣어 주어 그 감미로움에 복받쳐 오르는 희열을 느껴 본 적이 있는가?

나는 밤마다 정체 모를 신비한 존재가 나를 향해 다정하게 머리를 숙인다는 사실을 깨달았다. 구원자같이 감사와 안식, 빛과 평화의 소용돌이가 내게로 넘쳐흐르는 듯했다.

하늘은 전혀 다른 모습을 하고 있었다. 별자리의 위치와 그것의 운행은 오랫동안 우정을 나누어 온 친구처럼 내 삶 깊숙이 파고들었다. 그것의 영원성은 자신의 법칙을 통해 아주 명료하게 나의 이해를 도와주었다.

거친 황야에서 빠져나온 나는 새롭게 펼쳐질 새로운 삶

속에 황금의 들판이 놓여 있음을 느꼈다. 엄청난 경이로움을 발견했을 때처럼, 그 정체를 알 수 없는 거대한 힘과 법칙들이 모든 해묵은 것과 새로운 것의 고귀한 결정체를 내 마음속에 늘어놓았다. 그것은 이 세상의 모든 사물과 놀라움과 구원의 협약을 맺고 있음에 틀림없었다.

새로운 상. 나는 새롭게 태어났다. 기적처럼 나는 조용하고도 부지런히 모든 것을 포용하고 자선을 베풀면서 아직 진정한 가치를 인정받지 못한 귀중한 보물의 소유자가 되었다.

왕의 축제

그녀는 앞으로 닥칠 위험을 예감이라도 하듯 깊은 생각에 잠겼다. 그리움으로 지새운 숱한 밤의 꿈들이 뜨거운 정열의 색채가 되어 가슴속으로 파고들었다. 그녀의 고독한 가슴은 사랑의 황홀하고도 경이로운 순간을 상상해 왔다.

왕의 성에서 축제가 벌어졌다. 궁전과 성안의 훌륭한 집들은 손님으로 가득했다. 왕의 축제를 위해 나라 안의 모든 귀족이 모여든 것이다. 성에서 시내로 이어지는 넓은 가로수 길은 평소에는 늘 쇠사슬로 잠겨 있었고 파수꾼이 출입을 통제했지만, 이날만큼은 기사와 마차, 가마 행렬과 짐꾼 그리고 무수한 행인들로 넘쳐 났다.

왕은 백마 수백 필을 소유하고 있었는데, 왕자와 백작을 제외한 사람이 백마를 타는 것은 법으로 금지되어 있었다. 만약 이를 어기면 가차 없이 사형에 처해졌다. 행인들로 꽉 찬 거리에 백마 탄 기사가 나타나자, 길 양편으로 시민들이 모여들었다. 그들은 비켜서서 허리를 굽히고 머리를 조아려 인사했다. 그곳에서는 사다리와 밧줄, 널빤지와 양탄자, 방패를 짊어진 노동자들과 트럼펫과 바이올린, 큰북을 멘 채 서성거리고 있는 울긋불긋한 옷차림의 악사들도 볼 수 있다. 갖가지 꽃들이 가득한 수레를 끌고 다니는 꽃 장수들과 여러 가지 무기와 양탄자, 옷감 따위를 마차에 싣고 행진하는 병사들!

외출복으로 단정하게 옷매무새를 갖춘 수많은 시민이 호기심으로 들뜬 시선을 두리번거리며 플라타너스 가로수로 빙 둘러 쳐진 성의 바깥쪽으로 개방된 산책길을 거닐고 있다. 일꾼들은 나무들 사이사이마다 질서 있게 배열된 빨간색과 노란색의 등을 팽팽하게 줄에 매달기 위해 안간힘을 쓰고 있었다. 저녁 무렵에는 시민들이 왕에 대한 진심 어린 감사의 표시로 이 등에 불을 밝힐 참이었다.

아이들에게 둘러싸인 고물 장수들은 장신구와 갖가지 장난감, 요란한 물건들을 손에 들고 이리저리 다니면서 흥정을 일삼았고, 아낙네들은 빵과 소시지, 구운 과자를 사느라 분주했다. 아리따운 아가씨들은 도시 청년들에게 오랑캐 꽃다발을 받고 싶어 안절부절못했다. 자꾸만 밀려오는 인파 속에서 사람들은 즐거운 비명을 질러댔다. 오랑캐 꽃다발을 선사받은 아가씨에게 젊고 세련된 도시의 청년들이 몰려들어 온갖 아첨과 농담으로 환심을 사려고 애쓰는 모습이 보였다.

특히 성의 안뜰에 굳게 닫혀 있는 출입문 앞에 가장 많은 군중이 모여 있었다. 시골 사람, 도회지 사람 할 것 없이 성 안의 진풍경을 보기 위해 몰려든 것이다. 그들은 성의 아치 모양 창문 뒤로 비밀스럽게 감추어진 것들을 보려고 한시도 눈을 떼지 않은 채 바둥거리고 있었다.

붉은색 제복을 입은 하인들과 군인들은 말과 애완견을 호사스런 마굿간으로 데려가고 있었고, 군중은 귀족의 몸종들이 분주하게 움직이는 동작 하나하나를 세심히 지켜보고 있었다.

성을 처음 보는 시골 사람들은 모든 것이 신기하기만 한 듯 넋을 잃고 바라보고 있었다. 성은 이 나라 특유의 건축 양식에 따라 왕의 선대 때 남쪽 지방에서 건축가를 데려와 지은 것으로, 그다지 높지는 않지만 광대하고 호화로운 대리석 건물이었다.

시민들은 성의 내부와 성 뒤에 있는 정원을 볼 수 없었다. 그것은 지금껏 한 번도 개방된 적이 없었다. 그래서인지 그 성과 정원은 이 나라의 신비함을 한층 돋보이게 했다. 시민들이 볼 수 있는 것은 단지 성의 앞쪽으로, 80개의 아치 모양 창문이 넓은 백공의 관을 씌워 놓은 듯한 형태를 하고 있었다.

삼각형을 이루고 있는 가장자리마다 대리석으로 조각된 사람이나 말의 형상들이 무시무시한 분위기를 자아내며 우뚝 서 있었다. 그것들은 다른 위치에서 무릎을 꿇고 있는 자세 혹은 누워 있는 자세를 취하고 있어서 그 삼각의 형태가 마치 살아 꿈틀거리는 것 같은 인상을 주었다. 정교한 솜씨로 만들어진 작은 조각상들은 정문 위에서 승리자의 귀향을 영접하듯 당당하게 자리하고 있었다.

성안에는 하늘을 찌를 듯한 위엄과 화려함을 뽐내는 수문과 비단이나 금으로 치장된 벽들로 이루어진 방들이 있었다. 그곳에는 조상 대대로 이어져 내려오고 있는 온갖 보물과 이름난 대가들의 예술품들이 가득했다.

베일에 가려진 정원에 대한 소문 또한 분분했다. 정원은 둘러보는 데 세 시간이나 걸릴 정도로 넓었으며, 외국에서 온 정원사와 산림원들이 관리하고 있었다. 외부로부터의 출입이 완전히 차단되어 있는 정원은 키 큰 나무 숲 속 깊숙이 감추어져 있었는데, 사람들은 몰래 숨어 사슴과 희귀한 동물들, 꿩이나 공작 같은 다양한 종류의 새들을 훔쳐보곤 했다. 수백 년 동안 자리를 굳게 지켜 오고 있는 야생숲, 저 멀리 보이는 인공 호수, 시원하게 물줄기를 뿜어 올리고 있는 분수, 다리가 놓여 있고 진귀한 꽃들로 한껏 단장된 화단, 동화의 세계에나 있음 직한 수렵 별장, 옛날 제후들이 즐기던 유원지.

그들은 이곳에 자주 드나들면서 애인과의 정사를 즐겼고, 죄로 얼룩진 삶에 활기를 불어넣고 싶은 욕심에 이곳을 찾았다. 또한 비밀스런 별장에서의 음흉한 살인담과 열정적 애욕의 이야기가 아낙네들의 수다스런 이야기 속에서 은밀히 쌓여 가고 있었다. 이곳은 지상 어디에도 존재하지 않는 천국처럼 보였고, 온갖 경이로움과 악령이 모여 있는 곳처럼 느껴졌다.

군중들은 호기심에 이곳의 작은 속삭임과 웅성거림에도 귀를 기울였으며, 축제의 열기와 기다림으로 몹시 상기되어 아찔할 정도로 경이로운 공기를 남김없이 빨아들일 듯 들떠 있었다.

그들은 손님들이 타고 온 말과 마차에 대해 이러쿵저러쿵 수군댔고, 정원 앞에서 벌어지고 있는 흥미진진한 유희에 대해 서로 이야기를 주고받았다. 그리고 저녁에 벌어질 불꽃놀이에 함께 구경 갈 것을 약속했다. 물건을 파는 장사꾼들의 외침 소리가 군중 사이를 파고들었으며, 익살꾼의 농담이 그 옆에서 익어 가고 있었다. 익살꾼은 앉은뱅이가 구걸하는 소리며 외팔이와 장님 흉내를 내거나 엄격하지만 호소력 있는 시의회 의원의 연설 흉내를 내 구경꾼들의 흥미를 한껏 돋웠다. 사람들은 한바탕 큰 소리를 내어 웃으며 그의 익살을 즐겼다. 날카로운 비판의 의미를 함축하고 있는 해학과 젊은 여인네들의 웃음소리가 뒤섞여 이곳은 온통 흥분 속에 휩싸였다. 그들 가운데 벌써 취기가 돈 젊은 청년들은 축제가 시작되기도 전에 즐거움을 모두 소진해 버린 채 허둥대고 있었다.

또 다른 사람들은 어릿광대극을 즐기기도 했고, 어린아이들의 내기 놀이를 응원하기도 했다. 아이들은 내기의 판결 여부에 따라 의기소침해하거나 기뻐 날뛰었다. 조용하고 애잔한 노랫소리와 피리 소리가 들려오는가 하면, 이러한 혼잡 속에서 뿔뿔이 흩어져 버린 가족들을 찾는 고함 소리까지 더해져서 그야말로 아수라장이었다. 이 복잡한 곳에서 우연히 만나 사랑을 느끼게 된 연인들은 서로에 대한 은밀한 감정을 표현하고자 그리움의 눈길을 주고받았다. 정원 밖으로 나 있는 산책로에는 노인들이며 이 도시의 인사들, 부자들, 관리들, 판사들, 성직자들이 잘 손질된 잔디 위 그늘이 드리워져 있는 벤치에 앉아 환담을 즐기고 있었다.

한 풍뚱한 몸집의 시의원이 낯선 사람들에게 가로수 길이 우거진 정원과 성으로 통하는 길과 위치에 대해 설명을 늘어놓았다. 그는 이 도시 사람들이 모두 부유하고, 특히 왕은 돈을 대단히 잘 쓰는 부자라는 사실을 매우 자랑스럽게 이야기했다. 시끄러운 소음과 사람들의 웅성거림으로 성안은 술렁거렸다.

유행하는 옷차림으로 한껏 세련됨을 과시하고 있는 도시 사람들과 이 모든 현란함에 눈이 휘둥그레져 어리둥절해하며 무거운 장화를 신고 있는 시골 사람들에 의해 가로수와 정원은 온통 더럽혀지고 있었다. 그것은 늙은 플라타너스의 고상한 자태와 성의 의젓하고 우아한 아름다움과는 너무 대조적이었다. 성 주위에 있는 산책길에는 갖은 진기한 나뭇잎들이 소복하게 쌓여 있었는데, 귀족 신분의 공주들이며 궁정 시인처럼 공상을 일삼는 위인들에게는 사색의 장소가 되었다.

정오 무렵이 되자 궁정의 문 앞에는 호기심에 가득 찬 군중들이 연회의 음악과 귀족들의 행동거지를 몰래 엿보고 있었다. 환호 소리가 드높이 울려 퍼지더니 황태자가 창문에 모습을 드러냈다. 약간 구부정한 자세로 서 있는 그의 얼굴은 수척한 데다가 짙은 우울이 깔려 있었다. 그러나 창백한 얼굴에는 예리함과 총명함이 어려 있었고, 우울해 보이는 눈길에는 무엇인가를 탐색하는 듯한 날카로움이 감추어져 있음을 알 수 있었다. 그는 환호하는 시민들에게 머리를 숙여 인사를 표했다. 바로 그때 황태자 옆으로 왕의 모습이 보였다. 왕은 미소를 가득 담은 밝은 얼굴로 활기차게 손을 흔들어 보였다. 그는 키가 크고 뚱뚱하며 아주 당당했다. 그는 금빛과 잿빛의 중간 색조를 띠고 있는 넓은 콧수염을 실룩거리고 있었다. 홍조를 머금은 얼굴은 주름살 하나 없이 팽팽했으며, 이마에서는 광채가 번뜩였다. 왕은 넓고 하얀 깃이 달린 빨간색 가운을 걸치고 있었다. 왕은 이 모든 축제 분위기에 매우 만족해했고, 군중에게 자신의 기쁨을 굳이 감추려 하지 않았다. 왕은 고개를 끄덕이고 나서 황태자와 함께 창가에서 사라졌다.

군중들의 기쁨의 환성이 차츰 소멸되어 갈 때쯤 왕은 붉
게 장식된 홀에 마련되어 있는 테이블에 앉았다. 한껏 치장
한 신사와 귀부인들이 커다란 테이블을 사이에 두고 앉아 있
었다. 언제나 그런 것처럼 두 명의 신사 사이에 한 명의 귀부
인이 앉았다. 왕의 오른편에는 하얀 드레스 차림의 왕비가
앉아 있었다.

　왕의 세 번째 부인인 왕비는 말없이 다소곳하게 왕 옆에
앉아 있을 뿐이었다. 그녀의 가냘픈 모습은 귀부인들 중에
서도 한층 돋보이는 아름다움을 띠고 있었다. 왕의 왼편에
는 검은 머리의 꼽추가 조용히 앉아 움푹 팬 두 눈을 번뜩이
며 사람들을 살피고 있었다. 그는 바로 왕의 형이었다. 몸이
불편한 사람들이 흔히 그렇듯 그에게서는 집요하면서도 예
리한 통찰력을 엿볼 수 있었다. 그는 날카로운 눈으로 매우
신중하게 국정을 이끌어 가고 있었다. 그래서 이 나라 백성
들은 자신들의 모든 안락한 생활이 그의 덕분이라 여기며 항
상 감사했다. 신중하지 못한 왕은 그의 막대한 재산 관리마
저 형에게 맡기고 있는 실정이었다.

　식탁의 맨 끝에는 왕자들이 자리하고 있었다. 황태자를
비롯해 왕의 두 번째 부인과 여러 후궁에게서 태어난 그의
이복 동생들이 앉아 있었다. 그 밖에 씩씩하고 활기찬 기사
들, 백작과 그 부인들, 남작과 그 부인들 그리고 그들의 딸들
은 인사를 주고받으며 사교를 즐기고 있었고, 왕의 맞은편

에 나이가 지긋한 기품 있어 보이는 노신사 세 명이 이야기를 나누고 있었다.

단정한 옷차림의 하인들이 은빛 쟁반 위에 투명한 크리스털의 포도주 잔을 내왔다. 왕자 곁에는 그가 무척 아끼는 젊은 가수의 머리가 밝게 빛나고 있었다. 이탈리아식 전례에 따라 왕은 그를 성에 데려왔다. 예의 바르고 훌륭한 노래 솜씨를 갖춘 그는 이내 왕의 총애를 받았다. 그는 모든 예술 방면에 탁월한 능력을 보였는데, 특히 시와 노래에 능통했다. 또한 다양한 축제와 춤, 가장무도회를 생각해 내고 온갖 유쾌한 놀이를 만들어 내는 재주꾼이었다.

왕은 주로 귀부인들과 대화를 나누었고, 왕의 형은 신사들을 맡았다. 그는 간단하지만 어려운 질문과 날카로운 눈초리로 그들을 탐색하고 있었다. 왕비는 잠자코 홀로 앉아 있었는데 미소를 짓는 일은 거의 없었다. 이따금 그녀는 섬세하고 창백한 얼굴을 돌려 테이블을 둘러보았다. 그녀의 검은 눈동자는 잘생긴 기사의 이마 위에 고정되기도 했고, 그들 가운데 가장 멋진 기사를 찾고 싶은 열망을 간직한 채 또 다른 기사들에게 향해졌다. 들장미처럼 붉게 물든 꼭 다문 그녀의 입술에는 오만함이 서려 있었다. 그녀는 가끔 의자에 기댄 채 바이올린 선율에 귀를 기울였다. 그 소리는 희미하지만 감미롭게 울려 오고 있었다.

"폐하께서는 음악을 즐기시나요?"

그녀의 옆에 앉아 있는 늙은 백작이 정중하게 물었다. 그녀는 그를 향해 천천히 얼굴을 돌리면서 무관심한 듯한 시선으로 바라보았다.

"충고 잘하셨어요. 백작님."

그녀는 아주 위엄 있는 태도로 말을 하고는 시선을 거두었다. 그녀는 바이올린의 가느다란 선율에 다시 귀 기울였다. 갑자기 왕자 옆에 앉아 있던 가수가 몸을 돌려 열정적인 시선으로 한동안 여왕의 얼굴을 바라보았다. 사모의 열망이 가득 담긴 그의 시선은 자신의 운명을 마음속으로 저울질하고 있음을 암시하는 것 같았다.

테이블이 치워지자 사람들은 휴식을 취하기 위해 안락의자에 앉거나 홀을 이리저리 둘러보았다. 홀의 바닥은 모자이크로 장식되어 있었고, 벽에는 그림들과 값비싼 물건들이 걸려 있었다.

왕자는 가수와 팔짱을 낀 채 넓은 계단을 지나 홀 밖으로 나갔다. 두 사람은 시원하게 그늘이 드리워져 있는 벤치에서 걸음을 멈추었다. 가수는 돌로 된 벤치의 둥근 모서리에 몸을 기댔다. 왕자는 외투를 벗어 던지고는 잔디 위에 벌렁 드러누웠다. 그는 금발을 친구의 무릎 위에 얹었다. 그리고 시선은 매우 만족스러운 듯 나뭇가지 사이로 삐죽삐죽 얼굴을 내민 파란 하늘을 향하고 있었다. 잠시 후 왕자가 입을 열었다.

"여보게, 이 세상에서 가장 아름답고 욕심나는 게 있다면 무엇인지 말해 보게나? 부인가? 아니면 명예인가? 그도 아니면 예술을 위한 천부적 재능인가? 아니면 매혹적인 여인의 열정적인 외침인가? 그것도 아니면 목동들처럼 자연과 더불어 살아가는 것인가?"

가수는 웃으면서 말했다.

"너무 성급하십니다! 왕자님은 호두 껍질 속에서 행복을 찾고 계십니다! 아름다움과 행복을 추구하기 위한 방법은 수천 가지가 있습니다. 그것들은 모든 나뭇가지 위에서 결실을 맺기 위해 우리 곁에 존재하고 있습니다. 그렇지만 사랑이 없는 부가 무슨 의미가 있으며, 아름다움이 결여된 안락함이 무슨 의미가 있을까요? 제가 진정으로 원하는 게 있다면 훌륭한 가문의 고결함을 지닌 여인, 사랑을 위해서 자신의 모든 것을 내던질 수 있는 여인입니다. 그런 여인을 소유할 수 있는 축복을 받는다면 무엇을 더 바라겠습니까?"

왕자는 뒤로 몸을 젖히며 웃어댔다. 그러고는 가냘프고 하얀 손가락으로 장난을 했다. 가수는 말을 이었다.

"어제까지 우리에게 그토록 사랑스럽고 절대적이던 것들도 하루아침에 일상의 그늘에 가려져 희미해지고, 마침내 그 신선한 매력을 잃어버릴 수 있죠. 저는 몇 해 전 이탈리아에서 그것을 경험했습니다. 한 사랑스러운 여인의 손길이 처음으로 제 몸을 스쳤을 때 저의 가슴은 생전 처음 느껴 보는 환희로 가득했습니다. 저는 그때 느낀 그 희열을 바이올린 선율로 옮겨 놓았습니다. 그 선율 속에는 달콤하고도 소중한 저의 은밀한 비밀이 담겨 있었습니다. 모든 매혹적이고 황홀한 느낌이란 이런 식으로 찾아 드는 게 아닐까 생각했습니다. 마치 행복 자체가 노래라는 영역 속에서 그네를 타고 있는 것 같았습니다. 저는 그후 두 번째, 세 번째 여인에게도 같은 방식으로 노래를 지어서 불러 주었습니다. 그러나 거듭해서 노래를 부를수록 저는 깊은 심연으로 점점 빨려 들어가고 있음을 깨닫게 되었죠. 지금 생각해 보면, 그 노래들은 유치한 동요에 불과했습니다."

넓은 길에서 말소리가 들려왔다. 황태자와 왕의 형이 숲의 그늘진 곳을 향해 걸어오고 있었다. 가수와 그의 무릎을 베고 누워 있는 동생을 발견한 황태자의 꽉 다문 입술에서 날카로운 미소가 번져 나왔다. 황태자는 그들을 알은체하지 않고 궁정으로 발길을 되돌렸다. 그러나 이 다정한 두 사람을 바라보는 백부의 시선에는 호의가 배어 있었다.

"자네들 재미있는 이야기를 하고 있었나 보군. 내게도 들려주지 않겠나. 나도 끼고 싶구먼!"

가수는 고개를 끄덕이며 그에게 자리를 마련해 주었다. 무릎베개를 빼앗겨 버린 왕자는 다리를 꼬고 벤치에 기대어 앉았다.

"조카 되시는 왕자님께서 이 세상에서 가장 아름다운 것은 무엇이며 또 가장 소유하고 싶은 것은 무엇인지에 대해 알고 싶어하셨습니다."

늙은 백부가 말했다.

"별것 아니로구먼. 하지만 결코 쉽게 대답할 수 있는 문제는 아니지! 그래 자네는 그 질문에 어떤 답을 해주었는가?"

"그가 생각하고 있는 최고라는 게……."

가수는 큰 소리로 웃고 있는 왕자의 말문을 막으려고 억센 손을 왕자의 입에 갖다 댔다.

"어리석은 짓이야!"

꼽추인 백부는 예리한 눈초리로 그들을 쏘아보더니 난처하다는 듯 손가락을 휘둘러 보였다.

"예술가 양반, 여자에 대해서는 자네들 같은 금발의 젊은 이들이 나처럼 매력 없는 늙은이보다 잘 알고 있을걸세."

"절 조롱하시는 듯한 말씀이로군요. 그선까지만 해도 사랑이란 제게 있어서 단순한 장식물이나 유희에 불과했고, 노래를 위한 하나의 방편에 지나지 않았습니다. 물론 예술가들에게는 여자가 필요하죠. 여자들 곁에 있음으로써 행복과 열정을 느끼기 때문입니다. 예술가의 창작에 이 두 가지는 절대적으로 필요한 요소들이죠."

왕자는 흥미롭다는 표정을 지어 보였다.

"물론입니다! 예술가뿐 아니라 태평성대의 권태로움에 시달리고 있는 왕자들에게도 여자는 꼭 필요하죠."

백부가 소리쳤다.

"그만둬라! 너의 행동에 대해서는 이미 다 알고 있다. 네가 얼마나 오랫동안 이 권태로움을 견뎌 낼지 걱정이로구나. 일에 싫증이 났다면 어째서 공부든 예술이든 하지 않는 게냐? 네 형은 국사에 관여하기 전까지는 미술사를 공부하고 네 조부의 수집품들에 대해 연구했단다."

왕자는 재빨리 백부의 말을 가로챘다.

"또 형님 말씀이군요! 형님은 아주 욕심이 많고 정치에 남달리 의욕이 많아 열심히 공부했을 뿐이에요. 설령 형님이 만족스러울 만큼 공부를 많이 했다고 하더라도 그 지식이라는 것은 고작해야 연대나 잡다한 이름들을 외우는 것뿐이에요. 또 형님의 예술에 대한 가치 판단은 그림의 시가에 의해 결정될 뿐입니다. 형님에게는 그림의 값이 얼마인지를 아는 게 그 그림의 역사를 아는 것보다 더 가치 있는 일이죠. 형님의 머리는 일종의 계산기니까요."

백부는 아무 말도 하지 않았다. 그는 왕자의 반듯한 이마와 욕정으로 가득 찬 입술 그리고 천박해 보이는 자태를 근심스런 눈으로 바라보고 있었다. 왕자의 섬세하고 우아한 윤곽과 태평스런 표정은 완벽할 만큼 왕과 닮았으나 왕보다는 경박스러워 보였다.

두 젊은이가 잠자코 있자, 늙은 백부는 가죽 장정의 작은 책 한 권을 가수에게 건네주며 낭독해 달라고 했다. 요즘 들어 부쩍 기분을 전환하고 싶은 욕구가 그를 엄습하고 있었다. 그는 이내 말고삐를 돌려 시민들에게 인사를 받으며 돌아가면서 길바닥 여기저기에 동전을 뿌렸다.

왕자의 백부가 떠난 후 가수는 무엇인가 깊은 생각에 잠겨 궁정으로 돌아왔다. 그는 복도와 홀을 지나 어떤 객실 앞에 이르렀다. 벽 위에는 황금빛 테두리가 있는 왕비의 초상화가 걸려 있었다. 그는 한동안 그 초상화 앞에 넋을 놓고 서 있었다.

열정의 눈길로 그림을 바라보고 있을 때, 왕비가 시녀들과 함께 문을 열고 나타났다. 가수는 허리를 숙여 인사했으며, 그녀는 왕자의 행방을 물었다.

"왕자님은 식사를 마치신 뒤 저와 헤어졌습니다. 왕자님을 찾아볼까요?"

"한심한 아이야! 당신이 괜한 수고할 것 없어요. 날 위해 봉사하고 싶다면 당신의 바이올린을 가져오세요. 난 당신의 연주가 마음에 들어요. 그 소리를 듣고 있노라면 저 멀리의 고국이 생각나죠."

그는 바이올린을 가지고 황급히 돌아왔다. 왕비는 그토록 아름다운 소리를 내는 훌륭한 악기를 자세히 살펴보고 싶어했다. 그녀는 가녀린 손으로 바이올린을 받아 들었다. 그녀는 날렵한 바이올린의 목 부위를 왼손으로 가볍게 눌러 보았다.

"이름난 대가의 작품이죠."

가수가 설명을 덧붙였다.

"이런 훌륭한 악기는 어디에서도 보기 힘듭니다. 아득히 먼 옛날 이탈리아의 한 예술가가 이 악기로 사람의 목소리와 흡사한 매혹적인 음을 만들어 냈다고 사람들은 말하고 있습니다."

가수는 왕비에게서 바이올린을 건네받았다. 그는 그녀의 손자국이 묻어 있는 곳을 정열적인 시선으로 바라보았다. 매끈한 표면 위에는 그녀의 가느다란 숨결의 자취가 새겨져 있었다. 그는 단단한 턱을 아치형으로 돌출된 부분에 갖다 댔다. 그러고 나서 길고 풍성한 음의 바이올린 연주를 시작했다. 감미로운 선율이 작은 방을 가득 채웠다. 가볍게 떨려 오는 그 음향은 타오르는 정념의 언어로 변해 갔다. 왕비는 살며시 두 눈을 감았다. 바이올린의 선율을 따라 그녀의 머리가 부드럽게 움직이고 있었다.

가수의 불타는 듯한 시선은 거듭 사랑의 맹세라도 하듯 그녀의 머리 위에 고정되었다. 그 순간 가수는 자기 앞에 새롭게 부각된 여인에 대한 감정이 단순한 유희도 불장난도 아님을 깨달았다. 그것은 오히려 엄숙하고 쓰라린 고통을 몰래 감춘 하나의 상처였다. 그는 감사의 마음으로 고귀한 왕비를 위해 연주를 계속했다.

연주가 끝나자 왕비는 자리에서 일어나 그에게 손을 내밀어 작별 인사를 청했다. 여태껏 왕비는 단 한 번도 이런 행동을 한 적이 없었다. 가냘프고 기품이 깃 든 왕비의 손!

그녀가 말했다.

"당신은 정말 훌륭한 예술가예요! 오랫동안 듣지 못했던 감미로운 선율이었어요. 고마워요."

저녁이 되자 궁정의 가장 큰 홀에서 가장무도회가 시작되었다. 손님들은 모두 가면을 쓰고 페르시아, 그리스 혹은 스페인풍의 옷차림을 하고 있었다. 그들 중에는 동물의 가죽을 뒤집어쓴 사람도 이교도 차림을 한 사람도 있었다. 황금빛 샹들리에가 찬란한 빛을 쏟아 내고 있는 홀은 가장한 손님들로 넘쳐흘렀다.

가면과 끝이 뾰족한 고풍스런 왕관으로 변장을 한 왕의 차림새는 특이했다. 칙칙한 색깔의 승려복 차림을 한 황태자는 쉽게 알아볼 수 있었다. 그런데 그의 동생은 좀처럼 눈에 띄지 않았다. 그는 시골 머슴의 윗옷에 모자를 쓴 차림새였는데, 이런 소박한 차림의 손님이 여럿 있었기 때문이다.

가수는 검은 콧수염에 나폴리의 민속 의상을 입고 있었다. 그는 왕비 곁으로 다가갔다. 그녀는 고향인 이탈리아 남부의 화려한 민속 의상을 입고 있었다. 야생 동물을 비롯한 도깨비, 양치기, 난쟁이 광부의 모습으로 가장한 사람들로 커다란 홀은 가득 메워져 있었다.

왕자는 아무도 눈치 채지 못하게 재빨리 무도회장을 빠져나와 무거운 외투를 벗어 버렸다. 그러고는 믿을 만한 하인

한 명에게 따라오라고 명령했다. 서민들의 차림새가 왠지 어설퍼 보이는 귀족들의 수다에 그는 짜증이 났다. 그는 만일의 사태에 대비해 손쉽게 다룰 수 있는 사냥칼 하나를 허리춤에 차고 궁전을 벗어났다.

궁전의 뜰과 가로수 길로부터 시내에 이르기까지 형형색색의 등불이 불을 밝히고 있었다. 한껏 축제 분위기에 들뜬 시민들이 술에 취해 거리에서 흥청대고 있었다. 술집과 댄스홀은 사람들로 들끓었다. 사람들은 열정적으로 춤을 추기도 하고 서로 뒤엉켜 웃기도 하고 환호성을 터뜨리며 함께 어울려 술잔을 기울이기도 했다. 한바탕 싸움이 벌어지기도 했다. 왕자가 군중들 사이를 헤치고 들어서자 한 처녀가 교태를 부리듯 미소를 지어 보이며 그의 팔에 매달렸다. 그는 사람들 사이에 끼어들어 춤을 추고 술을 마시고 농담과 욕설을 주고받았다. 여인네들은 이 낯선 사내의 호탕한 태도와 세련된 말솜씨에 매료되어 그의 입술 위에 키스 세례를 퍼부었다. 그곳에는 빛과 어둠, 우아함과 천박함, 수줍음과 파렴치함이 뒤섞여 있었다. 왕자의 눈은 수천의 군중 속에 마구 헝클어져 있는 혼란을 즐기고 있었다. 궁에서 호사스럽게 성장한 왕자의 가슴은 조잡한 음악의 격렬한 박자와 무절제한 서민들의 모습에 마구 흥분되었다.

그사이 왕의 무도회는 경쾌하지만 온화한 분위기 속에서 무르익어 가고 있었다. 손님들은 명곡을 감상하며 품위 있게 무도회를 즐기고 있었다. 단지 몇 사람만 춤을 출 뿐 대부분의 사람들은 소파에 앉아 이야기를 나누거나 홀 여기저기를 서성거렸다.

오늘따라 왕비는 무척 생기 있어 보였다. 그녀는 이곳저곳을 기웃거리며 대화에 동참했다. 그녀는 더 이상 창백한 얼굴의 말없는 여인이 아니었다. 그녀는 고향에서의 축제를 떠올렸다. 그 화려하고도 자유분방했던 축제의 분위기. 그녀는 거침없이 포도주 잔을 비웠다.

즐거운 축제의 가벼운 열기가 그녀의 그리움을 자극해 공허한 가슴을 파고들었다. 그것은 아름다운 이방인에게 새롭고 달콤한 매력을 느끼게 해주었다. 그녀는 궁정에 모여 있는 젊은 귀족들을 자기 주변으로 끌어 모았다. 그러고는 가수를 불러오게 했다. 왕비가 그에게 소리쳤다.

"동향의 신사 분, 포실리포에서 당신과 만난 적이 있어요."

가수는 강렬한 시선을 그녀에게 보내면서 인사했다. 그리고 대답했다.

"저도 왕비님을 잘 알고 있습니다. 이렇듯 꽃처럼 아름다운 분이 이곳에서는 자라지 못하죠. 왕비님 나라의 사절 자격으로 인사 드립니다."

"고마워요. 고향 친구! 그런데 이렇게 오랫동안 여행을 할 때는 누가 당신의 보고를 지켜 주죠?"

"전 빈털터리입니다. 제 별이 저를 떠난 후 저의 두 눈은 의미를 상실해 버렸습니다. 전 잃어버린 그 별을 되찾기 위해 여행을 하고 있습니다. 이제야 비로소 반짝이는 별을 보게 되니 기쁘기 그지없습니다."

"난 옛날부터 나폴리 사람들이 아첨에 능하다는 이야기를 들어왔어요."

"아첨이라고요? 왕비님, 그것은 다만 진실을 더욱 진실되게 표현하기 위한 방법일 뿐입니다."

왕비는 이 공손한 손님에게 술잔을 건넸다.

"자, 환영의 표시예요! 베쥬프산(産)이죠."

여인들이 갑자기 몰려와 왕비를 빙 에워싸는 바람에 시끄럽게 떠들어대던 무리는 둘로 나뉘었다. 하지만 가수는 왕비 곁에서 유창하고 달콤한 말로 그녀를 유혹했다. 그는 그녀의 붉은 입술을 바라보았다. 이따금씩 그녀가 웃음 지을 때마다 눈처럼 하얀 치아가 반짝이며 드러나 보였다.

부드러운 곡선을 이루고 있는 턱과 비단 가면 뒤에 숨겨져 있는 빛나는 눈동자. 바로 그때였다. 가수는 왕비 뒤에서 이리저리 두리번거리던 황태자가 한순간 멈추어 서더니 불쾌하게 자신들의 이야기를 엿듣고 있는 것을 발견했다.

그는 가수를 알아보지 못했으나 계모의 변한 모습에 자못 놀란 표정이었다. 황태자의 그림자가 왕비의 어깨 위에 드리워지자, 그녀는 재빨리 몸을 돌리면서 가수에게 말했다.

"이봐요, 동향인. 저기 승려 차림을 한 사람은 이처럼 즐거운 곳에서 무얼 찾고 있는 거죠?"

나폴리의 사내는 이야기를 엿듣고 있던 황태자의 경직된 표정을 바라보며 조롱하듯 말했다.

"잘 보셨습니다. 잘못 찾아왔나 봅니다. 문이 어디에 있는지 모르나 보군요. 멍청한 사람 같으니."

승려 차림의 사내는 쓴웃음을 지으며 왕의 식탁이 놓여 있는 곳으로 사라졌다. 그곳에서는 나이 지긋한 사람들이 모여 포도주를 음미하면서 자신들의 사냥터에서 일어난 일들에 대해 이야기를 나누고 있었다.

손님들이 잠시 휴식을 즐기는 시간을 틈타 왕의 명령으로 모든 커튼이 걷혔다. 사람들은 모두 일어나서 창밖을 내다보았다. 나뭇가지에 줄지어 매달려 있는 형형색색의 등에 불이 밝혀지자, 사람들은 환호성을 터뜨리며 웅성거렸다. 불빛이 바람에 가늘게 떨리고 있었다. 불꽃놀이를 위해 쏘아 올려진 불덩이가 마구 뒤엉켜 어두운 밤하늘에서 사방으로 불씨를 흩뿌려 놓았다. 나무 뒤로 희미한 연기의 베일이 높이 치솟아 드리워지면서 빨간빛과 노란빛의 물결이 술에 취한 듯 출렁거렸다.

이 무렵 왕자는 조용히 홀로 되돌아왔다. 그의 시선은 마치 꿈에 취한 듯 몽롱했고, 입가에는 침울한 미소가 넘치고 있었다. 황태자는 금방 왕자를 알아보았다. 왕자의 은밀한 미소 뒤에 감추어진 즐거움이 무엇인가를 짐작한 황태자는 내심 그를 경멸했다. 그는 원래 나약하고 방탕하기만 한 동생을 몹시 미워했다.

얼마 후 취기에서 깨어난 왕자는 가면을 쓰고 있는 사람들 가운데서 왕비를 찾으려고 이리저리 기웃거렸지만 그녀를 찾을 수 없었다. 그는 손님 접대에 열중하고 있는 왕에게 왕비가 어디에 있느냐고 물었다. 왕은 술잔에서 눈도 떼지 않고 웃으면서 말했다.

"찾아보렴. 여자들이 모여 있는 곳에 있을 게다."

한편 왕비는 멀리 떨어진 방에서 지칠 줄 모르고 속삭여 대는 가수의 농담과 이탈리아 민요에 귀 기울이고 있었다.

축제의 분위기에 젖어 독한 술을 마신 그녀의 이마는 화끈 달아올랐고, 가슴은 마구 고동쳤다. 그녀는 소파 깊숙이 몸을 파묻고 앉아 취기에 젖은 눈으로 보드라운 손가락 끝을 바라보고 있었다. 가수는 왕비 옆에 놓인 높은 의자 위에 앉아 기타를 튕기면서 이탈리아 연가를 불렀다. 그의 속삭임 속에는 진심 어린 열정이 있었다. 술에 취한 그의 노래 속에서 말장난이 거침없이 번져 나와 그는 횡설수설 지껄였다. 그는 왕비의 상기된 얼굴과 가늘게 떨고 있는 손가락을 눈여겨보면서 계속 떠들었다.

요란한 옷차림으로 가장한 사내의 익살 속에 감추어진 말들이 그 실체를 드러내 보이기 시작했다. 그것은 왕비의 숨겨진 열정을 자극하기에 충분했다. 대단히 위험한 이 배신자들은 언제나처럼 코미디로 휘감겨진 베일을 쓰고 있었던 것이다.

왕비는 손가락으로 장난하던 일을 멈추고 자신의 열정에 달아오른 눈동자를 감추려고 속눈썹을 내리깔았다. 그녀는 앞으로 닥칠 위험을 예감이라도 하듯 깊은 생각에 잠겼다. 그리움으로 지새운 그 숱한 밤의 꿈들이 뜨거운 정열의 색채가 되어 그녀의 가슴속으로 파고들었다. 그녀의 고독한 가슴은 사랑의 황홀하고도 경이로운 순간을 상상해 왔다.

능숙한 솜씨로 노래를 부르고 있는 가수의 목소리에는 열정의 속삭임이 담겨 있었다. 그는 자기의 노래에 넋을 잃고 있는 여인에게 한 걸음 한 걸음 다가갔다. 그는 달콤한 속삭임과 은밀한 욕정의 베일로 그녀를 유혹했다. 열려 있는 문 사이로 그들을 훔쳐보던 참혹한 표정의 황태자의 하얗게 질린 얼굴이 홀연히 사라졌다.

한창 연회가 베풀어지고 있는 홀로 되돌아오던 황태자는 왕자와 마주쳤다. 왕자는 그의 어머니를 찾아다니고 있었다.

"왕비가 널 기다리고 있더구나. 저기 푸른색 방으로 가보렴. 그녀에게 몸조심하라고 해라. 지금쯤 몹시 피곤해할 게다."

황태자는 다시 홀 쪽으로 걸어갔다. 왕자는 어머니가 기다리고 있다는 방을 향해 걸어갔다. 열려 있는 문을 지나 막 문지방을 넘어서 방으로 들어섰을 때, 음악 소리와 요란한 웃음소리가 뒤섞여 들려왔다. 질식할 듯한 신음 소리와 사랑의 속삭임 그리고 격렬한 입맞춤 소리까지 들을 수 있었다.

순간 뜻밖의 만남이 빚어낸 엄청난 충격으로 세 사람 모두 비탄에 젖은 날카로운 비명을 질렀다. 공포의 차디찬 전율이 이들을 갈라놓았다. 왕자는 떨리는 손으로 사랑을 즐기던 사내의 경직된 얼굴에서 가짜 콧수염을 떼어 냈다. 가면 뒤로 친구의 얼굴이 드러나자 왕자는 놀라움에 몸을 떨었다.

한동안 이들은 멍한 시선으로 서로를 바라볼 뿐이었다. 인생의 쓰디쓴 고통이 그들 가슴속으로 파고들었다.

얼마 후 왕자는 정신을 가다듬고 가수를 향해 소리쳤다.

"무기를 가져와라, 이 쓰레기 같은 놈!"

그의 목소리는 마치 술잔이 깨지는 소리처럼 여운 없이 날카롭게 변해 있었고, 상심한 그의 가슴은 분노로 이글거렸다. 오랫동안 우정을 쌓아 온 두 사람은 마치 성물(聖物)을 훔치는 도적처럼 마주 보고 서 있었다.

가수가 칼을 가지러 달려갔다. 왕자도 복도의 벽에 걸려 있던 칼 한 자루를 뽑아 들었다. 두 사람은 난폭하게 으르렁대며 결투를 시작했다. 싸움이 시작된 지 얼마 지나지 않아 왕자는 목에 피를 흘리며 쓰러졌고, 가수의 뺨에는 붉게 상처가 패였다. 가수는 피를 흘리며 바닥에 쓰러져 있는 왕자를 내려다보며 서 있었다. 하얗게 질린 왕비가 황급히 달려와 허리를 굽혀 그를 내려다보았다. 피투성이가 된 왕자의 시선은 점점 초점을 잃어 갔고, 의식 또한 희미해지고 있었다.

가수는 피로 얼룩진 칼을 치켜들고 홀 쪽으로 걸어갔다. 놀란 하인들이 사방으로 뛰어다니며 이 불운한 소식을 알렸다. 가수는 홀의 문을 박차고 들어서더니 미친 사람처럼 큰 소리로 웃어대며 칼을 바닥에 내리꽂았다.

숨 막힐 듯한 정적이 홀 안을 가득 채웠다. 왕의 옷에 포도주가 흘러내리고 있었다. 어떤 소음이나 혼란보다 끔찍한 정적이 흘렀다. 누구 한 사람 피 묻은 손에 칼을 들고 서 있는 사내에게 다가가려 하지 않았다.

당황하여 허둥대는 시종들, 눈물을 흘리다가 기절해 버린 여인들, 속수무책으로 어쩔 줄 몰라 하는 남자들. 놀라서 어리둥절해하는 노인들이 어지럽게 흩어져 있는 의자와 집기들 사이로 몰려들었다. 유리잔과 술병이 깨져 바닥에 나동그라져 있었고, 찢어진 식탁보 위로는 고급 포도주가 줄줄 흘러내리고 있었다. 이 와중에서도 잠시 음악이 연주되는 듯하더니 이내 그쳤다.

황태자가 가수에게로 다가가 소리쳤다.

"무슨 일이냐? 이 파렴치한 놈!"

"제가 당신의 동생을 찔러 죽였습니다. 저기 그가 누워 있습니다. 제 애인도 그를 깨어나게 하지는 못할 겁니다."

그러는 동안에 하인들이 칼을 가져왔다. 귀족들이 우르르 문 쪽으로 몰려왔다. 황태자는 그들을 뒤로 물러나게 했다.

"여러분! 조용히 하시오. 서둘러 왕자를 돌보시오."

바닥에 쓰러져 있는 왕자와 그를 내려다보고 서 있는 왕비의 주위로 사람들이 몰려갔다.

홀에 남은 사람은 왕뿐이었다. 취기로 그의 이성은 마비되어 있었다. 그동안 왕의 총애를 받아 왔던 가수가 일그러진 표정으로 그에게로 다가와 술잔을 비웠다.

황태자는 문에 기대서서 술에 취해 휘청거리는 왕과 미친 사람처럼 날뛰는 가수를 차가운 시선으로 바라보았다. 사람들이 떠나 버린 황량한 연회실에서 술잔을 비우고 있는 그들의 모습은, 정신 착란에 걸린 화가의 황당무계한 프랑스풍 그림처럼 기묘하다기보다는 참담해 보였다.

바로 그때 어두운 창문 뒤에서는 마지막 불꽃이 현란하게 타오르고 있었다. 무거운 침묵 속에 잠겨 버린 성의 넓은 뜰로 한 떼의 군중들이 몰려들더니 춤을 추기 시작했다. 그들은 축제를 마련해 준 왕에게 감사를 표하듯 환호성을 질렀다.

침묵과의 대화

마치 주인을 충실하게 섬기는 동물처럼 당신을 사랑합니다. 또한 저는 제 육신의 일부처럼, 그리고 앞으로 끝없이 펼쳐질 미래처럼 당신을 사랑합니다. 그런데 당신은 저를 얼마나 사랑하시나요?

웃고 계신가요? 무언의 질문을 되풀이하고 계신 건가요? 나는 당신에게 무슨 말을 해야 하죠? 이 음침한 방, 초라한 벽에는 보잘것없는 그림들이 걸려 있고, 작은 난로 속에서는 장작이 탁탁 소리를 내며 타고 있습니다. 창백한 달빛이 피아노 건반과 손등 위로 쏟아지고 있는 어두운 밤의 정막이, 제가 말하고 싶어했던 가슴속의 언어들을 잘 이해하고 있다는 듯 속삭이고 있습니다.

젊은 시절, 제게는 아주 절친한 친구가 있었습니다. 작은 속삭임이나 눈짓 혹은 몸짓만으로도 의사 소통이 가능하고, 어떤 장소나 집의 이름만 대도 하려는 이야기가 무엇인지를 충분히 이해해 주던 그런 친구였습니다. 그는 이따금 '아직도 기억하고 있어?'라는 질문을 던져 저의 콧노래를 방해하기도 했죠.

제가 단지 '내 어머니?'라는 질문을 던진다면 당신은 알 수 있을까요? 당신은 어머니의 검은 머리와 갈색 눈동자를 본 적이 없기 때문에 힘들겠죠. 또 '종소리가 울려 퍼지고 있는 초원?'이라는 물음에 당신은 과연 무엇을 생각해 낼 수 있을까요? 당신은 밤나무 둥지에서 불어오는 바람 소리를 들어 본 적이 없고 라일락 울타리의 향기를 맡아 보지 못했는데 말입니다.

당신은 파란 호롱꽃의 가냘픈 꽃망울로 온통 뒤덮여 있던 그 푸른 벌판을 본 적이 없죠. 이름만 들어도 심장이 고동치는 제 고향 도시에 대해 당신에게 말할지라도 당신은 그 아름다운 성탑과 다리 너머로 유유히 흐르는 푸른 강물을 떠올리지 못할 겁니다. 그 뒤로는 하얀 눈으로 뒤덮인 설산이 보입니다. 우리 고향 특유의 사투리로 부르는 민요를 들어 보지 못한 당신은 그것이 주는 즐거움과 향수를 느낄 수 없을 테죠!

차라리 당신에게 동화를 이야기해 주는 편이 낫겠군요.

두 명의 바이올리니스트가 있었어요. 그들은 매우 가까운 사이였습니다. 그리고 몹시 가난했죠. 어느 어두컴컴한 밤이었어요. 그들은 누가 더 훌륭한 바이올리니스트인지 내기를 하고 싶다는 생각을 하게 되었습니다. 그때부터 나날이 두 사람의 명예욕은 커져 갔고, 서로에 대한 불신감 또한 팽배해져 갔습니다. 그 때문에 그들의 영혼은 질투와 명예욕으로 물들어 갔습니다. 그렇지만 그들의 예술은 더욱 심오해졌죠.

달이 유난히 밝은 어느 날 밤이었습니다. 한 사람이 슬픈 노래를 연주하기 시작했어요. 그 노래는 어두운 밤 하늘 가득히 울려 퍼졌습니다. 그것은 고통을 불러일으켰고, 자신들의 파괴되어 버린 우정에 대한 우울한 생각에 빠져 들게 했어요. 그 노래는 들을수록 가슴에 사무쳤고 마음을 사로잡았습니다.

그런데 그 노래는 또 다른 친구의 질투심에 불을 당겼고, 마침내 친구의 방으로 뛰어들어 가 그를 살해하고 마는 불행을 가져왔습니다. 친구를 살해한 자는 그날 밤 이후 세상에서 가장 뛰어난 바이올리니스트가 되었습니다. 그는 궁정에서 연주를 했고, 그때마다 왕들의 심금을 울렸죠. 그의 연주는 인간의 사고와 행동 속에 존재하는 선과 악의 이중성을 지닌 영혼의 심연까지 파고들었거든요. 그러나 그는 날이 갈수록 수척해지고 창백해졌어요. 그의 머릿속은 불안과 불신, 사악함으로 가득 찼습니다. 그의 연주는 죽은 친구의 음악을 표절한 것에 지나지 않았고, 그 사실은 그의 영혼 깊숙이 파고들어 가 그를 괴롭혔습니다.

어느 날 그는 많은 청중 앞에서 그때 그 친구의 마지막 노래를 연주했습니다. 그때 갑자기 죽은 친구가 가슴에 칼이 꽂힌 채 그 앞에 나타난 거예요. 그 친구는 바이올린을 연주하기 시작했죠. 그의 연주는 한층 슬프면서도 힘이 넘쳤습니다. 그는 무척 창백했지만 당당한 자세로 사람들 앞에 서 있었습니다. 그들은 죽은 자를 보지 못했지만 두 개의 바이올린이 연주되는 듯한 화음을 들을 수 있었습니다. 공포감이 홀 안을 맴돌았죠. 마침내 연주가 끝나자 쥐 죽은 듯한 정적만이 흘렀습니다.

웃고 계신가요? 또 무언의 질문을 하고 계신가요? 혹 당신이 칼을 품고 있는지도 모르죠. 제가 당신 곁에서 당신의 손을 잡고 앉아 있는 동안 당신이 알지 못하는 귀중한 보물을 갖고 있을 수도 있지 않겠어요? 그 매혹적인 노래에 질투를 느끼나요? 당신은 수치심을 느낄 만큼 고통스러운가요? 어느 날 불현듯 당신 앞에 나타나 당신과 함께 저의 노래를 연주한다면 당신 마음이 어떨까요?

웃고 계신가요? 절 용서하세요. 말없는 이여! 당신은 제가 연주할 때면 곧잘 황금 반지를 손가락에 끼워 주었던 바로 그 대리석상이군요. 그런데 당신이 갑자기 미소를 짓지 않고 그 대리석 손가락을 움켜쥔다면 어떨까요?

또 다른 동화를 한 편 들려 드리죠.

친구가 단 한 명밖에 없는 기사가 있었습니다. 어느 날인가 그 기사는 자신의 미래를 알고 싶은 욕망에 사로잡혔습니다. 그는 마법사를 찾아가 물어보았습니다. 그 마법사는 매우 만족스런 해답을 건네주었습니다. 마법사는 한동안 기사의 눈을 바라보더니 이렇게 말했습니다.

　"오늘 밤 꿈에서 그 해답을 얻게 될 것이오."

　그날 밤 그는 후텁지근한 꿈결 속에서 두 갈래의 인생 행로를 보았습니다. 그것은 서로 나란히 흘러가는 강물과 같았습니다. 그는 그것이 자신과 친구의 삶의 길이라는 것을 깨달았습니다. 두 길은 마구 꾸불꾸불 뒤엉켜 있다가 곧 하나의 길에 의해 다른 길이 잠식되어 갔습니다. 마침내 합쳐진 그 길은 광채를 띤 커다란 물줄기가 되어 유유히 흘러가게 되었습니다. 잠에서 깨어난 기사는 우울한 하루를 보내야만 했습니다. 그날 밤 기사는 친구를 살해하기 위해 성으로 몰래 숨어들었습니다. 그러나 그는 성벽을 타고 기어오르다가 웅덩이에 빠져 목이 부러져 죽고 말았습니다. 그의 친구는 오랫동안 그 기사의 죽음을 애도했습니다. 그는 막강한 권력과 부를 축적하게 되었고 오래오래 살았습니다.

　저는 이따금 우리 가운데 누가 더 삶의 강인함을 지니고 있는지 생각해 보곤 합니다. 만약 제가 이런 소름 끼치는 꿈을 실현하길 원한다면, 당신이 말을 시작하게 될지도 모른다는 생각을 해본답니다. 그렇게만 된다면 돌연 당신은 제가 당신에게 했던 수많은 말들 가운데서 하나를 내게 들려주게 될지도 모르죠. 나는 예기치 못했던 그 말들을 듣게 된다면 놀란 나머지 죽을 수도 있겠군요? 그렇지 않으면 당신이 제 앞에 나타나 제 고백의 무거운 짐을 함께 짊어지게 될 거예요.

그때 제가 부자처럼 보이지 않았더라면, 한 어린 소년이 사람들이 많이 모여 있는 거리에서 보석을 훔치려는 욕망을 품지 않았을지도 모르는 일 아니겠어요? 제가 날마다 당신에게 새로운 보물을 숨긴다면서 당신에게 날마다 새로운 부담을 지우는 결과를 가져올 겁니다. 그러나 당신은 제가 그토록 잔인하지 못하다는 것을 잘 알고 있죠?

당신은 저 자신보다 저에 대해 더 잘 알고 계시죠? 저는 종종 당신이 저에 대해 제 자신이 알고 있는 것보다 더 많은 것을 알고 있을지도 모른다는 상상을 해봅니다. 만약 제가 당신에게 해묵은 사건에 대해 다시 이야기하면서 그때 그 사건 속에 존재했던 색채며, 이름이며, 몸짓을 달리 이야기한다면 당신은 고개를 가로저으시겠죠? 만약 제가 거짓말하는 것을 들으신다면? 우리 사이에 논쟁이 벌어진다면? 그건 분명 삶과 죽음에 대한 논쟁일 거예요. 우리 둘 중 과연 누가 더 큰 관용을 베풀 수 있을까요?

어쩌다가 제 이야기에 귀 기울이고 있는 당신의 얼굴에

미소가 번지는 것을 볼 때면 당신이 제 이야기를 이해했다는 의미인가 추측해 보곤 했어요. 당신은 제가 나쁜 일을 저지르든 착한 일을 하든 그저 방관하고 있었죠. 당신을 이런 식으로 제게 묶어 두고 있는 것은 저의 불투명한 현실에 따른 사악한 양심과 공동 운명이 아닐까요?

우리가 이렇게 공동 운명에 처하게 된 근본 원인은 아마도 상대방을 통해 자신의 실체를 보고자 하는 욕구와, 그에 따른 위안의 욕구 그리고 서로에 대한 연민의 정 때문이 아닌가 싶군요. 그게 아니면 어쩌면 상대방이 무슨 나쁜 일을 저지르지나 않을까 항상 의심을 품고 있기 때문일 수 있죠.

그러니 우리가 함께 존재하고 또 함께 영락하는 것은 당연한 일이 아닐까요? 누군가와 이야기를 나누고 싶은 생각이 들 때마다 당신은 재빨리 제게로 달려왔어요. 당신은 이 사실이 다른 사람에게 드러나는 게 두렵기라도 한 듯 황급히 제게로 왔죠.

그런데 어째서 제 소중한 추억이 혼자서 짊어지기 어려울 정도로 중압감을 느끼게 하는 걸까요? 이렇듯 불안하고 음산한 악몽의 신열에서 깨어나는 순간, 저는 당신을 질책하고 싶은 충동에 사로잡히곤 합니다. 또 당신의 고통스런 비밀을 폭로함으로써 당신의 입을 통해 흘러나올 신음 소리를 듣고 싶은 묘한 충동에 사로잡힐 때가 있습니다.

어떤 때는 발로 당신의 가슴을 짓누르거나 목을 조르고

싶은 충동이 일죠. 그럴 때마다 저는 당신의 신음 소리가 들려오고 당신의 목에서 피가 흐르는 것이 보이는 듯한 환상에 빠집니다. 그러나 저는 불안과 연민의 정에 휩싸여 당신의 손을 어루만지고 당신의 애칭을 부르죠. 그러고는 당신의 시선을 피하게 되었습니다.

저는 어째서 당신을 두려워했을까요? 그러면서도 당신을 사랑하는 까닭은 무엇일까요? 그것은 당신을 향한 저의 사랑이 영원히 변치 않는 고귀함을 지니고 있기 때문입니다. 마치 주인을 충실하게 섬기는 동물처럼 당신을 사랑합니다. 제가 이룩한 예술적인 작품만큼이나 당신을 사랑합니다. 사람들이 흔히 수수께끼나 경이로운 것을 사랑하듯 당신을 사랑합니다. 또한 저는 제 육신의 일부처럼, 그리고 앞으로 끝없이 펼쳐질 미래처럼 당신을 사랑합니다. 저는 당신을 저의 수호신만큼 사랑합니다.

그런데 당신은 저를 얼마나 사랑하시나요?

게르투르트 부인에게

하지만 당신은 매우 자주 내 꿈속으로 찾아들었습니다. 온통 어둠에 휩싸여 나날을 보내던 내게는 축복의 온유한 별만큼이나 거룩한 아름다움 같았습니다.

나는 가끔 내 고독한 성의 작은 방, 좁다란 아치형 창문 아래에 당신이 앉아 있는 것을 봅니다. 이제는 고인이 되어 버린, 나와 가장 절친했던 당신. 이해하기 어려울 만큼 선량하기만 했던 당신의 고결함은, 마치 별이 스러진 후에도 오랫동안 빛을 발하듯 내 가슴속에 남아 있습니다. 나는 숱한 방황의 나날을 보냈습니다. 나는 낯선 이의 모습에서 당신을 발견할 때마다 절망감에 빠져 허우적거립니다. 어떤 달콤한 시구로도 당신의 아름다움을 표현할 수 없습니다. 나는 이따금 당신이 최초로 단테를 황홀하게 했던 여인이 아닐까, 아니면 내 청춘을 온통 그리움으로 그늘지게 했던 이 세상에 단 한 번 존재했던 여인이 아닐까 자문해 보곤 합니다.

나는 진실 어린 눈길로 당신을 바라보았고, 당신의 손을 잡았죠. 당신의 가벼운 발걸음이 내 곁을 스치고 지나갔던 그때의 모든 일이 바로 신의 은총이 아니고 그 무엇이겠어요? 그것은 내 이마를 어루만져 주는 축복의 손길이었고, 투명한 눈동자 속에서 반짝이는 한줄기 빛이었으며, 내게 영원한 아름다움의 세계를 열어 주는 문이었습니다.

나는 가끔 꿈속에서 살아 있는 당신의 모습을 봅니다. 피아노 건반 위에 놓여 있는 당신의 섬세하고 눈부시게 하얀 손가락과 기품 있는 두 손. 황혼 무렵 창백한 하늘의 노을을 바라보고 서 있는 당신을 보기도 합니다.

당신의 눈길 속에는 아름다움에 대한 경이로움으로 빛이 넘쳐흐르고 있었습니다. 그 눈길은 내게 예술가로서의 수많은 꿈을 일깨워 주었고, 그 방향을 제시해 주었습니다. 그것은 내 인생에 있어서 가장 귀중한 것일 겁니다. 당신의 눈길은 아름다움과 진실의 별자리입니다. 관대함과 엄숙함으로 충만해 있기 때문입니다.

그것은 가치 없고 본질적이지 못한 온갖 것, 그리고 우연한 것에 현혹되지 않도록 방향을 제시해 주고 그에 따른 보상을 안겨 줍니다. 또한 그것은 법칙을 제시해 주고, 시험에 들게 하고, 판단을 내려 주며 무한한 행복감을 느끼게 해줍니다. 이렇듯 순결한 빛을 간직하지 않은 탁월함이나 명예,

칭송 따위가 대체 무슨 의미가 있을까요?

낮은 시끄럽고 잔인합니다. 아이들이나 병정들에게 적합할 뿐이죠. 일상은 불만으로 가득합니다. 해질 무렵의 저녁 시간이야말로 그리운 고향으로의 귀환을 의미하며, 활짝 열린 문이며, 영원함의 의미를 이해할 수 있는 시간이 아닐까요? 불가사의한 신비를 지닌 그대, 당신은 내게 귀향길을 가르쳐 주었고, 영원의 목소리를 들을 수 있도록 내 귀를 열어 주었습니다. 내가 당신을 향해 막 날개를 펼치려고 할 때, 당신은 내게 이런 말을 했답니다.

"밤은 당신을 성스럽게 만들 거예요. 당신의 침실에서 밤의 침묵을 내몰아서는 안 돼요. 그리고 항상 별을 기억하고 계세요. 그것은 곧 영원함의 상징이니까요."

그리고 언젠가는 이런 말도 했어요.

"내가 당신의 여자가 될지라도 당신은 다른 여자들과도 잘 지내야 한다는 사실을 명심하세요. 항상 그녀들 주위에는 모든 비밀이 숨겨져 있으니까요."

그후 나는 어느 누구와도 별이나 여인에 대해 대화를 나눈 적이 없습니다. 우리가 비로소 우정의 관계를 맺게 되었을 때 누군가 우리에게 다가왔습니다. 그는 눈에 보이지도 손에 잡히지도 않는 영혼, 어쩌면 수호신 같은 존재였습니다. 실제로 그를 볼 수는 없었지만 그는 내게 축복의 몸짓을 해보이며 이런 말을 했습니다.

"자, 당신의 행복을 위해 준비할 때입니다."

그 뒤 그는 가까이에서 위로의 팔을 뻗어 주었고, 그 어떤 의혹을 해명해 주는 역할을 해냈고, 때로는 행운의 중재자처럼 내 앞에 나타났습니다.

어쩌다 내가 경솔하게 손을 내밀면 그는 그것을 밀쳐 냈습니다. 그리고 내가 아름다운 것을 무심히 지나쳐 버릴 때면 그는 조용히 멈추어 서서 내가 그것을 돌아보도록 강요했습니다. 또 내가 푸른 행운의 나뭇가지를 꺾으려 할 때는 이렇게 충고해 주기도 했습니다.

"좀 더 기다리게!"

유화적이고 사랑스러운 것, 귀여운 목소리와 위안의 의미를 지닌 것, 진귀하고 우아하며 비길 데 없이 아름다운 것. 그후 그것들은 내면으로 이르는 확실한 길을 내게 제시해 주었습니다. 한밤중에 시냇물 소리는 더욱 명료하게 들렸고, 내 허락 없이 별들은 떠오르거나 질 수 없게 되었습니다.

나의 위안자와 눈에 보이지 않는 행운의 중재자가 어느 날 내게 다가왔을 때, 내 심장 박동은 그 박자를 잃어버렸으며 내 두 눈은 시력을 상실한 듯했습니다. 그는 내 이마를 쓰다듬어 주었고, 때때로 내게 기대어 작은 목소리로 무언가 속삭였으며 내 손을 잡아 주었습니다.

당신은 온통 장미로 치장한 화환 속에 잠들어 있었습니다. 그 모습에는 평화와 거룩함이 흘러넘쳤지만 미소가 없었습니다. 당신은 손조차 움직이지 않고 그저 누워만 있었습니다. 당신은 차갑고 창백했습니다.

그 순간들은 마치 끝을 알 수 없는 칠흑 같은 밤처럼 느껴졌습니다. 나는 짙은 어둠 속에 서 있었습니다. 도무지 내가 어디에 서 있는지마저 예측할 수 없었습니다. 희미한 빛이 나를 휘감고 있는 것만 같았습니다. 나는 꼼짝 않고 서 있었습니다. 사방에서 절벽이 모습을 드러내는 듯했습니다.

마주 잡은 내 두 손은 굳어 있었고 몹시 싸늘했습니다. 더 이상 미래는 존재하지 않을 것만 같았습니다. 바로 그때 그 위안자가 내 곁에 나타나 굳센 팔로 안아 주었습니다. 나는 머리를 뒤로 젖혔지요. 그때 나는 어둠 속에 잠겨 있는 하늘 한가운데에 홀로 떠 있는 별을 보았습니다. 그것은 맑고 온화한 빛을 발하고 있었으며, 황홀한 아름다움을 지니고 있었습니다. 나는 그 별을 바라보면서 당신과 함께 숲 속을 거닐던 그날 저녁의 일을 떠올렸습니다.

나는 당신을 포옹했죠. 그러고는 재빨리 당신의 얼굴에 열정적인 키스를 퍼부었습니다. 그때 당신은 무척 당황했습니다. 당신은 나를 밀치면서 당혹스런 시선으로 바라보았습니다. 그리고 말했죠.

"그만두세요! 당신 품에 안길 수 없어요. 머지않아 당신은 내 손을 잡을 수도 없고 입맞춤을 할 수도 없게 되는 날이 올 거예요. 그러나 나는 그 어느 때보다 당신 가까이에 있을 거예요."

마치 서로 얼굴을 마주하고 있는 듯한 친밀감, 끝없이 계속되는 입맞춤처럼 무한한 달콤함이 엄습해 오는 것을 느꼈습니다. 형언하기 어려운 한 존재와의 완전한 결합을 어찌 그 모든 무의미한 사랑의 행위에 비할 수 있을까요!

우리가 함께했던 곳을 찾아다니는 동안 나는 당신이 세상을 떠난 이후 한동안 잊고 살았던 즐거움의 감정이 되살아나고 있음을 느낄 수 있었습니다. 언젠가 슈바르츠발트의 어두운 숲 속 길을 거닐고 있을 때, 삐죽이 모습을 드러낸 하늘에서 날 마주 보고 있는 당신의 해맑은 얼굴을 보았습니다. 당신은 손짓을 해보이며 하늘에서 내려와 날 맞아 주었습니다. 그러나 당신은 내 가슴속에 달콤함을 가득 채워 주고는 이내 내 곁을 떠나 버렸지요.

하지만 당신은 매우 자주 내 꿈속으로 찾아 들었습니다. 온통 어둠에 휩싸여 나날을 보내던 내게는 축복의 온유한 별만큼이나 거룩한 아름다움 같았습니다.

어느 저녁 무렵이었습니다. 음악 소리와 시끄럽게 웅성거리는 소리가 정원으로 나 있는 길 끝에까지 들려오고 있었지요. 그때 나는 그곳에서 이리저리 배회하고 있는 당신을 발견했습니다. 나는 당신을 얼싸안으며 반겼습니다. 그때 당신은 이렇게 말했어요.

"언젠가 내가 이곳을 떠나 당신 홀로 쓸쓸히 남게 되는 날, 이미 사라져 버린 수많은 날들이 더욱 생생하고 절실하게 느껴지겠죠. 그렇게 되면 당신은 방구석에 웅크리고 앉아 긴 밤을 하염없이 지새우곤 할 테죠. 당신의 창문 앞에 드리워져 있던 현실 세계가 소심하게 뒤로 물러나고, 당신은 우리가 함께 거닐던 그 길을 보고 있는 듯한 착각에 빠져 들게 될 거예요."

오늘 저녁은 그때와 너무나 흡사하군요. 멀리서 음악 소리가 나지막한 속삭임에 뒤섞여 들려옵니다. 이것이 현실의 세계인지 아닌지조차 알 수가 없답니다. 다만 저 하늘 위에서 희뿌연 빛을 발산하고 있는 저 달만은 예전과 변함없다는 분명한 사실밖에는.

야상곡

마침내 그 애인은 긴 칼을 뽑아 위엄이 넘쳐흐르던 마지막 왕의 가슴에 꽂았다. 폭풍우가 미친 듯이 휘몰아치는 어둠 속에서 그는 사랑스런 왕비의 붉은 입술 위에 죽음을 입맞춤했다.

애마가 멈추어 선다. 말은 아름다운 목을 길게 늘어뜨리며 울부짖고 있다. 황혼이 젖어 들고 있다.

그대에게 인사를 보내오. 울창한 숲에 가리어진 내 은신처여! 그대는 내게 평화를 가져다 주는 현세로부터 떨어져 있어 그 누구의 손길도 닿지 않은 훌륭한 요새라오!

드넓은 삼나무숲 속 깊은 곳에는 호수와 화강암산이 은밀하게 자리 잡고 있다. 영원히 허물어지지 않을 듯 서 있는 거대하고 네모진 성에는 노르만풍의 탑이 높이 치솟아 있다. 성으로 통하는 문은 오직 하나뿐인데, 넓은 계단의 끝까지 올라가면 문이 열리게 되어 있다. 그리고 그 계단은 검은 호수의 밑바닥으로 이어져 있다.

백발이 성성한 늙은 파수꾼은 말 울음소리만 듣고도 나의 출현을 알아챘다. 그는 굳게 닫혀 있는 청동문을 조심스레 지나 푸른빛의 계단으로 걸어 나왔다. 그는 검은 사슬에 묶여 있던 영주의 작은 배를 풀어 호수에 띄웠다. 그는 소리 없이 검은 수면의 호수 위를 노 저어 내게 다가왔다. 그는 나를 배에 태운 뒤 노를 저어 왔던 길을 되돌아갔다. 우리는 뭍에 올라와 다시 쇠사슬로 배를 묶었다.

나는 노인과 함께 성문 앞에 앉았다. 저녁 바람이 속삭이듯 탑 위를 맴돌고 있었다. 호숫가에 늘어서 있는 나뭇가지 사이로 해가 뉘엿뉘엿 지고 있었는데, 늙은 파수꾼은 딱딱하게 굳은 손을 턱에 괸 채 황혼 속으로 잠식해 들어가고 있는 하늘을 멍하니 바라보고 있었다. 이끼 낀 계단과 잔잔한 호수가 우리 앞에 펼쳐졌다. 양 옆으로는 신성한 숲에 에워싸인 채 수천 년 동안 허물어지지 않고 높이 치솟아 있는 성벽이 있고, 그 맞은편에는 넓은 호수가 둥글게 어둠 속에 잠겨 있었다. 시간이 소리 없는 날갯짓을 하며 우리 너머로 날아가고 있다.

호수 건너편에 있는 우듬지 위로 작은 빛 하나가 하늘거리며 솟아오르고 있었는데, 그것은 위로 솟아오를수록 점점 커지더니 밝은 빛을 발하기 시작했다. 그리고 나서는 숲의 둥근 달처럼 일렁이다가는 서서히 분리되어 갔다. 마치 끝없는 거울처럼 둥근 수면이 완전히 그 빛 속에서 헤엄을 치게 될 때까지 빛은 호수 위로 넓게 번져 갔다. 깊은 심연에서 빠져나온 은빛 달은 그 끝 모를 광채와 함께 빛나고 있었다.

파수꾼은 여전히 고정된 시선으로 한가로이 떠다니는 달무리를 바라보고 있었다. 그의 얼굴은 슬픔에 젖어 있었다. 그는 내게 하고 싶은 말이 있는지 머뭇거렸다. 나는 재빨리 그에게 속삭이듯 작은 소리로 물었다. 내 목소리는 금방이라도 숲 속의 모든 정적을 깨뜨릴 것만 같았다. 나는 더욱 낮은 목소리로 말했다.

"슬퍼 보이는군요? 무슨 생각을 하고 계신가요?"

그는 내게 눈길도 주지 않은 채 희끗희끗한 머리를 숙이며 신음하듯 한숨을 내뱉었다. 그러고는 이렇게 말하는 것이었다.

"아주 오래전, 이 성문 앞에 이렇게 앉아 어둠에 잠긴 호수를 바라보았죠. 그때 저기 달빛으로 물든 호수 한가운데에 사람의 시신을 실은 배 한 척이 떠 있었죠. 그 배 위로는 붉게 타오르는 불꽃이 치솟고 있었습니다. 불타고 있는 배의 불빛이 반사되어 호수는 온통 붉게 물들었답니다. 그 배에는 나의 마지막 왕이 누워 있었습니다."

노인은 고통스러운 듯 옷으로 머리를 감쌌다. 그러고는 다시 얼굴을 내밀었다. 그의 수염 사이로 눈물이 흘러내리고 있었다. 그는 말을 이었다.

"그후 얼마 되지 않아 나는 또 하나의 배를 이 계단에서 밀어냈어요. 배 위에는 화려한 자줏빛 옷을 입은 눈부시게 아름답고, 눈처럼 창백한 여인이 누워 있었습니다. 그녀는 나의 마지막 왕비였습니다."

삼나무숲의 깊은 탄식 소리가 들려왔다. 깊디깊은 수면 위로 슬픔에 젖은 둥근 달이 빛나고 있었다.

"난 그들을 사랑했어요. 오랜 세월 나는 이 성을 지키고 있습니다. 이렇게 조용한 밤이면 이곳에 앉아 있곤 하지요. 당신도 잘 알겠죠. 당신은 오래도록 잊지 않고 이 은신처를 찾아 주는 유일한 사람이니까요. 아직껏 그들의 방 열쇠를 지니고 계시겠죠? 들어가실까요?"

우리는 성문을 걸어 잠갔다. 파수꾼은 횃불을 치켜들고 내 발길을 밝혀 주었다.

오랜 세월 동안 고향의 푸근함을 느끼게 해주는 이 계단! 청동으로 만든 등잔! 발걸음을 옮길 때마다 왕의 발자국 소리가 깨어나는 듯한 석반석으로 된 복도!

맨 끝에 있는 방문 앞에 이르자, 노인은 걸음을 멈추더니 허리를 구부려 인사를 하고는 날 남겨 놓고 사라졌다. 나는 예전의 그 방으로 들어갔다. 지난날들이 내게 인사를 하는 듯했다. 수줍음 많은 한 소년이 오래전에 느꼈던 바로 그 감정이 되살아났다. 마지막 왕비의 방! 진홍빛 양탄자와 사자

머리 모양의 높은 의자, 그리고 여인네들의 황금 노리개. 전리품으로 보이는 이교도의 신상이 방 한가운데에 놓여 있었는데, 황금 띠를 머리에 두르고 왕비의 작은 하프를 손에 매달고 있었다.

그것은 밤마다 호수 위에 긴 여운을 남기고, 백조의 영혼을 달래 주던 바로 그 하프가 아닌가! 한밤중에 여왕과 은밀한 사랑을 나누던 금발의 애인이 노래를 반주해 주던 하프!

검은 구름이 온통 하늘을 뒤덮고 폭풍우가 몰아치던 밤, 호수는 전율하듯 출렁였다. 비에 흠뻑 젖은 그는 잠이 든 시종들을 피해 어둠에 잠겨 있는 진홍빛 왕비의 침실로 왔다. 그들은 서로 사랑을 나누었다. 마침내 그 애인은 긴 칼을 뽑아 위엄이 넘쳐흐르던 마지막 왕의 가슴에 꽂았다. 폭풍우가 미친 듯이 휘몰아치는 어둠 속에서 그는 사랑스런 왕비의 붉은 입술 위에 죽음을 입맞춤했다.

흑단으로 만들어진 하프가 말없이 앉아 있는 이교도의 팔에 매달려 있었다. 진주가 박혀 있고 에메랄드로 장식되어 있는 용의 머리 형상을 하고 있는 가냘프고 이색적인 이 악기를 나는 유심히 살펴보았다. 대단히 섬세한 현. 거기에는 지난 시절의 열정과 시대를 초월한 불멸의 운명이 살아 숨쉬는 것 같았다.

창에는 커튼이 쳐 있지 않았다. 나는 벽난로의 선반 위에 드러누웠다. 계단과 호수가 내려다보였다. 슬픔에 잠겨 계단에 앉아 있는 파수꾼의 모습이 눈에 띄었다. 그는 가슴속에 자신이 사랑했던 사람이 잠들어 있는, 그 옛날 불타올랐던 호수를 담고 있었다.

파수꾼과 호수 그리고 숲, 그것들은 죽음과 긴 세월을 초월하여 여전히 남아 있다. 그 위로 고요한 달빛이 유유히 흐르고 있다.

나의 호흡은 영원의 술잔을 들이킴이오, 심장의 고동은 침묵의 호수 속에서 잔잔하게 일렁이고 있는 물결이어라!

갑자기 수면 위로 한줄기 빛을 발하는 띠처럼 생긴 하얀 물체가 솟아올랐다. 제법 큰 백조 한 마리였다. 백조는 날개를 파닥이며 수면 위에 내려앉더니 천천히 헤엄쳐 나갔다. 백조는 호수 한가운데로 헤엄쳐 갔다. 마침내 멈추는 듯싶더니 시야에서 사라져 버렸다. 도도하게 한 번 고개를 들어 보이고는 바로 물 속으로 가라앉았다. 감미롭고도 신비로운 소리가 성과 호수 주위를 맴돌았다. 그것이 백조의 노랫소리인지, 아니면 검은 하프의 사랑의 선율인지 알 수 없다. 파수꾼은 여전히 그곳에 서서 머리를 들어 그 하얀 신비를 넋을 잃은 채 바라보고 있었다. 그는 두 팔을 벌리고 감미로운 선율에 귀 기울이며 서 있었다. 나 또한 그랬다. 성스러움이 깃든 아름다운 선율의 고즈넉함이 내 가슴속에 파고들었다.

파수꾼이 위를 쳐다보면서 나에게 무언가 물었다. 나는

고개를 끄덕이고는 왕비의 방에서 나와 넓은 계단으로 걸어 내려왔다. 벌써 보트가 준비되어 있었다. 내가 배 위에 올라타자 노인은 말없이 검은 물살을 헤치고 노를 저어 갔다.

이삭 여문 들판의 꿈

안식과 충만함으로 가득 찬 끝없는 광경, 행복과 아름다움의 샘물, 그 누구의 손길도 닿지 않은 채 깊숙이 감추어져 있는 보물 더미, 이 모든 것은 내 가슴속의 텅 빈 공간을 메워 주고 있습니다.

언젠가 당신 꿈을 꾸었죠. 이삭 여문 들판의 꿈을! 당신의 황금빛 감도는 붉은빛이 또다시 내게 넘쳐흐르고 있습니다. 어둠의 문지방으로 다시금 들어와 새로운 행복을 알려 주는 선지자여!

보세요, 아직 은빛 가득한 대기와 미래의 그림자로 충만해 있는 이른 새벽녘, 굳게 닫힌 정원으로부터 걸어 나오고 있는 그를 말이에요. 나무들의 속삭임 소리가 들려오고 초원의 풋풋한 냄새가 풍기고 있어요. 고향을 그리워하는 나의 마음은 이 풍성함에 포만감을 느끼고 있습니다.

나는 눈길을 돌렸습니다. 나의 시선은 내 청춘의 봄날에 못 박혀 있습니다. 나의 환상은 더욱 심오해져 가고 있습니다. 이삭 여문 황금빛 들판이 밝은 햇살 속에 펼쳐져 있습니다. 밝은 태양 속에 누워 있는 이삭 여문 들판! 적황색의 물결, 저 아득한 곳에서 붉게 빛나고 있는 빛의 충만함! 들판 가득 출렁이는 빛의 물결과 끊임없이 변화하는 색채!

안식과 충만함으로 가득 찬 끝없는 광경, 행복과 아름다움의 샘물, 누구의 손길도 닿지 않은 채 깊숙이 감추어져 있는 보물 더미. 이 모든 것은 내 가슴속의 텅 빈 공간을 메워 주고 있습니다. 그것은 채워지고 채워져서 마침내 깊고 큰 호수에서 흘러나오는 강줄기처럼 한없이 흘러갑니다.

어린아이처럼 가슴 부풀게 하고, 피를 따뜻하게 해주고, 눈을 뜨게 하여 잔잔한 빛을 발하게 해주는 이 모든 것을 어찌 다 말로 표현할 수 있을까요. 빛을 쏟아 내고 있는 태양과 적막한 들판이 하나로 어우러지는 모습을 지켜보고 있는 나의 마음은 어린 시절 함께 뛰놀던 형제들에게 향하고 있습니다. 출렁이는 들판, 투명한 하늘, 나무들과 시냇물 그리고 바람.

형제와 누이들에게 인사합니다. 나 홀로 낯선 이방인이 되어 버린 걸 용서해 주세요. 나는 오랫동안 병 들어 있었습니다. 내 눈과 귀는 결코 그대들에게 다다르지 못했습니다. 나의 깊디깊은 내면조차 나에게 낯설기만 했으니까요. 어머니가 내 가슴속에 심어 주었던 그 어떤 영원함은 쇠사슬에 단단히 매여 있었고, 한밤중의 정막 속에서만 무거운 숨을 토해 낼 수 있었습니다. 지금 나는 넓은 가슴으로 숨쉬고 있습니다. 이제야 비로소 내 가슴속의 모든 것이 선명한 모습을 드러내 보이는군요.

그대, 빛이 넘쳐흐르고 있는 이삭 여문 들판이여!

내 눈을 황홀하게 하는 것은 그대의 고요한 빛일까요, 아니면 그대를 향해 타오르고 있는 열정이 내 눈에서 반사되어 태양에 불을 사르는 나의 행복의 빛일까요? 풍요로운 수확 그리고 그것의 분배, 이 영원한 수수께끼를 간직하고 있는 달콤한 낟알, 이것이 바로 나의 사랑이고 또한 당신의 사랑입니다. 이 모든 척도와 중심에서 이렇듯 해방되다니? 어디에 처음과 끝이 있으며, 어디에 의지와 목표가 있으며, 어디에 근원과 다리가 있는 건가요?

그대 빛나는 이삭 여문 들판이여, 그대가 곧 자유로운 내 영혼이 아닌가요? 그대와 나, 넘쳐흐르는 빛 한가운데에 서 있는 우리 두 사람은 말로는 결코 표현할 수 없는 충만함을 서로에게 베풀고 있군요. 이 달콤한 곡식 더미 아래에서 우리 두 사람은 서로 인사를 나누고 있습니다.

식물 채집 가방을 멘 어린 헤세(1880).

손녀와 한때를 즐기는 노년의 헤세(1951).

제2부

노발리스

노발리스

마리아, 사랑스런 그대여, 그 무엇으로도 그대의 아름다움을 묘사할 수 없소. 나의 영혼은 그대를 바라볼 뿐. 세상은 마치 꿈결처럼 혼돈에 휩싸이고, 이루 형언하기 어려운 달콤한 하늘은 내게 영원한 안락을 주었소.

1

이 단상을 읽게 될 독자들의 이해를 돕기 위해 우선 내 자신이 애서가임을 밝혀 두는 것이 바람직하리라 생각한다. 이 점은 사실상 나의 가장 독특한 면이기도 하다. 내게 책보다 더 값진 재산은 없다. 책들은 내게 기쁨을 주고 자부심을 느끼게 해준다. 이 혼돈의 일상생활보다는 책의 다양한 세계가 한층 진실된 내 모습을 발견하게 해주기 때문이다. 다른 사람들의 운명 속에 내 자신을 결부시켜 그들과 가까워지려고 시도했을 때보다 어떤 훌륭한 고서를 찾아내 손에 넣었을 때, 더 큰 행복감을 맛본다. 나는 모든 사람과 친밀한 관계를 유지하기 위해 부단히 노력하고 있다.

어쩌면 고서에 대한 나의 취미는 일상생활과는 별개인 또 다른 세계인지도 모른다. 다른 사람들의 눈에는 나의 취미가 늙은 홀아비의 장기 놀이처럼 보일 수 있을 것이다.

책에 대한 나의 관심과 즐거움은 그것들의 내용이나 장정, 희귀함에 있는 것이 아니라 그 책들의 독특한 역사를 알고 싶어하는 각별한 욕구와 그로 인한 만족에 있다. 그러나 내가 말하고자 하는 역사란, 단지 책의 출판이나 보급의 역사가 아닌 내가 속해 있는 이 시대에 모범이 될 만한 그것들만의 독특한 역사인 것이다.

나는 클라우디우스와 장 파울, 티크나 호프만과 같은 옛 시인들의 시집을 뒤적일 때마다 엄지손가락과 집게손가락 사이에서 닳고 닳아서 이제는 반들거리기까지 하는 그 인쇄지에서 어떤 친숙함과 고풍스러움을 느낀다. 그리고 이 낡은 종이가 지나간 시대 사람들의 존재와 삶, 감동을 훗날의 새로운 세대에게 어떤 의미로 전해 줄지 하는 의혹을 떨쳐 버릴 수 없다.

태양신이나 베르테르의 낡은 장서를 읽고 감동한 얼마나 많은 사람의 손길이 그 책을 스쳐 갔는지 과연 우리가 짐작이나 할 수 있을까? 또 옛 프랑크 지방의 등불이 반짝이는 어느 방에서 얼마나 많은 영혼이 환희와 슬픔으로 밤을 지새웠을까?

조상으로부터 내려오는 책들은 우리에게 얼마나 진귀하고 값진 유산인가! 우리는 어렸을 때 장롱 속에서 파묻혀 있는 책을 찾아내거나 아직 보관되어 있는 조부모님의 편지나 일기 속에서 기록을 찾아내기도 했었다. 수많은 낯선 이의 손을 거쳐 전해져 온 책에서 우리는 전에 이 책을 소유했던 사람의 이름이나 전전 세기에 그 책을 기증했던 사람의 낯선 이름을 발견하곤 한다.

　　수십 년 전에 고인이 된 전 소유자가 그었음 직한 밑줄이나 메모, 그들이 달아 놓았을 주석이나 되풀이해 읽었음을 나타내는 표시 따위를 발견할 때마다 진지한 모습을 한 선남선녀의 위엄을 떠올릴 수 있다. 아주 오래되어 퇴색된, 그래서 진기하기까지 한 그들의 외투나 소맷자락, 혹은 치마의 장식에서 괴테의 『젊은 베르테르의 슬픔』이나 『빌헬름 마이스터』의 출판을 경험하고, 베토벤의 초연을 감상했을 그 시대의 사람들을 상상해 본다.

　　내 책장에 진열되어 있는 고서들 가운데에는 호기심을 자극하고 상상의 세계를 열어 준 많은 책이 있다. 나는 그 책들을 통해 어떤 때는 만족감에, 어떤 때는 확신에 차서 환상과 상상의 세계에 빠져 들곤 했다. 내가 환상적이고 비학문적인 문학 작품에 집착을 보이고 몰두했던 것은 지나간 시대의 진실된 역사의 내면을 이해하고자 하는 의지였다.

　　나는 이탈리아 르네상스 시대의 화려한 로마 글자체로 인쇄된 알두스판(이탈리아의 출판업자 마누티우스가 소유한 알두스출판에서 출간한 값싼 문고판 : 옮긴이)의 8행 시구에서 시작하여 뫼리케, 아이헨도르프, 베티나의 초판본에 이르기까지 상당수의 책들을 소유하고 있다. 나는 그 책들을 통해 전쟁과 향연, 음모와 약탈 그리고 살인은 때에 따라서는 함께 행해질 수 있음을 알게 되었다.

진정한 의미에서의 세계 역사와 한 종족의 역사는 낡은 책 속에 뒤섞인 채 표지까지 파손되어 새 책들과도 분리되고 만다.

나는 낡은 장서를 접할 때면 이전에 그 책을 읽었을 독자와 그 당시 그 책을 엮어 낸 제본가의 이름에 더 큰 관심을 기울인다. 나는 그 책에 씌어 있는 주석이나 메모로 그 내력을 헤아릴 수 있다. 그리고 그 책이 출판되었을 당시의 도시와 집들, 방의 구조와 가구의 장식 등을 유추해 낼 수 있다. 심지어 그들이 흘렸을 눈물과 그 눈물의 의미까지 짐작할 수 있는 것이다.

내게는 이 고서들이 다른 무엇보다 소중하다. 이 책들을 가까이할 때마다 침통한 모습으로 우울에 깊이 잠겨 있던 추억들이 한결 투명하고 밝은 모습으로 빛난다. 나는 종종 고서와의 만남 속에서 한때는 현대적인 것으로서 중요한 한 부분을 차지했을 그 책들이 얼마나 빨리 다음 세대의 냉대 속에서 연민에 찬 조롱거리가 되었는지, 그리고 망각 속으로 잠식해 버렸는지를 알게 되었을 때, 커다란 비애를 맛보아야 했다.

그리고 한 개인의 기억에서 얼마나 빨리 소멸되어 버렸는지를 깨닫게 되었을 때는 더욱 깊은 고독 속으로 굴러 떨어지는 절망을 느끼지 않을 수 없었다.

그러나 그 책들은 세월의 흐름 속에서도 영원히 변치 않는 사랑의 신비를 이야기해 주었다. 내가 고독에 잠겨 있을 때 그 책들은 나로 하여금 죽은 친구들의 모습을 떠올리게 했고, 나 또한 감사의 마음으로 기꺼이 그 사슬에 스스로를 묶었다. 왜냐하면 그것은 바로 그런 순간 내가 공동체에 종속된 하나의 구성원에 불과한 의미 없는 존재라는 느낌과 일상에서조차 별 볼일 없는 고독한 존재라는 감상을 희석시켜 주기 때문이다.

이렇듯 내가 특별한 애정을 느끼고 있는 몇 권의 책들 중 한 권을 골라 그 내력을 이야기하고자 한다. 내가 그렇게 함으로써 다음에 소유하게 될 사람에게 이 책이 보다 값진 유산으로 남게 되지 않겠는가.

내가 앞으로 이야기할 책은 『노발리스』라는 것으로서, 1837년에 발행된 슈투트가르트판인 제4증보판으로 두 권짜리 책이다.

그 책의 첫 소유자는 친구의 할아버지였다. 그것이 그의 친척들의 손을 거쳐 마침내 내게 이르기까지 그 내력을 나는 쉽게 알아낼 수 있었다.

2

1838년 봄이었다. 튀빙겐에 있는 뷔츠갈쉰 서점 주인은 잔뜩 찡그린 얼굴을 하고 서 있었다. 그의 점원 한 사람은 학사 후보생 헤티히에게 갈 청구서를 손가락 사이에 끼고 옆에 놓여 있는 높은 책상 위에 서 있었다. 책상 위에 놓여 있는 계산대는 헤티히 같은 학사 후보생들에게 보낼 청구서를 뽑아내고 있었다.

7학기 동안 헤티히가 지불하지 않은 책값의 합계가 아주 단정하게 씌인 글씨로 그 금액을 드러내고 있었다. 처음에는 드문드문 몇 굴덴의 현금을 지불한 흔적이 있었으나, 점차 시일이 지날수록 대변(貸邊)란에는 거의 아무것도 적혀 있지 않았으며, 마침내 합계는 대변 액수를 제외하고 250굴덴을 넘고 있었다. 계산서 가장자리에는 연필로 이렇게 메모되어 있었다.

'1838년 3월 이내 지불 요망.'

그러나 오늘이 벌써 4월 7일, 그 시일을 넘기고 있었다. 학사 후보생의 계산서에는 다음과 같은 내용의 글이 첨부되어 있었다.

친애하는 서점 주인에게!

저는 방금 당신의 매정한 독촉장을 읽었습니다. 제가 개입니까? 제가 사기꾼인가요? 아닙니다. 비록 돈이 없는 처지이긴 하나, 저는 철학을 전공하는 학사 후보생이고 뭇 사람들의 존경도 받고 있는 처지입니다. 덧붙여 말하건대, 저는 이 의미 없는 숫자들을 불명예로 생각하고 있습니다. 지금 당장은 아니지만 머지않아 돈을 지불하겠습니다. 당신에게 제 참된 의지를 표명하는 증거로 다음의 사항을 제시하는 바입니다. 제가 가지고 있는 장서의 일부를 헌 책으로 도로 가져가시고 거기에 해당하는 금액만큼 대변란에 기입해 주십시오. 그럴 의사가 있다면 내일 두 시에서 네 시 사이에 제 하숙방에서 당신을 기다리고 있겠습니다.

네카르할데 8번지

글을 읽고 난 서점 주인은 몹시 분노하며 집달관을 시켜 밀린 돈을 강제로 받아 내겠노라고 결심했다. 하지만 현명한 그의 점원이 헤티히의 제안을 받아들이라고 주인을 설득했다. 그는 헤티히가 명문가의 아들이자 능력 있는 사람으로서 반드시 학사 시험에 합격할 것이며, 몇 년 지나지 않아서 학자요 문학자로서 빛을 발할 것이라고 확신했기 때문이다. 그래서 그들은 이 채무자의 책들을 될 수 있는 한 헐값에 가져오기로 결정했다. 점원은 헤티히의 극박한 사정을 고려해 날짜와 시간을 정하여 전달했다.

노발리스 113

그동안 헤티히는 우울해하며 자신의 하숙방에 앉아 있었다. 그는 창문을 통해 수도원과 대장간 너머 저 멀리 보이는 가로수길과 알프스의 부드러운 산등성이를 바라보았다. 가까운 산등성이 위에서는 벌써 새봄의 투명하고 푸릇푸릇한 숨결이 빛을 발하고 있었다. 푄 바람이 불어오는 건조한 날씨였다. 파란 하늘과 가벼운 새털구름이 강한 색조를 머금은 채 투명한 허공에서 반짝이고 있었다. 거리에는 사람들의 노랫소리, 와자지껄 떠들어대는 소리, 자동차가 굴러 가는 소리, 말 타고 지나가는 사람들의 말발굽 소리들로 넘쳐흘렀다. 4월 들어 처음으로 고개를 내민 햇빛 탓이었다.

헤티히는 그 어느 것에도 관심이 없었다. 그가 괴로운 이유는 뷔츠갈쉰 서점 주인과의 일 때문만이 아니었다. 바로 같은 날, 사방에서 그와 비슷한 독촉장이 날아들었던 것이다. 그는 마치 그물에 걸린 모기처럼 여러 빚쟁이들의 감시의 눈초리 속에 갇혀 버린 듯한 기분을 떨쳐 버릴 수 없었다. 게다가 이번 학기로 닥쳐온 학사 시험에 대한 걱정과 졸업 후의 취직과 생활에 대한 두려움, 그리고 튀빙겐을 떠나야 하는 아쉬움 등이 마구 뒤엉켜 그를 괴롭혔다.

그는 유럽산 벚나무로 만든 긴 파이프로 연거푸 담배 연기를 뿜어내며, 누더기처럼 낡은 소파 위에서 안절부절못하고 있었다. 그리고 천천히 방 안을 배회하면서 열린 창문 쪽으로 움직이고 있는 담배 연기의 환상적인 형상을 불안한 마음으로 지켜보고 있었다. 햇빛이 따뜻하게 내리쬐는 밝은 방의 넓은 벽에는 파이프와 석판화와 실루엣 형식의 초상화가 걸려 있었고, 그 사이로 서가가 눈길을 끌었다. 그곳에는 고전과 편람 외에 역사서와 통속 소설이 진열되어 있었다. '헤티히는 문학적 기질이 강했다'라는 최근 평론이나 잡지에 실린 기사를 통해 그가 문학 활동에 관심을 가지고 있다는 사실을 알 수 있었다.

마침내 그는 길게 한숨을 내쉬면서 소파에서 일어나 왼손에는 파이프를 든 채 자신의 책들을 하나하나 살펴보기 시작했다. 서가의 한 부분을 차지하고 있는 언어학에 대한 책들에는 거의 손길조차 주지 못했다. 이 불쌍한 학사 후보생은 분노와 상심으로 일그러진 불쾌한 마음으로 책꽂이 아래에서부터 책을 한 권 한 권 끄집어냈다. 자신이 아끼는 책들을 남에게 넘겨주는 것은 고통스런 일이다.

기나긴 세월 동안 뒤적여 왔던 책들, 그는 이 마지막 순간 그것들을 다시 가슴속에서 되뇌어 보았다. 지난 모든 학기의 숱한 추억들이 거기에 남아 있었다. 그동안 그는 이 책들을 모아 왔고, 책들을 통해 독자적인 비평의 열정으로 생기에 찬 그의 영혼은 성숙되었던 것이다.

선별된 책들이 벌써 산더미처럼 바닥에 쌓였다. 그때 문이 열리더니 금발의 키 큰 사내가 나타났다. 그는 마구 어지럽게 쌓여 있는 책 더미 앞에서 미소를 띠며 서 있었다. 헤티히의 친구인 데오필 브라하포겔이었다. 그는 당시 어떤 교수의 주선으로 한 미망인의 아들을 가르치는 가정교사 일을 하고 있었다.

"축하하네, 헤티히! 이렇게 어질러 놓고 무슨 요술이라도 부리고 있는 건가? 자네 벌써 짐을 꾸려 떠나려는 건 아닐 테지?"

헤티히는 불같이 화를 내며 책을 내팽개치고는 친구를 소파로 끌어당겼다. 그는 온갖 저주 섞인 말을 내뱉으면서, 선서할 때와 같은 판에 박은 듯한 몸짓으로 책들을 이렇게 꺼낸 까닭을 친구에게 설명했다.

가정교사인 친구는 유감을 표하면서 흐트러진 책들을 살펴보았다. 그는 의자에서 일어서더니 수북하게 쌓인 책 더미 맨 위에 놓여 있는 책 한 권을 손에 들었다. 그가 큰소리로 외쳤다.

"아니? 이 『노발리스』를? 자네 제정신인가? 이 고서 『노발리스』를?"

"그렇다네. 그 매력적인 예언가의 책도 포함되었지. 어쩔 수 없는 일 아닌가? 내가 갖고 있기에는 책들이 너무 많아."

"당치 않아. 이건 보물이라고. 내가 오늘 당장 이 책을 빌려 가겠네."

"뷔츠갈쉔 서점에서나 빌리게! 난 아무것도 남겨 두지 않을 생각이네. 선택의 여지가 없거든."

116

"그렇다면 좋은 방법이 있지. 내가 이 책을 사겠어. 장사꾼들은 자네에게 그 책의 합당한 가격을 쳐주지 않을걸세. 얼마면 되겠는가?"

"그렇다면 자네에게 선물하지."

"무슨 소리야. 지금 자네 처지에 선물이라니! 1탈러(체코의 은광에서 처음 만든 은화. 뒤에 유럽 전역으로 확대되면서 독일의 화폐 단위가 되었다 : 옮긴이)로 하지. 지금 자네에게 1굴덴만 주고 나머지는 돈이 생기는 대로 주겠네."

"좋아! 여기 2권도 있네."

브라하포겔은 두 권의 책을 팔에 끼고 친구에게 몇 마디 말을 남긴 채 좁고 낡아 빠진 계단을 내려가 황급히 시내로 사라졌다. 헤티히는 깊은 생각에 잠겨 창문으로 친구와 『노발리스』가 사라져 가는 모습을 지켜보았다. 그는 이미 마음 한가운데에서 자신의 모든 훌륭한 책이 바람 속으로 흩어져 버리는 것을 느낄 수 있었다.

다음날 예의 바른 뷔츠갈쉰 서점의 점원이 약속 시간에 나타났다. 그는 책들을 살펴보고 나서 아주 낮은 값을 매겼다. 헤티히는 화가 치밀었지만 그의 제안을 받아들일 수밖에 없었다. 그러자 사내는 손수레에 이 보물들을 싣고 홀연히 떠나 버렸다.

이 책들의 목록을 고서 수집가들이 본다면 가슴이 뛸 것이다. 현 시세로 몇 탈러를 호가할 초판본들이 30~40크로이처의 싼값에 팔려 버리고 말았다.

슬픔과 분노를 억제할 수 없었던 헤티히는 치욕으로 얼룩
진 하숙방을 뛰쳐나왔다. 그는 침울한 마음으로 골목길을
배회했다. 그러다가 전날 친구에게 『노발리스』를 팔고 받은
돈으로 '뢰벤'에서 술이나 마셔야겠다고 작정했다.

3

저녁이었다. 무겁게 내려앉은 하늘의 구름들을 푄 바람이
재빨리 휘몰아대고 있었다. 브라하포겔은 그의 연약한 오른
손을 창살에 올려놓은 채 하숙방 창문에 기대어 서 있었다.
그는 위대한 시의 영혼을 가득 담고 있는 듯한 구름들의 무
리가 바람에 떠밀려 두려움에 떨고 있는 모습을 오래도록 지
켜보았다.

넓은 책상 위에 노트와 편지지, 필기구 상자, 그 옆에는 두
권의 『노발리스』가 펼쳐진 채 놓여 있었다. 비판적 기질의
소유자인 헤티히에 비해 훨씬 순수한 영혼을 지닌 그는 명상
에 잠기길 좋아했고, 마치 달콤한 포도주를 음미하듯 시를
읽었으며, 시의 고귀한 언어로 표출되고 있는 시인의 분위기
를 이해할 줄 알았다. 가냘프게 떨고 있는 표면처럼 그의 영
혼은 깊은 정서로 가득 넘쳤고, 가끔씩은 고인 물방울이 흘
러넘치는 것처럼 자신의 시 세계에 함몰되기도 했다.

며칠 동안 그는 이 심오하고도 감미로운 낭만주의자의 부드러운 매력에 사로잡혀 있었다. 달콤한 향기와 예감을 지니고 있는 음울한 음조의 언어들은 부드러운 리듬 속으로 브라하포겔을 끌어당겼다. 그것은 흡사 멀리서 들려오는 시냇물 소리처럼 쫓기듯 무리 지어 흘러가는 구름과 푸른 별빛에 가려진 깊은 밤하늘 전체에 울려 퍼졌다. 그것은 삶의 모든 신비와 상념의 섬세한 비밀을 알고 있는 것 같았다.

책상으로 되돌아온 브라하포겔은 다시 한 번 소리 내어 그 아름다운 구절을 읊어 보았다.

성스럽고 신비로운 밤을 향해 나는 몸을 돌린다. 세상은 깊은 무덤 속에 잠겨 버린 듯 아득히 멀리 있구나.

가슴은 짙은 애수의 음조로 울고 있다네. 추억의 아득함, 젊은 날의 소원, 어린 시절의 꿈들, 순간순간의 짧은 기쁨 그리고 헛된 희망. 이 모든 것이 석양 뒤에 찾아드는 저녁 안개처럼 회색 옷을 입고 다가오네.

「밤의 찬가」의 이 음울한 아름다움이 어둠에 휩싸인 무서운 초여름 밤을 꿰뚫고 지나가는 번갯불처럼 젊은 몽상가의 가슴을 꿰뚫고 말았다.

그는 벌써 한 시간 동안 적막한 방에 홀로 앉아 책을 읽기도 하고, 방 안을 이리저리 왔다 갔다 하기도 하고, 창문으로 어둠이 찾아들고 있는 4월의 밤하늘을 지켜보기도 했다.

그러고 있다가 그는 문을 열어 둔 채 어두운 복도로 걸어 나갔다. 그는 조심스럽게 벽을 더듬으며 계단을 올라갔다. 그는 위층에 살고 있는 친구인 헤르만 로지우스의 방문을 살며시 노크했다. 로지우스는 그가 늘 애독하는 벵겔의 잠언집에 몰두하고 있었다.

경건하고 조용한 성품의 로지우스는 자기보다 나이 많은 친구에게 예의 바르게 인사를 했다. 그러고는 먹다 남은 저녁 식사가 놓여 있던 의자를 급히 치우면서 앉기를 권했다. 브라하포겔은 『노발리스』를 호주머니에서 꺼내 책상 위에 놓여 있는 등불 밑에 내려놓으면서 손가락으로 책 제목을 가리켰다. 그는 신학도에게 물었다.

"이 책을 알고 있나?"

로지우스는 고개를 저으며 말했다.

"제목은 들어 본 것 같기도 하지만요."

그렇게 대답하고는 곧바로 덧붙였다.

"슐라이어마허(독일의 18세기 신학자이자 철학자 : 옮긴이)와 관계가 있는 게 아닌가요! 지금 그 책을 읽고 있어요?"

"자네에게 한 구절 읽어 주고 싶어서 가져왔지."

그는 「밤의 찬가」의 첫 구절을 읽었다.

그의 멋진 음성이 시의 진지한 열정과 하나가 되자 품위가 배어 나왔다. 어떤 작품이 한 젊은 영혼과 깊은 우정을 나

120

눌 수 있게 된다면, 그것은 시인에게 있어서 가장 고귀하고 순수한 일이 될 것이다.

두 젊은이는 작품을 평하는 일 따위 접어 두었다. 그들은 그리움을 일깨워 주는 깊은 음조가 오랫동안 자신들의 내면에서 울려 퍼지도록 잠자코 있었다. 작은 등불이 초라한 방 전체를 발그스레 비추고 있었다.

마침내 로지우스가 침묵을 깨뜨렸다. 그는 어스름한 불빛 아래에서 수줍은 듯 얼굴을 붉히며 나지막하게 속삭였다.

"지금이 고백하기에는 적당한 시기인 것 같군요."

브라하포겔은 아무 대답도 하지 않았다. 그는 단지 고개를 끄덕이며 친구의 당혹스런 얼굴을 바라볼 뿐이었다. 로지우스는 작은 소리로 말을 이었다.

"벌써 오래전에 이야기하고 싶었지만, 적절한 시기를 포착할 수 없었어요. 저 이번 여름에 약혼할 생각이에요."

"뭐라고? 나 같은 사람에게는 별일 아니네만, 자네 같은 신학도들은 대개 신부와 똑같이 직무를 이행하지 않는가. 그건 그렇고, 상대는 누구인가? 어떤 여자하고 약혼하나?"

"헬레네 엘스터라는 여자죠. 이 도시 관리인의 수양딸이라네요. 그녀에 대해 할 만한 이야기가 별로 없어요. 아직은 모든 것이 불확실한 상태거든요."

"자네 그녀와 함께 약혼에 대해 이야기를 나눈 적이 있나? 혹시 편지라도 주고받았는가?"

"무슨 생각을 하고 있는 거죠! 아니에요. 하지만 이번 여름 방학에 그녀에게 물어볼 생각이죠. 저는 그녀가 승낙하리라고 확신하죠. 꼭 그래야 할텐데……."

"아름다운 여자인가?"

"물론이에요."

"얘기 좀 해보게나! 그녀는 금발인가? 음악을 좋아하는가? 노래는 잘 부르나? 키는 큰가? 작은가? 활달한 성격인가? 아니면 부드러운 영혼의 소유자인가?"

"항상 이런 식이라니까요!"

"그러면, 좋아. 그녀가 어떤 사람인지 알고 싶네. 그녀의 사진이라도 갖고 있나?"

"사진요? 제가 어떻게 그런 것까지 가지고 있을 수 있겠어요? 그녀는 갈색 머리에 몸매가 날씬하죠. 그리고 마음씨가 곱고 인정도 많고요."

"로지우스, 자네는 예술가는 아니지만 이야기를 듣고 있으려니 그녀의 모습을 상상할 수 있을 것 같군."

"말하죠. 그녀를 처음 만난 건 부목사의 오찬 모임에서였어요. 그러고 나서 몇 달 후에 학교 밖에서 그녀를 다시 보았죠. 당신도 잘 아는 일이겠지만 저는 여자들 앞에서 쑥스러워하는 편이죠. 그런데 그녀가 바로 옆 테이블에 앉더군요! 저는 그녀의 목소리에 완전히 매료당했어요. 그녀는 맞은편에 앉아 있는 동행인과 음악이며, 여행, 여자들의 일상사에 대해 이야기를 나누더군요. 당신은 아마 그처럼 독특하고 투명한 목소리를 들어 보지 못했을 거예요. 그 목소리는 제게 어머니에 대한 추억을 일깨워 주었어요. 그토록 아름다울 수가! 저는 그때 그녀의 모습을 정확하게 보지는 못했지만 옆 테이블에 놓여 있던 그녀의 왼손은 보았죠. 너무도 아름다운 하얀 손이었어요."

"도대체 그녀와 무슨 얘길 나누었나?"

"잘 물었어요. 저는 그녀가 제게 말을 걸어 주길 간절히 원했죠."

"그건 자네 사정이지."

"저는 그걸 미처 몰랐어요. 그녀는 축제에 대해 말하더군요. 그런데 갑자기 그녀가 제 쪽으로 몸을 돌리더니 당신도 있었느냐고 묻지 않겠어요? 저는 그녀가 부목사에게 던진 질문이라곤 상상도 못했죠. 그래서 저는 아니라고 내답했는데 부목사가 동시에 대답하는 거였어요. 저는 이내 제 잘못을 깨닫고 얼굴을 붉혔어요."

"그래, 그게 전부였나?"

"기다려 보세요! 어쨌든 우리의 첫 만남은 그랬어요. 그후 주무관 관리집에 초대되었을 때 그곳에서 그녀를 다시 보았어요. 그곳에서 저는 부목사의 집에서보다 조금은 자유로울 수 있었죠. 그래서 그녀와 대화를 나누는 데 성공했어요. 물론 흡족할 만큼 진행된 것은 아니었지만 말이에요. 그녀는 저보다 훨씬 빨리 말을 했고, 제가 이야기를 준비하기도 전에 또 다른 이야기로 화제를 돌리곤 했거든요. 그녀가 어찌나 종횡무진 화제를 바꾸던지 완전히 혼돈 속에 빠지고 말았죠. 그후 주무관과 우리 삼촌이 협연을 했던 현악 사중주의 콘서트에서 그녀를 다시 만났죠. 그때는 그녀와 좀 더 친밀하게 대화를 나누었어요. 저는 쾌활하고 재치 있는 면모를 그녀에게 보여 주었죠. 기분 좋은 하루였어요. 그날 이후 그녀는 저의 애정을 눈치 챘으리라 확신해요. 가끔 길에서 만나면 그녀는 얼굴을 붉히는 듯했거든요. 그 이후 자주 그녀의 집을 방문했는데 그녀도 저를 싫어하지 않는 눈치였어요."

브라하포겔은 『노발리스』를 들고 아래층 자기 방으로 되돌아왔다. 그는 다시 한 번 그 송가를 읽었다.

그후 1주일 내내 신비에 가득 찬 시인이 켜는 현의 울림은 그의 생활을 지배했다. 봄이 오고, 가로수길에 늘어서 있는 상수리나무에 초록이 깃들었다. 숲에서는 종달새와 지빠귀의 울음소리가 들려왔다.

소담스럽게 우거진 나뭇가지들은 더욱 심오한 소리를 내기 시작했다. 브라하포겔은 한적한 오후 시간이 되면 숲 속에 누워 보았다. 전나무 그림자와 나뭇가지 사이사이로 얼굴을 내민 햇살이 그가 읽고 있는 책장 위로 쏟아졌다. 책갈피 사이사이에는 몇 송이의 꽃과 읽은 부분을 표시하기 위해 끼워 놓은 나뭇잎이 눌린 흔적이 희미하게 남아 있었다. 그 '단편'의 테두리에는 연필로 희미하게 생각을 적어 놓은 흔적이 있었다. 맨 마지막 페이지의 여백에는 숲에서 책을 읽은 그 아름답고 행복했던 날들의 날짜가 적혀 있었다.

79페이지 아랫부분에는 「장미꽃과 히아신스」 동화에 대한 메모가 남아 있다.

'5월 12일 처음 읽음. 베벤하우스 숲에서.'

바로 그 페이지에는 어린 전나무 잎의 가느다란 잎맥의 흔적이 남아 있었다. 나뭇잎은 남아 있지 않았지만.

로지우스는 친구와 함께 이 책을 읽으면서 이 섬세한 감정의 소유자를 좋아하게 되었다. 그러나 그의 경직된 정서는 이 '단편'에 대한 비판과 질책의 태도에서 완전히 벗어나지는 못했다. 그는 성경 구절에 나오는 종교적 내용이 담긴 두 격언을 그 책 가장자리에 적어 놓았다.

나는 글을 읽는 이들 중 누가 진정으로 이 『노발리스』를 사랑하고, 모든 구절을 이해하고자 하는 경건한 호기심을 품었을지 궁금해질 때가 있다.

4

언제나 그렇듯이 여름은 예고도 없이 성큼 다가와 있었다. 대학생들은 사방에서 쏟아져 나와 귀향길에 오르거나 친지 방문을 위한 여행길에 올랐다. 그러나 부지런한 가정교사 브라하포겔은 몇 주간의 휴가 동안 공부를 위해 튀빙겐에 남기로 했다. 따가운 8월의 태양 빛이 지붕 위에서 작열했고, 좁은 골목의 도로 위로 쏟아졌다.

학사 후보생 헤티히는 시험을 끝낸 뒤 『노발리스』 나머지 책값을 받기 위해 학기 마지막 날 브라하포겔의 하숙집을 찾아갔다.

브라하포겔은 방학 동안 뮌츠가세의 외딴 집에서 하숙하고 있었다. 그는 하숙방의 자기 책상이나 도서관에 앉아 열심히 공부했다. 때마침 날아온 로지우스의 편지는 정체된 그의 생활에 신선함을 가져다 주었다. 편지의 내용은 이랬다.

친애하는 친구에게!

튀빙겐의 생활은 어떤가요? 지금 그곳은 무척이나 조용하겠죠. 학업은 잘 진척되고 있나요? 저는 여태껏 책 한 권도 읽지 못하고 있는 형편입니다. 그러나 지금은 『노발리스』를 읽고 싶은 열망으로 가득 차 있죠. 그 책 중에서 1권을 제게 보내 줄 수 없을까요?

물론 보내 주리라 믿습니다! 당신이 저를 방문해 줄 날을 기다리고 있겠어요. 진심으로 방문을 소망합니다. 그녀와의 일이 잘될 것 같아요. 그래서 무엇보다 당신이 이곳에 와서 함께 시간을 보내면서 당신의 그 재치 있는 방법과 폭넓은 사회적 경험으로 저를 도와주면 좋겠어요. 저는 모든 점에서 서툴기만 하거든요. 제 아버지도 당신을 맞을 준비를 하고 계십니다. 꼭 와주세요. 가능한 빨리 말입니다.

브라하포겔은 기쁜 마음으로 친구의 편지를 읽었으며, 지체 없이 그의 초대에 응하기로 결심했다. 그는 노래를 흥얼거리며 그날로 짐을 꾸렸다. 잠시 망설인 후 그는 『노발리스』를 친구에게 빌려 줄 게 아니라 아예 선물하리라 마음먹었다.

다음날 그는 걸어서 친구의 고향으로 향했다. 그곳은 네카강 하류 쪽으로 수 마일이나 떨어져 있었다. 소박한 시골길이 아침 햇살 속에서 밝게 빛나고 있었다. 아름다운 네카강 기슭은 여름의 햇살 속에서 그 푸른 자태를 드러내고 있었다. 햇볕이 따갑게 내리쬐는 언덕 위에서 이 방랑자는 노랗게 익은 풍성한 과일들로 넘쳐흐르는 과수원을 지나 가늘게 굽이쳐 흐르고 있는 강물을 내려다보았다. 가파른 산 위 포도밭에서는 포도가 익어 가고 있었다. 저 멀리 떨어져 있는 마을 위로 우뚝 솟은 뾰족한 교회 탑은 빛을 번뜩였고, 들판과 산에서는 농부들이 열심히 일을 하고 있었으며, 알프스의 높은 산들은 묵묵히 숲의 경관을 이루고 있었다.

이 예민한 청년의 영혼 속에서 모든 화려하고 다채로운 세상은 풍요롭고 행복하게 반사되었다. 추억과 소망이 속삭이듯 살며시 이 경이로운 세계와 함께 그에게 스며들었다. 젊고 쾌활한 사내는 입가에서 맴도는 콧노래를 억제할 수 없었다. 그는 천성적으로 방랑의 기질을 지니고 있었으며, 강직하면서도 유하고 민활했으며, 매사에 낙천적이었다. 그의 두 눈은 시골 풍경의 아름다움에 매료당했고 산등성이의 정교한 자태와 태양, 다채로운 나뭇잎, 저 멀리 아득하게 펼쳐진 초원에 취해 버렸다.

시골길을 걸으면서 그는 벌써 두 번이나 읽은 『노발리스』의 「푸른 꽃」에 나오는 여행자의 모습을 묘사해 놓은 구절을 떠올렸다. 영혼의 섬세함이 가득 담겨 있는 「헌사」의 구절들은 신비롭고 감미로운 매력과 음악적 울림으로 그를 사로잡았다. 아마 그는 자신이 그 시에 나오는 오프터딩겐과 무척 닮았다는 사실을 눈치 채지 못한 듯했다. 사나이로서 뭔가 부족해 보이는 그의 본성은 사랑스럽고 신선하기조차 했다. 어떤 고통에도 굴복하지 않고 성숙해 가는 청춘의 풋풋한 향내가 그를 감싸고 있었다.

늦은 오후에야 그는 로지우스가 기다리고 있는 작은 도시에 도착했다. 새롭게 단장한 지붕과 낡은 지붕들이 어지럽게 뒤섞여 있는 마을 한가운데에는 교회의 첨탑이 우뚝 솟아 있었다. 양파처럼 둥그스름해서 그 모습은 우스꽝스러워 보였지만 보는 이의 마음을 푸근하게 해주었다. 거리와 정원 그리고 회색빛 돌다리를 가로질러 유유히 흐르는 네카 강변에는 거위와 오리 떼가 살고 있었다.

로지우스의 조상들은 소상인이었거나 노점 상인들이었다. 그러나 몇 년 전 그들은 장사를 그만두고 집의 반은 세를 주고, 작은 집 하나를 새롭게 꾸며 그곳에서 생활하고 있었다. 브라하포겔은 여러 번 물은 끝에 그 집을 찾을 수 있었다.

그는 친구로부터 뜨거운 환영을 받았다. 조용한 성품의 로지우스의 아버지는 브라하포겔에게 악수를 청하면서 과묵한 입술로 옛날 방식으로 환영 인사를 했다. 그러고는 손님이 거처할 방으로 브라하포겔을 안내했다.

브라하포겔은 열심히 떠들면서 짐을 풀었다. 세면도구들과 벗어 놓은 외투 옆에 『노발리스』 두 권이 놓여 있었다.

"오, 『노발리스』군!"

로지우스는 기쁜 듯 탄성을 지르며 그중 1권을 손에 들었다. 그 책 속에는 브라하포겔이 적어 놓은 '증정'이라는 두 글자가 씌어 있었다. 그 글자는 바로 로지우스의 시야에 들어왔다. 그는 감사의 표시로 친구를 포옹했다.

그 책을 선물한 사람도, 또한 그것을 선물 받은 사람도 이제는 살아 있지 않다. 그러나 브라하포겔이 직접 적은 '증정'이라는 글자만은 책 표지의 안쪽에 여전히 남아 있다

'데오필 B. 그의 친구 헤르만 로지우스에게 바침. 1833년 여름.'

그리고 그 밑에는 다음과 같은 글이 적혀 있다.

'진정한 시인은 모든 것을 알고 있다. 그는 어떤 참다운 세계이다. ―노발리스'

5

책에 관한 이야기 대신, 그 당시 데오필 브라하포겔과 그의 친구에 대해 이야기하는 것은 별로 유쾌한 일이 아니지만, 방학 동안 그곳에 머물면서 시청 주무관 댁을 방문하여 커피 마시던 일이며, 아름다운 헬레네 엘스터와의 첫 만남이며, 그 밖의 수많은 이야기들을 빠뜨릴 수가 없다. 그러나 이런저런 사건들을 차례로 묘사하는 일은 하지 않을 것이다. 오늘날까지 전해 내려오는 그들의 이야기를 전부 기록하려면 아마 여러 권의 책으로도 모자랄 것이기 때문이다.

하지만 나는 『노발리스』를 살펴보면서 뜻하지 않게 그들의 인생의 자취를 제법 많이 찾아낼 수 있었다.

1권에 씌어 있던 브라하포겔의 '증정'이라는 글자 위에는 그것을 애써 지우려 했던 흔적이 남아 있었다. 질 좋은 잉크가 부드러운 종이 위에 확실하게 새겨져 있던 탓에 쉽게 지워지지 않은 모양이다. 지우려고 애쓴 흔적은 그대로 드러나 보였다.

60년 전에 적힌 '증정'이라는 글자를 칼로 긁어 지우려 했던 것이 이 낡은 고서의 소유자나 그것을 선물 받았던 사람,

그리고 그 책을 읽는 독자에게 무슨 의미일까? 아무 의미도 없다. 그것은 단지 어떤 사람이 그 글자를 숨기고자 했던 사소한 파손일 뿐이다.

그러나 나는 그 흔적을 그냥 덮어 둘 수만은 없다. 그것은 나에게, 그리고 이 단편을 통해 하고자 하는 이야기에게 중요한 의미가 되기 때문이다. 그 암울하고 고통스러웠던 과거를 끄집어내어 이야기하는 것은 무척 고통스럽다. 그 당시 이 책과 관련된 사건들과 그것의 운명 때문에 나는 꽤 오랫동안 어떤 말 못할 사랑을 간직해야 했다.

그곳에서의 즐거운 저녁 시간 이후 3주일 동안 브라하포젤은 더 이상 예전처럼 활기에 찬 열정적인 청년이 아니었다. 그는 그곳에서 많은 것을 경험했다. 그곳에서의 갑작스런 일들은 지난 시절 그렇게 조용하던 그를 훨씬 어른스럽게 만들어 주었다. 그는 많은 행복과 죄책감과 고통을 체험했고, 친구와의 우정과 청춘의 상실을 경험했다. 『노발리스』는 다시 그의 것이 되었고 그는 애써 '증정'이라는 선명한 글자를 지우기 위해 그 위에 흔적을 남겨야만 했다.

그는 헬레네 엘스터와 약혼했다. 가련한 로지우스는 바로 그날 자신의 친구와 애인을 한꺼번에 잃었다. 어쩌면 그날이 아니었는지도 모른다. 아름다운 여인으로 인해 두 사람의 우정이 깨진 후 절망적이긴 했으나 은밀하게나마 서로의 노력이 없었던 것은 아니니까.

결국 성격이 쾌활하고 잘생긴 브라하포겔이 아름다운 여인을 차지했고, 깨진 우정이 가져다 주는 고통은 불쌍한 신학도를 가혹하고 슬픈 상실감에 빠뜨렸다.

브라하포겔은 과연 친구를 배반한 것일까? 그는 자문하며 괴로워했다. 긍정과 부정의 대답이 항상 공존했다. 브라하포겔은 헬레네와의 첫 만남에서 자신의 친구를 위해 그 자리를 도망쳐 나왔어야 했다는 후회와 죄책감으로 괴로웠다. 그것이 배신이든 의식적으로 행해진 죄든 간에 더 이상 언급할 필요가 없을 것 같다. 그것이 옳든 그르든 두 사람의 우정은 압박해 오는 고통의 열정 속으로 스며들어 잊혀졌던 것이다.

나는 종종 브라하포겔의 죄가 얼마나 무거울지 생각해 보곤 한다. 나는 그의 죄가 결코 가볍다고는 생각하지 않는다. 왜냐하면 젊은이들에게 있어서 진정한 우정만큼 성스럽고 순수한 것이 없다는 사실을 내 자신이 잘 알고 있기 때문이다.

젊은 브라하포겔은 몇 년 동안 꿈꾸어 오던 자신이 선택한 여인에 대한 사랑을 향해 모든 것을 걸고 치닫고 있었다. 그런데 그가 행운을 잡았음에도 불구하고 우정을 배신한 대가로 그처럼 가혹한 보복을 받으리라고 누가 상상이나 했겠는가?

선물 받았던 책뿐만 아니라 서로 주고받았던 선물들을 되돌려 보낸 로지우스의 마음은 떨렸으리라. 그 책은 오랜 시간 열정을 나눈 그들의 우정 자체였던 것이다. 튀빙겐의 하숙방에서 '증정'이라는 글씨를 지우려고 애쓰면서 브라하포겔의 가슴 역시 고통으로 떨렸으리라. 그의 마음속에서 그 옛날 친구와의 우정을 지우려고 했다는 게 얼마나 부질없는 일이었던가. 그는 이따금 튀빙겐으로 자신을 만나러 오는 약혼녀와 함께 『노발리스』의 시나 동화를 읽었으리라. 그녀가 맨 처음 이 책에서 '증정'이라는 글씨와 로지우스의 이름과 그것을 애서 지우려 했던 흔적을 발견했을 때 그들의 기분은 어땠을까?

로지우스는 2년 후 다른 여인을 만나 브라하포겔의 결혼식이 있은 지 몇 달 뒤 1842년의 어느 날 결혼식을 올렸다. 두 친구는 공직에 몸담게 되었고, 각자 가정을 꾸려 나갔다. 그들의 추억은 희미하게 바래져 갔고, 그후 다시 만나지 못했다. 단지 그들은 제삼자를 통해 서로의 소식을 들을 뿐이었다.

분주하고 행복한 가정생활에 파묻히게 된 그들에게서 이 조용한 시인은 차차 잊혀져 가고 있었다. 그 책은 꽤 오랜 세월 동안 거의 잊혀진 채 브라하포겔의 서재 깊은 곳에 파묻혀 있었다. 그 당시 초기 낭만주의의 시를 신봉했던 사람들은 그들을 대신할 만한 추종자를 남기지 못한 채 죽어 갔다. 그리고 특출한 젊은이들 가운데 노발리스라는 이름 외의 것에 대해 아는 사람이 드물었다. 브라하포겔의 자녀들 또한 그랬다. 그 책들은 조상들에게서 물려받은 책장 속에 누구의 손길도 닿지 않은 채 내팽개쳐져 있었다. 그것들의 운명은 마치 50년 동안이나 묻혀 있던 시인의 명성과도 같은 운명이었다. 고서가 되어 타인의 웃음거리가 되고 마침내는 잊혀져 버리고 마는 슬픈 몰락의 운명이 그것을 덮치고 있는 듯 보였다.

우리의 『노발리스』는 이렇게 10년, 20년 버려진 채 먼지만 쌓여 갔다. 책장은 연한 크림색으로 퇴색되어 갔고, 낡은 책은 누렇게 변해 갔다. 하지만 그러한 치욕의 세월 속에서도 압지로 된 종이만은 여전히 훌륭하게 남아 있었다. 비록 질이 좋은 종이는 아니었으나, 사람들의 손아귀 속에서 비참하게 억눌려 지낸 세월에 비하면 지금도 여전히 새것이나 다름없었다.

6

20년 가까이 이 16절판 책 두 권은 누구의 손길도 닿지 않은 채 묵묵히 책꽂이에 꽂혀 있었다. 이 훌륭한 책의 역사에 있어서 잊혀져 있어야 하는 20년의 세월이라니!

여러 가지 업무로 바쁜 학교 선생님이나 집안의 으뜸인 분들이 깊은 밤 책상 앞에 앉아 추억과 젊은 날의 향수에 젖어 간혹 서가에서 이 책들을 꺼내 진지하게 낡은 책장을 뒤적였을지도 모르는 일이다.

그는 이 섬세한 감정의 시인이 그렇듯 빨리 세상 사람들

의 기억 속에서 잊혀졌다는 사실에 놀라움을 표하게 될 것이
며, 그의 이름을 입에 담는 사람이 거의 존재하지 않는다는
사실에 비통함을 금치 못할 것이다. 뿐만 아니라 그는 수십
년이 지난 후 이 시의 진정한 아름다움이 다른 친구들과 열
렬한 숭배자들에게 다시 발견되리라는 사실 또한 전혀 예감
하지 못했을 것이다. 이따금 접하는 2권의 비어 있는 페이지
위에 적혀 있는 시는 아마 누군가가 과거를 회상하면서 썼으
리라.

> 그대의 달콤한 운율 속에서
> 나는 젊은 날의 향기를 느낀다오.
> 그 세월은
> 그렇듯 살며시 그리고 아무도 모르게 확신할 수는 없지만,
> 내 눈부신 사상 속으로 사라져 버렸네!
> 그대는 마치 5월 축제 날에 태어난
> 가을 꽃들의 인사처럼 부드럽네.
> 당신은 내게 말하죠, 진지하고도 나지막이,
> 내 청춘이 얼마나 내게서 멀어졌는지를.

　때때로 『노발리스』는 아름다운 부인의 손에 들리기도 했
을 것이다. 확신할 수는 없는 일이지만, 그랬을지도 모른다
는 생각을 해본다.

어린 시절 나는 종종 아름다운 여인의 얼굴에서 섬세한 영혼의 꿈의 형상들을 보곤 했다. 우리는 흔히 그녀의 얼굴에서 생기 있고 아름다운 영혼을 짐작해 낼 수 있다. 그녀의 하얀 손길이 갈색으로 퇴색해 버린 이 책들을 만져 보았을 수도 있다는 상상만으로 나는 충분히 만족스럽다.

어쨌든 두 권의 책은 브라하포겔의 집안에 그대로 남아 있었고, 그 집안의 아들 아노가 1862년 튀빙겐에서 그것에 관한 글을 썼을 때만 해도 여전히 그곳에 남아 있었다. 그는 자기의 부친처럼 문헌학도였으므로 『노발리스』에 대한 문학 사적 연구에 세심한 관심을 보였을 것이다. 그로 인해 두 권의 책은 집에서 튀빙겐에 있는 그에게 보내졌을 것이다.

그러나 그 책에는 그 당시 얼마나 열심히 읽혀졌는지를 짐작할 만한 흔적이 남아 있지 않았다. 그보다 그 책에는 그 뒤 어떠한 메모도 적혀 있지 않았다. 이 작가는 반낭만주의 시대 속에서 성장한 대학생들에게 깊은 인상을 주지 못했으리라 생각된다. 그 책들은 그의 유물 속에서 숨겨진 보석이 희미하게 빛을 발하듯 그렇게 빛나고 있었다. 하지만 오랜 세월 동안 감추어진 불꽃은 단 한줄기의 빛을 발하질 못했다. 게다가 그 당시 여러 차례 잘못 다루어진 흔적마저 엿볼 수 있었다. 그 때문에 나는 튀빙겐 시절에 책을 잘못 보관하여 생긴 컵으로 원을 그려 놓은 듯한 흔적을 수정하느라 애를 먹었다. 그후에도 나의 『노발리스』는 수년 동안 브라하포겔의 자손들의 소유물로 남아 있었고, 부분적이나마 그들의 마음을 감동시켰다.

젊은 브라하포겔은 냉정하고 비판적 기질을 지니고 있었으며, 일찍부터 독특한 인물로서 두각을 나타냈다. 그는 아버지가 갑작스럽게 병석에 눕게 되자 튀빙겐 대학 시험을 포기하고 아버지에게 달려왔다. 그의 어머니는 이미 1년 전에 세상을 떠난 뒤였다. 그의 어머니는 결혼 생활 25년 동안 계속 아름다움을 간직하여 친구들로부터 부러움을 샀다.

이 젊은 학자는 돌연 혼자가 되고 말았다. 적잖은 재산을 물려받은 그는 스스로 독립할 수 있게 되었으며, 자신이 하고 싶은 대로 고향을 떠나 남쪽 지방으로 외로운 여행길에 올랐다.

브라하포겔이 이탈리아에 체류하는 동안 세심하게 기록해 놓은 일기를 보면 이후의 세월이 보다 정확하게 기록되어 있음을 알 수 있다. 그러나 『노발리스』에 대한 언급만큼은 마지막 장에 어렴풋이 남아 있는 정도다. 그는 로마에 몇 년간을 머물면서 이탈리아의 남부 지방과 시칠리아섬을 방문했다. 그는 고향과 과거에 대해 아예 생각하지 않는 것처럼 보였다. 그의 일기에는 기껏해야 이탈리아에서 일어난 사건들과 여행 그리고 학업에 관한 것들만 기록되어 있었다. 가끔 부모님이 돌아가신 날이 되면 그들에 대한 추억에 잠기곤 했다. 고향을 떠난 지 5년째에 접어들면서 그는 자주 고향을 그리워하는 듯했고, 고독으로 인한 심경의 변화를 보이기 시작했다.

그때 그는 베네치아에 여러 달 머물면서 도서관학에 열중하고 있었다. 마침 세상은 온통 프랑스 전쟁에 대한 소식으로 날마다 흥분이 고조되고 있었는데, 이 젊은 학자는 시끄러운 세상일에는 별 관심이 없었다. 그는 점차 저 멀리 떨어져 있는 아버지의 땅을 그리워하게 되었다.

젊은 시절의 추억과 향수가 그에게 엄습해 왔다. 바로 이 무렵, 까마득히 잊혀졌던 시인의 책이 우연히 그의 손에 쥐어졌다. 그 사실에 대한 매우 진솔한 심정을 일기에서 엿볼 수 있다.

오늘 나는 서가의 아래쪽에 있는 헌 책들 가운데에서 낡은 『노발리스』를 찾아내 몇 년의 세월이 지난 지금 몇 구절을 읽을 수 있는 기쁨을 맛보았다. 단상들을 읽으면서 나는 환상의 갖가지 혼돈을 자아내게 하는 정신적 감흥에 취하고 말았다. 그후 나는 그 훌륭한 구절인 「푸른 꽃」을 읽기 시작했다.

그로부터 열흘이 지난 후에는 이런 글을 남겼다.

『노발리스』의 「푸른 꽃」을 쉬지 않고 첫 구절에서 마지막 구절까지 단숨에 읽어 내려갔다. 나는 오랫동안 이처럼 훌륭한 독일 시인의 책을 읽어 본 적이 없다. 그의 독특한 인상을 결코 떨쳐 버릴 수 없을 것이다.

7

브라하포겔은 이 시인에게 퍽 오랫동안 몰두한 것 같다. 피렌체에서 어느 날인가, 『노발리스』를 다시 손에 집어 들었을 때 그는 「장미꽃과 히아신스」라는 동화를 발견했다. 그는 바로 이 장(章)에서 30년 전 그의 아버지가 베벤하우스 숲에서의 5월의 어느 날에 대해 기록해 놓은 메모를 발견했다.

그는 그 옆에 이렇게 써넣었다.

'피렌체의 세티히나노에서 1873년 6월 19일.'

피렌체에는 친구 한 명이 살고 있었다. 그는 토스카나 출신의 여자와 결혼한 한스 겔트너는 독일인 친구였다. 1874년 겨울 그는 양로원에 기거하고 있던 브라하포겔의 병상을 지켰으며, 1875년 3월 2일 그곳에서 그의 임종을 지켜보았다. 겔트너는 몇 권의 독일 서적과 함께 『노발리스』를 그에게서 물려받았다. 그 책은 그후 또다시 잊혀진 채 오랜 세월을 서가에서 파묻혀 지냈다. 흐르는 세월 속에서 겔트너의 딸은 아리따운 금발의 아가씨로 성장했다. 나는 그녀를 잘 알고 있었다. 그녀는 가냘픈 몸매에 독일인의 전형적인 아름다움을 지니고 있었기 때문에 뭇 남성들로부터 흠모를 받았다.

그 당시 피렌체로 돌아와 겔트너 씨 댁을 방문했을 때 나의 두 눈은 그녀의 아름답고 천진스런 모습에 반해 버렸다. 그녀의 모습은 바로 이탈리아 초기 문예 부흥기의 성모상을 닮았다. 나는 그것을 탐구해 보고자 이곳으로 떠나온 것이었다. 결국 나는 매일 겔트너 씨 댁을 찾아갔다. 독일인 친구와 함께, 어떤 때는 혼자 그 집을 방문했다.

그러던 어느 날 두 권의 『노발리스』가 내 손에 들어오게 되었다. 이미 오랜 세월 잊혀졌던 이 낭만주의 시인이 최근 들어 독일에서 다시금 세인들의 존경을 받으며 읽혀지고 있다고 겔트너 씨에게 설명하자 그는 몹시 놀라워했다. 우리는 매일 저녁 정원 한가운데 그늘이 깊게 드리워진 대리석 테이블에 둘러앉아, 옛 시인 노발리스의 섬세하고 깊은 음조를 담고 있는 시를 낭송하고 음미했다. 나는 겔트너 씨의 딸 마리아와 시에 대한 이야기를 나누곤 했는데, 우리는 대화를 나누면서 자연스럽게 가까운 사이가 되었다. 그러나 이런 일상 속에서도 나는 그녀와 사랑에 대한 이야기를 나누지는 않았다. 그것은 정말 내 자신에게 놀라운 일이었다. 어쩌면 다시는 체험하지 못할 아름다운 동화 속에서나 있을 법한 꿈같은 나날이었다.

이 무렵 구스타프 메르켈이라는 친구가 피렌체에 나타났다. 우리는 기쁨의 인사를 나누었다. 그는 활발하고 명랑하며 재치 있고 선량했다. 게다가 그는 미남이었다. 우리는 젊은 혈기를 지닌 대학생들답게 그 지방에서 생산되는 포도주를 마시면서 떠들거나 노래를 불렀다.

하지만 마리아에 대한 그리움이 나를 다시 그녀의 집으로 내몰았다. 나는 메르켈과 함께 그 집을 방문했다. 메르켈 역시 그곳이 마음에 들었는지 나와 함께 거의 날마다 겔트너 씨 댁을 찾았다.

어느 날 저녁 나는 그 집에서 『노발리스』의 「사이스의 제자」라는 대목을 낭독했다. 그것에 대해 담소를 나누던 중에 구스타프가 『노발리스』와 그의 시에 대해 몇 마디 조롱하는 말투로 빈정대 나는 우울해졌다. 더욱 놀라운 것은 그 말에 반대하지 않고 메르켈과 같이 웃기까지 하는 마리아의 냉정한 태도였다.

나는 스스로 감정을 억제하기 위해 침묵했다. 메르켈이 돌아간 다음 내가 그녀에게로 다가가자, 그녀는 몸을 피하면서 당혹스런 표정으로 시선을 피했다.

그녀가 말했다.

"물론 당신이 옳아요. 당신도 알고 계시겠지만, 당신의 친구는 무척 재치 있는 분이세요. 그런 그의 말에 반대 의견을 낼 수 없었어요. 저는 그저 아무 생각 없이 그를 따라 웃었을 뿐이에요. 그처럼 호의적인 손님과 제가 어떻게 논쟁 따위를 벌일 수 있겠어요?"

"마리아, 그것이 혹 나에 대한 배신의 마음은 아니었소?"

"당신 참 우습군요?"

그녀는 더 이상 아무 말 없었다.

나는 그녀에게 작별 인사를 한 뒤 천천히 집으로 돌아오면서 마리아에게 나의 사랑을 고백하지 않은 것이 다행스러운 일이라고 생각했다. 불쾌한 밤이었다.

모든 것이 그렇게 빠르고 조용하게 진행되었다. 나는 놀라움과 긴장된 호기심으로 그들을 지켜볼 뿐이었다. 메르켈은 더욱 자주 저녁 식사에 초대되었고, 그때마다 마리아가 곁에 앉아 있었다. 저녁 무렵 그들이 함께 정원을 산책하는 모습을 지켜보는 일도 잦아졌다.

어느 날 나는 마리아 자신이 쓴 약혼식 초대장이 책상 위에 놓여 있는 것을 발견했다. 밖에는 활기에 넘쳐흐르는 피렌체의 거리에서 뿜어대는 소음이 시끄럽게 울려 퍼지고 있었고, 포근한 하늘 사이로는 해맑은 새털구름들이 정겹게 유희를 즐기며 둥둥 떠다니고 있었다. 나는 한동안 멍하니 앉아 이 짤막하지만 정겨운 초대장의 글자 하나하나를 반복하여 읽어 내려갔다. 저녁에 나는 그곳에 가서 그들을 축하해 주었다.

다음날 저녁 『노발리스』에 얽힌 또 하나의 사건이 발생했다. 나는 결코 그 일을 잊지 못할 것이다.

우리는 과일을 먹으면서 이야기를 나누고 있었다. 물론

나는 그들과 별로 대화를 나누지 않았다. 그저 슬픔에 젖어 10여 분 간 커다란 복숭아 한 개를 집어 들고, 피렌체 특유의 백합 무늬가 새겨지고 손잡이가 구리로 되어 있는 칼로 깎고 있을 때였다. 갑자기 메르켈이 자리에서 일어서더니 『노발리스』를 들고 내게로 다가와 책장을 뒤적이기 시작했다. 그는 미소를 가득 머금으며 말했다.

"난 야만인이 아닐세. 그리고 자네도 상징주의에 빠진 적이 있지 않은가. 최근 나는 이 고서에서 아주 놀라운 시를 발견했다네. 자네와 그리고 특별히 마리아를 위해 이 시를 읽어 주고 싶네."

마음이 몹시 답답해졌다. 나는 그가 읊고자 하는 시가 무엇인지를 짐작할 수 있었다. 그것은 바로 아름다운 마리아와 함께 있을 수 있는 기회가 나에게 주어지면 그녀에게 들려주고 싶었던 구절일 게 틀림없다. 그러나 나는 어태껏 그것을 실천에 옮기지 못하고 있었다.

내 생각이 옳았다. 그는 그 구절을 읽었다. 마리아는 그녀의 크고 아름다운 눈동자를 그에게 고정시킨 채 미소 짓고 있었다. 그들에게서 이미 떨어져 나온 나는 그 순간이 과거의 그 어떤 날보다 고통스러웠다. 그는 계속 읽어 내려갔다.

수천 개의 형상들 속에서 나 그대를 보고 있소.
마리아, 사랑스런 그대여,

그 무엇으로도 그대의 아름다움을 묘사할 수 없소.

나의 영혼은 그대를 바라볼 뿐.

그후 세상은

마치 꿈결처럼 혼돈에 휩싸이고,

이루 형언하기 어려운 달콤한 하늘은

내게 영원한 안락을 주었소.

나의 사적인 기록은 거의 끝나 가고 있다. 아름다운 마리아에 대한 사랑의 시구로 끝을 맺는 것이 최선이리라. 하지만 그러고 나서 3개월 뒤 마리아가 결혼했다는 사실을 보고해야겠다. 메르켈은 그녀와 함께 스위스로 여행을 떠났고, 그해 늦은 가을 그녀는 혼자 독일로 돌아왔다.

나는 그동안 피렌체에서의 모든 추억과 작별을 고했다. 겔트너 씨는 마음의 표시로 『노발리스』를 내게 기꺼이 넘겨주었다. 그 뒤 『노발리스』는 내 소유물이 되었으며, 수많은 내 여행길의 동반자가 되었다. 그리고 지금은 나의 낭만주의 작가 전집들 사이에 진열되어 있다. 소피므로의 시와 화가 필립 오토 룽게의 작품집 사이에 말이다.

나와 메르켈의 관계가 서먹해진 것은 모두 내 탓이었다. 최소한 나는 그때 그의 편지에 답장을 했어야만 했다. 그는 곧 지쳤고 그후 편지는 끊어지고 말았다. 그것은 거의 1년 반 동안 계속되었다. 그후 아름다운 마리아는 어느 여름날 곤돌

라를 타고 뱃놀이를 하다가 불행히도 죽고 말았다. 그 일이
있은 후 메르켈은 나를 찾아왔다. 그 이후 나는 피렌체에서
의 아름다운 추억과 우리에게서 멀어져 가고 있는 청춘 시절
에 대한 그 모든 소중한 추억들을 그와 함께 나누고 있다.

서재의 책상에 앉아 있는 헤세(1935).

제3부

헤르만 라우서

나의 소년 시절

그 시가 내 입을 통해 쏟아져 나오는 순간마다 아버지의 품에 안긴 듯한 행복감을 느꼈고, 아버지의 커다랗고 해맑은 이마를 보는 듯했으며, 아버지의 나지막이 속삭이는 목소리가 들려오는 듯했다.

생의 후반에 접어든 나는 이따금 지나간 어린 시절의 일들을 떠올려 본다. 곱슬머리에 동화 속의 소년처럼 이국적이면서 자유분방했던 창백한 소년의 모습. 잠 못 이루는 밤이면 어김없이 그때의 추억이 절절하게 내 가슴을 파고든다.

꽃 향기와 초원의 노래, 슬픔과 괴로움 그리고 죽음의 고통, 나를 어루만져 주던 부드러운 손길에 대한 그리움으로 눈물을 흘린다.

잎이 무성한 밤나무와 상수리나무숲, 형언할 수 없을 만큼 아름다운 아침 햇살, 그것들을 배경으로 우뚝 솟아 있는 산, 그것은 마치 황금빛 액자에 끼워진 짙은 색조의 그림처럼 아주 선명한 모습으로 내게 다가와 마음을 설레게 한다.

내 삶의 모든 시간은 내게 짧은 휴식을 베풀어 주었다. 아름다운 산을 오르며 고독 속에 침잠해 있던 방랑의 시절, 예기치 못했던 작은 행복과 순결한 사랑, 황홀경에 젖었던 그 모든 순간을 어찌 어린 시절의 푸른 환상에 비할 수 있으리. 그것은 내 삶에 있어 하나의 위안이자 기쁨이었다.

낯선 곳을 찾아 헤매던 일, 별에 대해 이야기를 나누던 일, 푸른 숲의 그늘에 누워 나무와 구름과 아이들과 이야기를 나누던 그 모든 일들.

내가 정확하게 기억해 낼 수 있는 어린 시절의 일은 세 살 때부터일 것이다. 나의 부모님은 산행에 나를 데려가곤 하셨다. 우리가 자주 가던 그 산은 몹시 수려해서 날마다 도시인들을 유혹했다. 한번은 어떤 젊은 아저씨가 나를 높은 성벽의 난간에 세워 놓고는 산 밑을 내려다보게 했다. 나는 아찔한 무서움을 느꼈다. 무척 흥분하여 집으로 돌아와 잠자리에 들 때까지 온몸을 떨었다. 그 일이 있은 후 나는 간혹가다 무서운 꿈에 시달렸다. 그때마다 그 깊은 나락은 어린 영혼을 고통스럽게 했다. 소년은 꿈속에서 신음 소리를 냈고 번번이 울면서 잠에서 깨어났다.

온갖 비밀스런 일들로 가득할 어린 시절의 추억을 세 살 이후로 제한할 수밖에 없는 기억의 한계가 애석할 따름이다. 아무리 노력해도 세 살 이전의 일들은 단 몇 시간조차 생각해 낼 수가 없다니 말이다.

어린 시절의 나는 매우 수줍음을 잘 타는 소심한 성격의 소유자였던 것 같다. 보통 다섯 살 정도 나이의 아이들에게 나타나는 수줍음의 표현이 내 경우에는 이른 감이 없지 않은 듯한 느낌이다.

경험했던 일을 보다 정확하게 기억해 낼 수 있는 것은 다섯 살 이후다. 그때 내 주변의 모든 것이 머릿속에 떠오른다. 부모님과 집 그리고 어린 시절을 보낸 도시와 시골 마을, 집들 사이로 나 있는 탁 트인 양지바른 거리, 높이 치솟은 도시의 건물들과 시청이며, 성당이며, 라인강의 다리들. 특히 우리 집 뒤뜰에서 시작하여 넓게 펼쳐진 초원은 어린아이의 걸음걸이로는 끝이 없는 것만 같았다. 모든 정신적 체험과 모든 사람 그리고 부모님의 모습마저 무수한 생명체들로 가득 찬 초원만큼 그렇게 또렷하게 기억나진 않는다. 그 초원에 대한 나의 추억은 사람들의 모습을 기억하기 시작한 때보다 훨씬 전인 것 같다.

어려서부터 의사나 시중드는 낯선 사람의 손길이 몸에 닿을 때면 느껴지는 불쾌감은 나를 소심하게 만들었고, 그로 인해 내 감정은 혼자 자유롭게 있고 싶다는 강렬한 의지로 굳어져 갔다. 그 시절 오랜 시간 거닐던 수많은 산책로는 나로 하여금 사람들의 발길이 닿지 않은 대단히 광활한 초원을 찾아 헤매도록 했다.

    노년에 접어든 지금도 짙은 고독감이 밀려오면 그때의 충
동이 되살아난다. 추억은 나의 가슴을 행복감으로 촉촉이
적셔 준다. 추억이란 어린 시절로 이어지는 여울목 같은 것
이라고나 할까. 엷은 구름 사이로 피어오른 희뿌연 안개가
넓게 깔린 그 초원에서도 이렇듯 신비로운 아름다움을 지닌
방울내풀과 나비들을 볼 수 없을 것이며, 이토록 짙푸른 물
풀이며, 황금빛 민들레꽃이며, 화려하고 진귀한 전추라꽃과
앵초 · 풍령초 · 체꽃 같은 아름다운 것들을 결코 볼 수 없을
거라고 확신한다. 나는 이렇게 아름답고 연약한 질경이꽃과
황금빛 꿩버들꽃, 매혹적인 빛을 내는 도마뱀과 나비들을
여태껏 한 번도 발견하질 못했다. 나의 이성은 하찮은 것에
집착한 나머지 몹시 지쳐 있었고, 정서와 시선은 아름다운
꽃과 도마뱀이 아닌 온갖 사악한 것을 향하고 있었다.

    이런 생각이 불현듯 떠오르면 그후 내가 직접 눈으로 보
고 손에 쥐었던 모든 값진 것들, 심지어는 내 예술 작품까지
저 초원의 장관에 비해 얼마나 보잘것없는 것이었는지를 생
각해 본다.

    그곳에는 늘 투명한 아침이 있었다. 나는 매일 아침 잔디
위에 팔베개를 하고 누워 일렁이는 숲의 바다 너머로 빛을
발하고 있는 태양에 넋을 빼앗겼다. 그곳에는 붉은 양귀비꽃
과 푸른 풍령초 꽃색의 황새냉이 등이 피어 있는 섬들이 누
워 있었다. 섬 위로 노랑나비, 가냘픈 부전나비, 골동품처럼

진귀한 빛을 내는 멋진 오색나비, 작은멋쟁이나비, 날개가 유난히 무거워 보이는 들신선나비, 산호랑나비, 검정색에 빨간색이 드문드문 섞인 장군나비, 아폴로나비 등이 날개를 파닥이며 나를 유혹했다. 경외심을 불러일으킬 만큼 아름다운 자태를 지녔다 하여 아폴로라고 불리게 되었다는 나비 한 마리가 어느 날 내 곁으로 날아왔다. 설화석고처럼 하얀 날개를 여유롭게 움직이는 그 모습은 신비롭기까지 했다.

날개에는 옅은 둥근 무늬와 다이아몬드 모양의 섬세한 선이 있었고 선홍색 무늬가 있었다. 아득히 먼 시간 속의 일이지만, 그것은 무척 강렬하고 선명하게 내 머릿속에 간직되어 있다. 그때 그 나비를 보는 순간 숨이 막힐 듯 가슴을 설레게 하던 기쁨이 지금도 짜릿하게 전해져 온다.

아이들이 흔히 그렇듯 나는 조심조심 나비에게 다가가 잔인하고 짓궂게 모자를 던졌다. 나비는 힐끔 주위를 둘러보는 듯하더니 우아하게 날개를 파닥이며 날아올라 갔다. 그러고는 이내 눈부신 황금빛 햇살 속으로 사라져 버렸다.

그 당시 내가 나비를 뒤쫓으며 채집에 열을 올린 것은 결코 학문적 취미에서가 아니었다. 애벌레와 나비의 이름을 사람들은 '여름의 작은 새'라는 의미로 '좀머페그라인'이라고 불렀다. 내게 그것은 그다지 중요하지 않았다. 나에게는 내가 붙인 이름이 더 중요했다. 나는 붉은 날개를 가진 것들은 '겁쟁이'라고 불렀고, 갈색이 도는 것은 '딱다구리' 그리고 그 밖의 흰나비와 그리 아름답지 못하고 흔하게 눈에 띄는 나비를 통틀어 '투박이'라고 불렀다. 나는 생명이 없는 채집물에는 별 관심을 갖지 않았다. 그래서 수집하는 데 노력을 기울이지 않았다.

그 시절 여름, 초원에서 있었던 음악적으로 인상 깊은 일을 기억해 낼 수 없다. 그 당시 나는 그저 멀리 스쳐 가는 아득한 기적 소리에 두려움을 느꼈던 것 같다. 그러나 내 추억 속에는 항상 음악이 스며 있었다. 이른 새벽 안개에 가리어진 사원의 어슴푸레한 형상은 항상 오르간 연주 소리에 뒤섞여 머릿속에 떠오른다.

사원과 도시에 대한 인식의 눈이 트인 것은 한참 뒤의 일이다. 부모님은 반나절 동안 혼자 산책하는 것은 허락했지만, 혼자 시내로 나가는 것은 엄격하게 금했기 때문이다. 게다가 나는 낯선 군중과 달리는 마차에 대해 두려움을 느끼고 있었다.

몇 개월 동안 푸른 초원에서 지낸 시간들은 한결같이 아름답고 투명했으며, 영원히 깨어나지 않을 꿈처럼 내 의식 속에 남아 있다. 그 가운데 유난히 아름다웠던 날들이 부드럽게 스케치되어 떠오른다. 그날들을 조금이라도 더 기억해 낼 수만 있다면 그 대가로 무엇이든 보답할 수 있다. 나는 종종 지나온 삶의 길을 되돌아보곤 한다. 그때마다 잊혀진 수

많은 날에 대한 애틋한 슬픔이 밀려온다.

　내 어린 시절의 일들을 이야기해 줄 사람이 이제는 남아 있지 않다. 그 시절의 대부분은 마치 불가사의한 그리움의 기적처럼, 도저히 이해하기 어려운 황금빛 행복 속에 굳게 갇혀 있다. 어린 시절이 어쩔 수 없이 우리에게서 멀어져 가고, 손장난을 하다가 깊은 우물 속에 떨어뜨린 보물처럼 망각의 늪으로 추락해 버리는 것이, 인간의 삶에 있어서 불완전함이자 궁핍이다. 소년 시절까지는 삶의 실타래를 되감을 수 있으나, 그 이전의 일들에 대해서는 그것을 연결시켜 주는 단 며칠만이 희미한 안개 속에서 산만하게 드러나 보일 뿐이다.

　높은 탑 위에 서서 어렸을 적의 일 중 특히 한 살 때 일들을 엿보려고 해보았으나, 수수께끼와 같이 한없이 펼쳐져 출렁이는 바다만 보일 뿐이었다. 그것은 형체가 없었지만 그 어떤 신비와 보물을 감싸고 있는 베일처럼 성스러운 안개 속에 놓여 있었다.

　어지럽게 흩어져 있는 모든 기억 가운데서 특별히 내게 소중한 것은 바로 아버지와 함께 거닐던 산책길이다. 그 길은 아버지에 대한 내 첫인상을 간직하고 있다. 우리 두 사람은 산중에 위치해 있는 성 마르가르텐이라는 작은 교회의 성벽에 걸터앉아 따스한 햇살 아래 낮잠을 즐겼다. 아버지는 내게 저 아래 유유히 흘러가고 있는 라인 강변을 가리켰다.

해맑은 초록빛의 운치 있는 경치에 대한 첫인상은 아주 선명하게 기억 속에 자리 잡고 있다. 그후에도 나는 여러 번 그곳에 올라가 경치를 바라보았다.

그러나 아버지의 옛 모습은 점차 사라져 갔다. 금발로 가려진 내 이마 위를 스치던 아버지의 검은 수염, 나를 바라보던 다정한 눈길. 성벽에서의 휴식을 떠올릴 때마다 아버지의 검은 머리와 수염, 강직하면서도 귀족적인 분위기를 자아내는 반듯한 코, 굳게 다문 붉은 입술, 어깨 위로 늘어뜨려진 곱슬머리, 나를 바라보던 커다란 눈망울 그리고 위엄 있는 자세로 머리를 치켜들고는 푸른 여름 하늘을 바라보며 깊은 감상에 젖어 있던 모습을 다시 떠올릴 수 있으리라고 확신한다.

같은 해 여름의 일이다. 나는 아버지의 또 다른 모습을 떠올린다. 그때의 일은 매우 또렷하게 내 마음속에 간직되어 있다. 머리를 뒤로 젖히고 왼손에는 펠트 모자를 들고 저물어 가는 태양의 맞은편에서 꼿꼿하게 걸어오는 유독 키가 커 보이던 아버지의 모습. 그 옆에는 어머니가 다소곳이 따르고 있었다. 어머니는 왜소해 보이는 한편 힘이 있어 보였고, 하얀 숄을 어깨 위에 걸치고 있었다. 영원히 갈라놓을 수 없을 것 같아 보이는 두 분의 검은 머리 사이로 붉은 태양이 작열하고 있었다. 두 분의 윤곽이 황금빛 속에서 분명한 모습으로 드러났다. 양 옆으로 풍성하게 무르익어 가고 있는 밀밭이 펼쳐져 있다. 그때가 언제였는지 정확하게 기억해 낼 수 없으나, 그 광경은 아주 생생해서 결코 지워질 수 없는 추억으로 내 가슴속에 남아 있다. 그렇게 선과 색채가 화려한 생명력 있는 그림을 지금껏 본 적이 없다. 저편 가득 빛을 쏟아 붓고 있는 붉은 태양 맞은편 밀밭 사이로 나 있는 오솔길을 말없이 거닐고 있는 두 분의 그 고귀한 모습은 내게는 더할 나위 없이 값진 것이다.

숱한 꿈속에서 그리고 하얗게 밤을 지새울 때면 나의 두 눈은 가장 소중한 보석과도 같은 추억에 고정되곤 한다. 그것은 내 황금 시절의 유산이다. 그렇듯 빛이 넘쳐흐르고 풍요로 일렁이는 바다 같은 밀이삭 뒤로 펼쳐진 붉고 화려함 그리고 평화로움을 머금고 있는 황혼녘의 태양을 나는 결코 잊을 수 없다.

나의 부모님에 대한 추억이 더욱더 선명하게 떠오르고 있다. 초원에서의 고독한 시절이 있긴 했지만 나는 비교적 단란한 가정에서 지냈다. 다양한 사람들과의 접촉을 통해 나의 의식은 초원에서 보낸 생활보다는 다채롭게 변해 갔다. 아버지의 문학적 기질과 어머니의 음악성이 얼마나 일찍부터 내게 영향을 미쳤는지는 그다지 확신이 안 선다. 철이 들고 나서야 부모님의 개별적인 삶을 깨닫게 되었는데, 두 분의 기질은 이미 그전부터 내게 전해진 것 같다.

어린 시절 내가 무슨 놀이를 하고 놀았는지에 대해서는

그다지 말할 만한 게 없다. 놀이에 열중하고 있는 어린아이의 영혼처럼 신비로운 게 있을까? 또한 그 영혼처럼 우리를 낯설게 하고 본성적인 것을 상실해 가고 있음을 깨닫게 해주는 게 있을까?

우리 집은 꽤 부유한 편이었고, 부모님의 각별한 배려로 나는 많은 장난감을 가질 수 있었다. 장난감 병정이며 그림책, 블록 쌓기, 흔들 목마, 피리, 말채찍, 마차 따위의 장난감은 물론이고 장난감 상점과 장난감 돈, 저울까지 있었다. 그리고 이따금 연극 놀이를 할 때는 어머니의 상자를 이용할 수 있었다. 그러나 나는 손쉽게 얻을 수 있는 이런 물건들에는 별 관심이 없었다. 흔들의자로 말을 만들고, 책상으로 집을 만들고, 천 조각을 이용해 새를 만들었으며, 벽난로의 붙박이와 침대 시트로 커다란 동굴을 만드는 일이 더 흥미로웠다.

또한 어머니의 이야기는 나를 세상과 꿈의 세계로 이어주기에 충분한 다리 역할을 했다. 나는 세계적으로 명성을 떨친 작가의 이야기를 많이 들었는데, 어머니가 내게 들려주신 이야기들은 그것들과 비교해 볼 때 한결같이 부자연스럽고 진부한 느낌을 주었다. 오, 황금빛 찬란한 후광의 예수님 이야기! 그대 베들레헴이여, 마구간의 아기 예수여!

어린아이의 일상에 끝없이 솟구치는 풍요의 세계에 관해 이야기해 주는 어머니와, 어머니의 무릎에 금발을 기대고 호기심 어린 눈망울로 어머니를 바라보고 있는 아이의 모습처럼 성스러운 그림이 있을까? 어머니들의 그런 재치 있고 열정적인 기질과 입을 통해 한없이 흘러넘치는 요술의 샘물은 어디에서 비롯된 것일까?

나는 지금도 나를 내려다보며 이야기를 들려주시던 어머니를 그리워하고 있다. 가냘픈 몸매에 부드러움과 강인함을 동시에 지닌 모습. 그리고 아름다운 갈색 눈동자!

나는 최근에야 비로소 동화의 깊은 샘에서 성서의 끝없는 울림과 의미를 음미했다. 빨간 모자와 요하네스, 일곱 난쟁이와 백설 공주는 그들의 신나는 세계로 나를 끌어들였다. 나의 호기심은 은은한 달빛 아래에서 춤추는 열한 명의 요정이 사는 산과 비단 옷을 걸친 여왕들이 사는 궁전, 귀신이나 정령, 숯 굽는 사람과 도둑들이 들락거리는 깊은 산속의 동굴을 마음대로 상상해 냈다.

두 개의 침대가 나란히 놓여 있는 침실의 좁은 공간은 마치 눈이 무섭게 찢어진 요괴와 검게 그을린 광부, 목이 잘린 사람, 몽유병에 걸린 살인자, 푸른 눈초리를 번뜩이는 사나운 맹수가 살고 있는 듯해서 무척이나 무서웠다. 한동안 그곳을 지나려면 어른들 뒤를 쫓아가야 했고, 그후에도 얼마 동안 한껏 용기를 내야만 그곳을 지나갈 수 있었다. 한번은 아버지가 내게 그곳에 가서 슬리퍼를 가져오라고 하셨다. 나는 간신히 침실까지 들어가기는 했지만 그 무시무시한 곳으로 다가갈 수는 없었다. 나는 몹시 침울한 얼굴로 되돌아와서 아버지에게 슬리퍼를 찾지 못했노라고 거짓말을 했다. 내가 거짓말하고 있다는 것을 눈치 채신 아버지는 나를 다시 그곳으로 보냈다. 나는 또다시 침실로 들어가야 했다. 그러나 나의 두려움은 한층 더 커져서 또다시 빈손으로 되돌아와서 똑같은 말을 되풀이했다. 문틈으로 내 행동을 지켜본 아버지는 아주 진지하게 말씀하셨다.

"거짓말을 하고 있구나. 저쪽으로 가서 서 있도록 해라."

그러더니 직접 슬리퍼를 가지러 그곳으로 가셨다. 아버지도 그 요괴를 당해 낼 수 없으리라는 확신은 나를 더욱 불안하게 만들었고, 나는 아버지에게 그 구석 가까이 가서는 안 된다고 울면서 매달렸다. 하지만 아버지는 나의 만류에도 불구하고 그 무시무시한 곳으로 들어가 슬리퍼를 들고 무사히 되돌아오셨다. 나는 오랫동안 아버지의 그런 용감한 행동이 비상한 용기와 신의 특별한 가호 때문이라고 생각했다.

또 언젠가는 나의 정서 불안이 거의 병적으로 악화된 적이 있었다. 그 사건은 내 신경을 매우 자극해서 나를 날카롭게 만들었고 온갖 고통스런 형상들을 마음속 깊이 새겨 놓았다. 그것은 낭만으로 충만해야 할 어린 시절을, 마치 메두사의 목처럼 공포와 두려움에 시달리게 했다.

날이 저물 무렵의 일이었다. 열네 살 난 이웃집 소녀 둘과 그애들의 남동생 그리고 나, 우리는 시내에서 집으로 돌아오면서 각자 약간의 두려움을 느꼈다. 높은 건물들과 탑들의 그림자가 거리 위에 사나운 맹수의 이빨처럼 예리한 형상으로 드리워져 있었고, 이미 가로등은 켜져 있었다. 게다가 길을 지나다 대장간을 힐끔 들여다보니, 검게 그을린 반나체의 사내들이 고문하는 형리처럼 어둠 속에서 커다란 집게를 쳐들고는 불을 내뿜는 화로 옆에 서 있었다. 또 한 번도 본 적이 없는 낯선 사람들이 술에 취해 흥얼거리며 소리를 질러대고 있었다. 그 소리는 흡사 맹수의 울부짖음 같기도 죄수들의 아우성 같기도 했다. 날은 점점 어두워져 갔다. 한 소녀는 몸을 움츠리면서 바르바라의 종에 얽힌 이야기를 했다. 그 종은 바르바라라는 교회에 걸려 있었는데, 어떤 마법에 의해 강탈되었다. 그 종이 울자 범인들은 아주 잔인하게 종을 때렸다. 그래서 마침내 그 종은 죽임을 당하게 되었는데, 그때 그 종은 피맺힌 목소리로 바르바라를 애타게 불렀다. 그러자 살인자들은 그 종을 땅속 깊이 파묻었다. 그후 한밤중만 되면 땅속에서 구슬픈 종소리가 크게 울려 퍼지기 시작했다는 이야기였다.

내 이름은 바르바라였죠.
나는 바르바라에 매달려 있었어요.
나의 고향은 바르바라예요.

속삭이듯 들려오는 그 이야기는 나를 무서움에 떨게 했

다. 나는 더욱더 몸이 오싹해지는 공포를 느끼기 시작했다. 하지만 그 사실을 숨기려고 안간힘을 썼다. 아무것도 이해하지 못하는 어린 동행자들은 아무 근심 없이 어두움을 헤쳐 나갈 수 있었고, 나보다 나이 많은 여자 아이들은 스스로 두려움을 달래려는 듯 작은 목소리로 계속 이야기했다. 그런 상황에서 나 혼자 두려움을 느끼고 있다는 사실이 드러난다는 것은 창피스런 일이라고 여겨졌기 때문이다. 그러나 그들의 이야기는 나를 더욱 공포에 질리게 했고, 이윽고 온몸이 떨리며 이빨 부딪는 소리까지 났다. 이야기가 끝나 갈 무렵이었다. 폐허가 된 성의 교회에서 저녁 종소리가 떨리듯 울려 왔다. 나는 미쳐 버릴 듯한 공포에 사로잡혀 아이들의 손을 뿌리치고는 지옥에서 뛰쳐나오듯 밤길을 내달렸다. 여러 번 돌에 걸려 넘어지면서 마침내 집에 도착했다. 온몸이 떨려 왔다. 그날 밤 내내 나는 공포에 시달렸다. 그후 오랫동안 바르바라라는 소리만 들어도 얼음처럼 차가운 무엇이 내면 깊숙이 스며들어 오는 듯한 느낌이었다. 그때부터 나는 요괴니 흡혈귀니 악령이니 하는 것들이 살아 있다고 확신하게 되었다.

드디어 눈뜨기 시작한 나의 이성은 성가시게 굴었고, 그것들에 대한 무시무시한 두려움이 나를 더욱 괴롭혔다. 나는 가끔 무기력한 격정과 초조감으로 미칠 것 같은 발작을 일으키곤 했다. 대부분의 사람이 미처 인식하지 못하고 있는 그들의 상실된 진실을 추구하고 싶은 충동, 사물들의 근원을 파헤쳐 보고 싶은 욕망, 지적인 확신과 그것의 조화에 대한 동경은 아이들만이 가질 수 있는 정신적 단편들이다.

해답도 없는 수많은 의혹 때문에 고민했다. 그러나 나의 이런 의문들이 어른들에게는 하찮은 것에 불과하고, 그들은 나의 이런 고민을 결코 이해하지 못한다는 사실을 깨달았다. 변명이나 농담처럼 내뱉는 어른들의 대답은 나의 영혼을 또 다른 혼란 속으로 빠뜨렸고, 나를 다시 신화의 세계로 빠져 들게 했다.

어린아이의 이러한 탐구심이나 의구심이 영원히 삶 속에 존재한다면 인생은 훨씬 진지하고 순수해질 것이다. 무지개는 무엇일까? 바람은 왜 신음 소리를 낼까? 왜 초원은 기울었다가 다시 꽃을 피우는 것일까? 비와 눈은 어디서 뿌려지는 것일까? 우리는 이렇듯 부유한데, 이웃집에 사는 양철 직공은 어째서 가난할까? 저녁만 되면 태양은 어디로 가버리는 것일까?

이런 의문에 대해 어머니의 지식과 인내가 한계에 부딪힐 때면, 아버지는 사랑과 섬세함으로 내게 일러 주시곤 했다.

"사랑하는 신께서 그렇게 만드신 거란다"라는 간단한 대답만으로는 충분하지 못할 때, 아버지는 자신의 예술가적 기질을 발휘하여 세계의 모든 현상과 동식물들이 살고 있는 지구의 표면, 또는 천체의 운행에 대해 설명해 주셨다.

어떤 때 아버지는 동화 말고도 역사적 인물이나 고대 그리스 로마 시대의 이야기들을 들려주셨다. 어른들의 머릿속에서는 극렬한 싸움을 일으키는, 어떤 정확한 귀결을 지을 수 없는 정신적 혼동을 어린아이들은 자신들만의 상상력을 통해 서로 융합시키고 해결의 실마리를 찾는다. 그런데 혼자서 사색하길 즐기고 창작 행위를 즐겼던 나는 여러 의문에 직면하지 않을 수 없었다. 그중에서 내가 즐겨 보던 『세계도회』의 진실성 여부가 가장 큰 관심거리였다. 그저 호기심에서 읽기 시작하여 나이가 꽤 들어서까지 그 책을 읽었다. 내 이야기 속에는 로빈훗이나 걸리버의 역할을 바꾸어 실제처럼 꾸민 것도 있었다. 나는 오랫동안 이런 기이한 인물들이 정말 현실 세계에 존재할까, 혹 화가의 장난기 어린 단순한 상상이 아닐까 하는 강한 의혹에 사로잡혀 있었다.

기사(騎士)나 건축물 혹은 역사적 사건을 그려 놓은 삽화를 들여다볼 때면 어린 시절 친구들을 놀려 주던 유쾌한 장난이 떠오른다. 나는 아킬레스라든지 대사원 혹은 그 비슷한 것들을 마치 실물처럼 묘사하거나 만들어서 친구들에게 보여 주며 장난을 쳤다. 책을 읽고 있을 때, 아버지께서 내게 다가와 그 책의 맨 뒷장에 있는 무심코 지나친 우리 고향에 있는 교회 그림을 펼쳐 보여 주셨을 때 나는 무척 당황해 다시 책을 들여다본 적이 있었다. 그후 퍽 오랫동안 나는 아버지의 말씀이라면 무엇이든 신뢰했다.

어느 날 이웃에 사는 한 소년이 내게 매우 비밀스럽고도 흥미진진한 이야기를 해주었다. 그것은 아이들이 흔히 듣는 옛날이야기나 상상의 세계에서만 체험할 수 있을 법한 야만인이라는 인물이 저 멀리 들녘에 있는 베드로 묘지 근처에 살고 있다는 이야기로, 소년의 아버지가 해주셨다고 했다. 그애는 아주 자랑스럽게 뽐내며 말했지만 내게는 그저 그런 이야기였다. 왜냐하면 상세하게는 아니지만 그 이야기를 이미 아버지로부터 들은 적이 있었기 때문이다. 그래서 나는 아무런 감동 없이 회의적으로 그에게 대꾸했다. 뿐만 아니라 그애의 아버지는 바보라는 조소 섞인 말을 자신 있게 내뱉고 말았다. 그 일로 나는 소년의 아버지와 나의 아버지에게 혹독한 벌을 받았다.

존경하는 아버지의 가혹한 처벌에 대해 나는 침묵으로 맞섰지만, 어린 가슴은 몹시 굴욕적인 고통과 비통함을 느껴야 했다. 기억에 의하면 그것은 나의 최초의 고통이었고, 학교 다니기 이전의 시절을 회상할 때마다 유일하게 떠오르는 우울한 사건이기도 하다. 하지만 그것은 단순히 벌로 내게 고통을 주기 위한 것만은 아니었다. 아버지의 혹독한 처벌은 나에게 겸허한 마음가짐과 용서를 구할 줄 아는 태도를 깨우쳐 주기 위한 것이었다는 사실을, 얼마 후 부모님의 다정한 눈길과 나에게 관심을 기울이시는 모습을 확인하고 나서야 다시금 깨닫게 되었다. 물론 그렇게 되기까지 나는 고통스러울 만큼 가슴 아픈 투쟁으로서 그 대가를 치러야 했다.

내가 지쳐서 마침내 "잘못했습니다"라는 말을 하게 될 때까지 처벌에 대한 다정하고 진지한 화해는 이루어지지 않았다. 그 일이 있던 날 저녁 잠자리에 들 때 어머니는 내게 키스를 해주지 않으셨다. 지금껏 그때의 수치심을 기억하고 있다. 그후에도 가끔 역경에 처한 일이 있긴 했으나 그날 밤처럼 그렇게 고통스러운 심적 갈등을 느껴 본 적은 없었다. 그날 저녁 나는 그 누구에게도 기도를 할 수가 없었다. 나의 기도 소리는 혀끝에서 차단되었다. 그것은 내게 성경의 엄격함을 깨우쳐 주었고, 숨 막힐 듯한 고통을 안겨 주었다. 그 뒤 나는 이런 우울한 시간들 덕분에 진실된 기도만 했다.

그러는 동안 나의 사고는 성숙되어 갔고 그때의 교훈과 경험으로 점점 더 고독 속으로 침잠해 들어갔으며, 나는 점점 그걸 즐기기 시작했다. 나는 모방이 아닌 좀 더 발전적이고 지적인 형태의 놀이를 즐겼다. 알파벳은 내가 학교에 호감을 갖게 했다. 학교 생활이 시작되면서부터 이전에 있었던 일들은 나에게 그냥 추억일 뿐이었다. 나는 점차 미래를 생각하는 데 길들여져 갔다.

이 얼마 되지 않는 기억의 단편들은 아직껏 내 가슴속에 간직되어 있는 보물이다. 물론 이것이 전부는 아니다. 꿈으로 가득 찬 봄날의 감격과 행복에 겨운 즐거운 놀이들, 어린

아이가 맛본 즐거움과 슬픔 뒤에 오는 온유한 감정, 나는 이 모든 것을 결코 말로는 표현할 수가 없었다.

그때의 즐거움과 슬픔은 점차 성숙해 가면서 느낀 숱한 감정들보다 한층 절실했고 가슴 깊이 와 닿았다. 숲을 거닐고, 동네 아이들과 우정을 나누고, 몰래 숨어 어린 고양이를 기다리던 일, 내가 쓰다듬어 주던 새끼 양에 대한 아름다운 추억의 꽃다발을 나는 일일이 열거할 수가 없다.

학교에 들어가기 얼마 전 나는 희비가 뒤섞인 감정의 혼돈을 경험했다. 소년의 자부심이 눈을 뜨기 시작했고, 모든 꿈이 이성적 사고로 바뀌는 과정에서 발생되는 불확실한 상황에 직면했던 것이다. 나의 다채로운 환상의 세계와 찬란한 황금빛 어린 시절은 차츰 빛을 잃어 가고 있었다.

학교에 입학하기 바로 전날인 11월 27일은 누이의 생일이었다. 온 집안 식구들의 관심과 애정은 누이에게 쏠렸다. 나는 어둠이 밀려들고 있는 창가에 우울하게 앉아 있었다. 창밖으로는 늦가을의 정취가 초저녁의 어둠 속에 잠겨 있었고, 어느덧 하늘에는 별이 총총했다. 현실의 삶에 첫발을 내딛는다는 기대감보다는 지금까지 맘껏 누려 온 자유와 꿈의 세계와의 작별에 대한 아쉬운 마음이 가슴속에 선명하게 남아 있었다. 별들이 움직이고 있다고 믿게 된 것은 바로 그때였다. 나는 꼼짝도 하지 않고 한동안 하늘을 바라보았다. 갑자기 별 하나가 유난히 반짝이기 시작했다. 그러더니 흔적

없이 어둠 속으로 사라져 버렸는데, 나는 그 순간을 목격했었다. 그때 또다시 한 개의 별이, 아니 저쪽에서는 두 개의 별이 그리고 마침내 모든 별이 하나가 되어 움직였다.

때마침 아버지가 들어오셨고 뒤이어 하인이 나타났다. 우리는 한동안 어두운 가운데 말없이 서서 수많은 유성이 펼치는 신비로운 광경을 지켜보았다. 어두운 밤에 매끄럽게 흘러가고 있는 별무리를 지켜본 사람이라면 누구든 그 광경을 결코 잊지 못할 것이라고 확신할 만큼 황홀한 순간이었다.

학교 생활과 더불어 나의 사회생활이 시작되었다. 이제 비로소 생활이 하나의 사회의 형태를 지니게 되었다. 생활 속에 존재하는 법칙과 규율의 지배를 받게 된 것이다. 노력과 절망, 사람 사이의 갈등과 인식, 불만과 불화, 투쟁과 숙고 그리고 끝없는 일상의 반복이 이윽고 시작된 것이다. 이제 나의 생활은 평일과 휴일로 분리되었다.

사람들은 시간에 맞추어 생활하고 일을 한다. 거듭되는 하루하루는 각각 그 자신의 무게와 확고한 가치를 지니고 있으며, 또한 시간은 그때그때마다 독특한 한 부분으로서 분리되어 존재하는 것이다. 무한한 시간으로 충만해 있던 생활은 끝났다. 축제니 일요일이니 생일이니 하는 것들은 더 이상 뜻밖의 순간에 직면하는 희열을 주지 못했다. 그것들은 단지 시계의 숫자판에 고정된 시간들의 반복임을 깨달았다. 나는 그 시침이 그날에 이르기까지 얼마만큼의 시간이 걸리는지를 알게 되었다.

　나를 직접 교육시키고 싶어하셨던 아버지는 일상적인 관례와 친구와 친지의 충고에 따르지 않을 수 없었다. 그래서 나는 공립학교에 입학했고, 해마다 바뀌는 많은 선생님에게 교육을 받았다. 그렇게 됨으로써 나는 학교 교육 방침의 폐단에서 비롯되는 고통을 겪어야 했다. 학교와 집은 엄격히 분리된 두 개의 개별체였고, 나는 두 사람의 우두머리에게 복종해야 했다. 그중 한 사람은 사랑으로, 또 다른 사람은 두려움의 존재로 부각되었다. 나는 매우 엄격한 선생님으로부터 자주 매를 맞거나 방과 후 학교에 남아야 하는 벌을 받곤 했는데, 이런 식으로 처벌 행위에 익숙해지게 되자 아버지의 예전과 같은 단순한 처벌은 나에게 더 이상 효력을 발휘하지 못했다.

　그래서 가정에서의 벌은 그 의미를 상실해 갔고, 나의 부당한 행실에 대한 아버지의 소극적 해결책은 서서히 힘을 잃어 갔다. 그로 인해 아버지는 끊임없이 근심 걱정에 시달리셨고, 나의 행실이 개선되거나 용서되기까지 많은 시간과 어려움이 뒤따르는 불행한 상황이 전개되었다.

　이런 위기의 순간 속에서 나는 절망에 빠져 허우적댔고, 근심과 분노로 병을 앓았으며, 비애나 수치심 그리고 분노와 자만심에 길들여져 갔다. 학교에서 기분 나쁜 일이 있거나 집에서 누군가에게 꾸지람을 들으면, 나는 아무 말 없이 감정을 억누른 채 넓은 숲으로 뛰쳐나갔다. 그리고 그곳에서 정체를 알 수 없는 거대한 힘에 대항하듯 울먹이며 몸부림쳤다.

불안과 억제된 열정과 생활의 활력에 여백이 요구될 때, 나는 어린아이들의 내면 깊숙이에 잠재해 있는 모든 난폭성을 폭발시킬 듯한 기세로 놀이에 몰두했다. 나는 곧 또래 아이들 가운데에서 두드러진 존재로 부각되었다.

또래들의 우두머리로서, 놀이를 할 때 도적의 두목 혹은 인디언 추장이 되기도 했다. 특히 집 안 분위기가 나쁘다 싶을 때는 더욱 정열적으로 날뛰었다. 부모님, 특히 어머니는 내가 개구쟁이라느니 나쁜 일을 저지르는 주도자라느니 하는 소리를 들을 때면 슬픈 눈길로 나를 바라보셨다. 그럴 때마다 나는 어머니의 시선을 피해 몰래 자리를 빠져나왔다.

3학년이 된 어느 날의 일이다. 가난한 직공이 살고 있는 이웃집 창문을 깨뜨렸다. 그 사내는 아버지에게 달려와 내가 고의적으로 저지른 짓이라고 말했다. 더욱이 그는 확신에 찬 목소리로 내가 장차 나쁜 일만 저지르는 거리의 악동이 될 것이라는 말을 덧붙였다. 그날 저녁 아버지는 모든 사실을 내게 다시 설명하면서 자백할 것을 강요하셨다. 그러나 나는 그 사내에게 화가 치밀어 유리창을 깨뜨린 명백한 사실조차 완강히 부인했다. 나는 몹시 지독한 처벌을 받으면서도 절대 고집을 꺾지 않으리라 다짐했다. 며칠 동안 적대심에 가득 차 있었는데 처음보다 풀이 죽은 것은 사실이었고, 아버지 또한 아무 말씀을 하지 않으셨다. 그로 인해 온 집 안에 침울한 그림자가 드리워졌다. 어느 때보다 불행한 나날이었다. 때마침 아버지는 1주일 동안 여행을 떠나셨다.

그날 오후 학교를 마치고 집으로 돌아오자, 아버지는 이미 한 장의 편지만 남겨 놓은 채 홀연히 길을 떠나신 뒤였다. 식사를 마치고 나서 나는 맨 위층에 있는 다락방으로 올라가 편지를 뜯어 보았다. 그때 아름다운 그림 한 장이 떨어지더니 아버지의 필체가 눈에 들어왔다.

나는 네가 저지른 행위를 스스로 인정하지 않는 점을 벌하고 싶었을 뿐이다. 그럼에도 불구하고 사실을 부인하려 한다면 어떻게 너와 대화를 나눌 수 있겠니? 내가 한 말이 사실과 다르다면 내가 너에게 잘못을 한 게 되겠지. 1주일 후 내가 집에 돌아왔을 때 우리 두 사람 중 한 사람이 상대편을 용서할 수 있기를 바란다.

아버지로부터

그 편지로 인해 나는 온종일 가슴이 답답하고 흥분을 가라앉히지 못해 집 안과 정원을 이리저리 배회했다. 남자 대 남자로서 편지를 받았다는 자부심과 회한. 그 글귀는 내 가슴속 깊이 파고들었다. 다음날 아침 나는 편지를 들고 어머니의 침실로 갔다. 나는 아무 말도 하지 못한 채 마냥 울기만 했다. 그 일이 있은 후 나는 마치 한동안 집을 떠나 있다 돌아온 사람처럼 집 안을 둘러보았다. 모든 해묵은 것이 새롭게 느껴졌고, 어떤 속박에서 풀려난 듯한 해방감까지 맛볼 수 있었다. 저녁이면 어머니 곁에 앉아 유아 시절에 그랬듯이 이야기를 들었다.

이야기는 매우 감미롭고 자애롭게 어머니의 입을 통해 흘러나왔지만, 그것은 더 이상 신비한 동화가 아니었다. 어머니는 내게서 서먹함을 느꼈던 때의 일들을 말씀하셨다. 그리고 항상 근심과 사랑으로 날 지켜보고 있었음을 일러 주셨다. 어머니의 말 한 마디 한 마디에 부끄러워지는 한편 행복을 느꼈다.

우리는 사랑과 존경심으로 아버지에 대한 이야기를 나누며 빨리 돌아오시기를 기다렸다. 여름 방학이 시작되기 바로 전날 아버지가 돌아오셔서 나의 기쁨은 한층 컸다. 아버지는 나와 짧은 몇 마디를 주고받고는 서재에서 나와 어머니에게 가서 이렇게 말씀하셨다.

"여보, 여기 우리 아들이 되돌아왔구려. 이제 다시 진정한 내 아들이 된 거라오."

"난 이미 1주일 전에 내 아들을 찾았는걸요."

어머니는 얼굴 가득 미소를 띠며 말씀하셨다. 우리는 즐거운 마음으로 식탁에 둘러앉았다.

그 여름 방학은 담장이 쳐진 푸른 정원처럼 나의 학창 시절 한가운데 커다랗게 남아 있다. 태양이 가득 쏟아지는 오후, 즐거운 놀이와 흐뭇한 이야기로 가득한 저녁나절, 그리고 행복한 마음으로 깊은 잠에 빠지는 밤! 매일 저녁 아버지는 내 손을 잡고 시내에서 30분쯤 떨어진 한적한 교외에 위치해 있는 채석장을 산책하셨다.

  그곳에서 우리는 집을 짓기도 하고, 어떤 목표 지점을 향해 돌을 던지기도 하고, 화석을 찾기 위해 망치질을 하기도 했다. 집으로 돌아오는 길에는 농장에 들러 우유와 빵을 얻어먹었는데, 그런 날에는 어머니가 준비해 놓은 저녁 식사를 자랑스럽게 사양하기도 했다. 우리 두 사람은 우리만의 비밀이 많다며 어머니를 놀려대거나 돌 던지기며 자토(도자기를 빚는 질흙 : 옮긴이)나 반짝이는 돌 따위를 발견한 일들을 자랑했다.

  아버지는 개척자요 사냥꾼이자, 사수(射手)요 발명가로서의 면모를 보여 주셨다. 우리 두 사람은 가방 속에 빵 한 덩이를 넣은 채 반나절 동안 초원과 숲을 거닐기도 하고, 새로운 길을 찾기도 하고, 식물을 채집하기도 했다. 늘 병약해서 심한 두통과 여러 가지 질병에 시달리던 아버지의 모습에서 생기가 넘쳐흘렀다. 홍조를 머금은 뺨 위에서 젊음이 솟구치고 있음을 느낄 수 있었다. 우리는 두 명의 소년처럼 함께 거닐고, 창을 만들고, 연을 날렸다. 정원에서 웅덩이를 파고

각종 도구며 상자를 함께 만들기도 했다.

이 무렵, 나는 귀가 트이기 시작하면서 멜로디와 더불어 상상력을 구사해 나갔다. 나는 틈만 나면 교회로 달려갔다. 교회 문을 살며시 열고 들어가 오랫동안 자신의 음악에 도취되어 연주에 몰두하고 있는 오르간 연주자의 멜로디를 엿들었는데, 내게 커다란 즐거움이었다. 등교길이나 혹은 정원, 심지어는 잠자리에서도 흥얼대며 노래를 불렀다. 특히 찬송가와 가요의 멜로디가 내게는 인상적이었다.

아홉 살이 되는 생일날 부모님은 내게 바이올린을 선물해 주셨다. 그날부터 나는 여행을 할 때면 늘 이 작은 다갈색 바이올린을 몸에 지니고 다녔다. 그후 오래도록 그것은 나의 마음의 고향이요, 은신처가 되었다. 바이올린은 흥분과 기쁨 그리고 슬픔의 다양한 감정을 품고 있었다.

바이올린 선생님이 마음에 들었다. 나의 청음력과 사고력 또한 날카롭고 정확했다. 바이올린 연주자가 되기 위한 수업이 계속되는 동안 나의 팔은 더욱 단단해지고 숙련되어 갔으며, 관절이 유연해지고 손가락은 강인해졌다.

그러나 유감스럽게 음악은 예기치 못한 문제를 일으켰다. 나는 음악에 심취한 나머지 학교 수업을 등한시했던 것이다. 내게서 어린아이다운 패기와 기질은 사라졌고, 과묵하고 온순한 성격으로 바뀌었다. 나는 결코 바이올린 연주자가 되기 위한 교육을 받은 것은 아니었다. 선생님은 전문적인 음악가가 아니었다. 그 수업은 단지 하나의 즐거움이었다. 엄격한 연습이나 정확성보다는 얼마나 빨리 어떤 곡을 연주할 수 있게 되느냐가 목표였다. 어머니의 생신 때 연주한 첫 번째 찬송가는 축제 분위기를 한층 돋워 주었다. 그러고 나서 처음으로 연주해 본 가보트와 하이든의 소나타! 나는 스스로 자만심에 빠져 들었다. 그러나 점차 나의 본성은 현을 다루는 경박한 터치와 수법의 결점을 감지했다.

열네 살이 될 때까지 학교 생활은 숨 막히는 억압의 고통을 안겨 주었다. 물론 나 자신에게도 결점이 없진 않았지만, 학교 교육의 방침은 쓰라린 고통의 짐을 지게 했다. 8년 동안의 학교 생활을 통해 나는 오직 단 한 분의 선생님을 존경했다. 나는 여전히 그분에게 감사의 마음을 잊지 않고 있다. 어린아이의 영혼을 조금이나마 이해하고 그들이 갖고 있는 온화함을 약간이라도 간직하고 있는 사람이라면, 교사들의 야만스러운 행위에 상처 입은 아이들의 고통을 이해할 수 있을 것이다.

나는 어린아이들의 근면을 일깨우는 데 필요한 채찍에 반박하려는 것이 아니다. 아이들의 믿음이나 판단에 대한 경솔한 태도, 소심한 어린아이의 질문에 대한 무성의한 대답, 어떤 사물을 자신들의 단편적 지식과 일치시키고 싶어하는 충동에 대한 무관심, 어린아이의 단순함을 비웃는 태도를 비난하고 싶을 뿐이다. 이것은 나 혼자만 겪은 괴로움은 아닐 것이다.

교사들의 가혹한 행위에 대한 나의 분노와 파괴되고 위축된 어린 영혼에 대한 슬픔을 신경질적인 어떤 한 개인의 비통함이라고 규정 지을 수는 없을 것이다. 나는 많은 사람으로부터 이런 비탄의 소리를 들어 왔다. 그들은 불투명한 상황과 신체적 성숙 그리고 거기에서 벗어나고 싶은 의지가 미묘하게 결합된 시기에 처해 있기 때문에, 이해하기 힘들 정도로 난폭하게 행동하는 것이다. 하지만 나는 이런 사실을 그저 슬퍼하고 비난하는 데 그칠 수만은 없었다.

성인이 된 나는 어린아이들에게 각별한 애정을 쏟고 있다. 홍조를 머금고 있는 소년의 얼굴 속에서 내가 어린 시절에 겪었던 두려움을 떠올리곤 한다.

이렇듯 고통스런 기억을 끄집어내어 글을 쓴다는 것은 얼마나 곤혹스런 일이던가. 소년 시절과 점차 의식이 싹트기 시작하던 청소년 시절에 대한 추억은 항상 우울함 속에 잠겨 있다.

정원과 숲을 거닐면서 혹은 서재에서 아버지가 내게 베풀어 주신 가르침은 존경심과 사랑의 의식을 밝고 투명하게 밝혀 주었다. 뿐만 아니라 아버지의 가르침은 역사와 문학에 대한 친밀감을 느낄 수 있도록 문을 열어 주었다.

제후들과 핍박당하는 사람들, 행군의 대열과 화려한 도시들에 관한 이야기를 담고 있는 그리스의 역사, 승리의 월계

관을 쓴 개선장군, 정복 사업과 동화 같은 개선 행렬의 장면들이 펼쳐지는 로마의 역사 또한 흥미진진했다. 그러나 기나긴 세월 계속되어 온 수렵 생활과 피로 얼룩진 방황의 역사를 갖고 있는 고대 독일의 이야기는 내게 별로 흥미롭지 못했다.

질문과 대답 그리고 이야기를 통해 전달된 아버지의 교육은 내게 탄탄한 기반을 마련해 주었다. 수업 시간에 선생님에 의해 학습되는 교육 내용은 지루하고 고통스러웠지만, 아버지의 설명을 들으면 모든 것이 흥미롭고 진지하게 느껴졌다.

나는 비록 선생님의 총애를 받지 못했지만 학급 성적은 상위권에 속했다. 특히 라틴어 성적은 탁월하다고 할 만했다. 나는 라틴어를 쉽게 배웠고 열심히 공부했다. 라틴어는 학창 시절뿐 아니라 내 일생을 통해 항상 나와 가까웠다. 나는 라틴어에 능통했다.

사람들은 내가 슈바벤에 있는 라틴어 학교에 충분히 입학할 수 있으리라고 인정해 주었고, 나는 마침내 그 시험에 합격했다. 이것으로 나의 초등학교 생활은 끝이 났다. 그렇게 숙원해 왔던 수도원 부속 학교에 입학하기까지 한 달 간의 여름휴가가 남아 있었다.

방학 동안 아버지는 처음으로 괴테의 시를 낭송해 주셨다. 그것은 아버지가 애송하는 「나그네의 밤 노래」라는 시였다. 은빛 초승달이 비치는 어느 저녁 무렵, 아버지와 나는 숲이 우거진 산 위에 서 있었다. 우리는 가쁜 숨을 몰아쉰 뒤 한동안 진지한 대화를 나누었다. 그리고 달빛 고요한 아름다운 풍경을 말없이 바라보고 서 있었다.

아버지는 바위 위에 앉아 사방을 둘러보시고 나서 살며시 날 끌어안으면서 나지막한 목소리로 그 아름다운 시를 읊으셨다.

모든 산봉우리에

고요함이 내리고

어느 나무에서도

바람 소리 한 점

듣지 못하리.

숲의 작은 새들 조용하니

기다려라, 그대도 곧

조용히 잠들 것이니.

그후 나는 여러 번 이 구절을 들었고 또 읽었다. 다양한 상황과 분위기 속에서 이 시구들은 그때 그 숲에서의 울림을 간직하고 있다. '숲의 작은 새들 조용하니'라는 부분은 항상 부드럽게 가슴을 매만져 주는 슬픔을 느끼게 했다. 그것을 읽을 때면 나는 이상하게도 슬픈 행복감에 젖어 들곤 했다.

그 시가 내 입을 통해 쏟아져 나오는 순간마다 아버지의 품
에 안긴 듯한 행복감을 느꼈고, 아버지의 커다랗고 해맑은
이마를 보는 듯했으며, 아버지의 나지막이 속삭이는 목소리
가 들려오는 듯했다.

11월의 밤

— 튀빙겐의 추억

도시의 밤 풍경과 네카강이 흐르는 소리, 대학생들의 노랫소리는 그들을 지난날의 추억 속으로 밀어 넣고 있는 듯했다. 이곳의 아름다움과 낭만적인 분위기는 그들에게 가슴 두근거리는 감동을 주었다.

검은 구름이 짙게 깔린 11월의 밤이 튀빙겐 위에 걸려 있었다. 폭풍우가 몰아치는 좁은 골목길에는 이슬비가 흩날렸고, 붉은빛을 발하는 가로등 불은 촉촉이 젖어 포장도로 위에서 희미하게 반사되고 있었다. 작은 창문 두세 개의 틈새로 희미한 불빛이 새어 나오고 있는 낡은 성은 꾸벅꾸벅 졸고 있는 괴물처럼 언덕 위에 길게 누워 있었고, 뾰족한 지붕에는 구름 조각들이 걸려 있었다.

곧게 뻗은 길가에는 늙은 상수리나무와 보리수나무, 플라타너스가 쓸쓸하게 고성을 지키는 늙은 병정같이 앙상한 가지를 드러낸 채 폭풍우 속에 떨고 서 있었다. 낙엽은 촉촉한 대지 위에 나뒹굴고 있었다. 거대한 가을 들녘은 잿빛으로 퇴색되어 있었다. 길모퉁이 여기저기에는 몸을 움츠린 가로등이 희미하게 빛을 발하고 있었다.

로트링거행 마지막 열차가 지친 듯 길게 기적 소리를 내뿜으며 플랫폼에서 빠져나와, 특유의 목이 쉰 듯한 둔탁한 소리를 울리며 한밤중의 정적을 가로지르며 달려갔다.

폭풍우가 잠시 멈추는 사이사이 네카강의 물소리가 차갑게 들려왔다. 강가에는 잿빛 슬픔이 깊게 드리워져 있었고, 흥겨운 노랫소리가 울려 퍼지던 지난 여름 밤의 축제는 흔적조차 남아 있지 않았다. 황량한 수도원 건물에는 오래전 그곳에서 청춘의 꿈을 불사르던 영혼들의 자취가 여전히 남아 있었다. 어쩌면 불쌍한 횔덜린의 하프에서 흘러나오는 슬픈 소리가 희미하게 울려 퍼지고 있을지도 모를 일이다. 또한 수도원 구석구석에는 등불을 밝히고 열심히 연구에 몰두하는 성실한 인물들이 많이 있으리라.

넓은 창문의 틈새로 불빛이 어렴풋이 반짝이고 있었다. 거기에는 편람이나 사전류, 문헌 등 진지한 젊은이의 눈길을 끌기에 충분한 서적들이 흩어져 있었다. 플라톤, 아리스토텔레스, 칸트, 피히테, 쇼펜하우어와 같은 철학자들의 저서 외에도 히브리어, 그리스어, 라틴어, 독일어로 각각 번역된 성경들이 있었다. 혹시 저 창문 뒤에는 한 젊은 철학도가 자신의 인생에서 처음으로 부딪힌 회의에 빠져 고민하고 있

을 수도 있다. 또한 장차 강직한 법률가가 되기 위해 확고한
기반을 다지고 있는 사람도 있으리라.

플라타너스가 늘어선 길을 지나 네카강 다리 아래에서 막
걸어 나오고 있는 두 명의 청년이 있었다. 그들은 웃으면서
위를 흘끗 쳐다보았다. 그들은 미래를 창출해 내는 그 성스
러운 성에 그다지 존경의 태도를 보이지 않았다. 회색 외투
를 걸친 사내들은 비가 오는 것에는 아랑곳하지 않고 폭풍우
가 휘몰아치는 가을 밤을 유유히 걸어가고 있었다. 후보생
오토 아버가 동행자에게 물었다.

"자네, 도대체 외투 주머니에 무얼 감추고 있는 건가?"

그러자 작가 헤르만 라우셔는 외투 주머니에서 배가 볼록하
게 나온 베네딕피너 술병을 꺼내 아버에게 건네주며 말했다.

"마지막 한 모금일세! 자, 건배! 수도원을 위해서!"

그는 소리치며 강 저편에 우뚝 솟아 있는 수도원을 향해
병을 흔들어 보였다. 그러고는 단숨에 술병을 비웠다. 라우
셔가 물었다.

"이 빈 병으로 뭘 할까?"

"초소로 가서 친애하는 튀빙겐의 경찰을 위해 건배하지."

"경찰이라고!"

아버는 크게 소리 내어 웃으며 술병을 네카강 너머로 던
졌다. 그것은 수도원의 건물 벽에 부딪혀 산산조각이 났다.

"자, 어디로 가지?"

"글쎄, 어디로 갈까?"

라우셔는 곰곰이 생각에 잠긴 듯하더니 마침내 입을 열었다.

"'슈타인라하'에 가서 한잔하세, '실버부르크'는 맘에 들지 않고, '카이저'에는 로이겔이 술에 취해 있을 테고, '존네'는 아마 만원일 테고, '뢰벤'에는……."

아버가 소리쳤다.

"좋아, '뢰벤'으로 가자. 오늘 저녁 제벨베처와 엘렌트엘레가 그곳에 갈 거라고 말하던 게 생각나는군. 그들은 목요일부터 잔뜩 부풀어 있었어. 몹시 궂은 날씨야."

아버는 긴 코트 깃을 여미면서 재빨리 움직였다.

"뭘 그리 서두르는가! 이런 날씨에는 이제 익숙하잖아. 화창한 날씨에 건달 노릇 하는 것보다 이런 날씨가 내게는 안성맞춤인걸. 게다가 제벨베처는 지루해할 테고, 엘렌트엘레는 또 고함을 질러대고 있을 테지. 혹시 그 두 사람 울바허를 마시고 있는 건 아닐까? 그렇다면 난 가지 않겠네. '뢰벤'의 울바허는 너무 독하거든. 자네 포도주에 대해 얼마나 알고 있나?"

"포도주에 대해서라면 박사지!"

아버가 웃으면서 다음 말을 이었다.

"그들은 아마 오래된 모젤베터나 빙클러를 마시고 있을걸세. 질이 좋은 술들이지. 마침 내게 좋은 생각이 떠올랐네. 어째서 내가 이 생각을 미처 못했을까? 마냥 그곳에 쭈그리고 앉아 있을 수는 없을 테니, 아펜젤러와 닭튀김 몇 조각을 주문하도록 하지. 어쩌면 손님들이 주문했다가 물린 음식이 있을지도 모르지."

라우셔는 화를 내며 소리쳤다.

"생각해 낸다는 게 고작 그건가? 차라리 그만두는 편이 낫겠네."

"그래서야 되겠는가? 아마도 그곳에서 학부에서 구제 불능이 된 친구들과 좀 시대에 뒤떨어진 의식 구조를 가진 친구들의 모임이 있을걸세. 엘렌트엘레는 모임에 대한 미안함으로 풀이 죽어 있을 것이고, 제벨베처는 우리를 위해 방패막이가 되어 줄 거야. 나나 자네는 맥주나 포도주 주문을 받으면 되겠지."

"그렇다면 좋네!"

"아펜젤러는 그 모임의 회원들에게서 모임의 요구 사항이나 전달 사항을 위임받을 만한 인물이 못 되는 것 같네. 카이처는 포도 농장을 가지고 있는 삼촌이 있다더군. 슈나우저는 부자이긴 하지만 바보라서……."

"그렇다면 우리도 주점을 빌려 1주일에 두 번 「알트 하이델베르크」나 「방랑자의 노래」를 불러 보는 게 어떻겠나. 이젠 신입생을 혼내 주는 일 따윈 질색이야."

"어째선가? '슈바르츠벨더' 같은 선술집에선 술을 마실 수 있지만 값비싼 술집 출입을 금하고 있는 것이 우리 대학생들 사이의 관례지. 가령 '옥크젠'이나 학교 강당에서 만나게 되는 사람은 1마르크의 벌금을 내고, 전문 술집에 드나드는 사람은 그 두 배를 내도록 하는 거야……."

"안 돼, 자네 또 대학생 티를 내려고 하는군."

두 친구는 낡은 다리가 있는 곳에 이르렀다. 술집에서는 학생들의 노랫소리가 크게 울려 나오고 있었다. 네카강은 넓은 교각 주위를 무서운 기세로 흘러가고 있었으며, 세찬 물결 위로 가로등 불빛의 불안한 몸짓이 반사되고 있었다. 플라타너스 가로수의 거대하고 검은 형체가 어둠 속에 우뚝 버티고 서 있었다. 수도원의 교회 탑에서는 시간을 알리는 종소리가 울렸다. 네카 강변의 높은 지대에 위치해 있는 집들이 수도원이 있는 곳까지 길게 늘어서 있었는데, 그것은 마치 한 폭의 그림처럼 불빛을 반사하고 있었다. 두 친구는 아무 말 없이 다리 위를 걸었다. 아름다운 도시의 밤 풍경과 네카강이 흐르는 소리, 그리고 대학생들의 노랫소리는 그들을 지난날의 추억 속으로 밀어 넣고 있는 듯했다. 이곳의 독특한 아름다움과 낭만적인 분위기는 그들에게 가슴 두근거리는 감동을 주었고, 그들은 온통 희망과 달콤한 정취에 취해 이곳에서의 첫 학기를 보냈다.

그들은 물방아 다리를 굽이돌아 목재 시장으로 나 있는 비탈진 길로 올라갔다. 그러고는 수도원을 지나고 황량한 시장에 위치해 있는 술집 '존네'를 지나, 마침내 '뢰벤'에 당도했다. 그들은 뒷문의 가파른 계단을 올라가 곧바로 별실로 들어갔는데, 들어가기 전에 낮은 창문을 통해 좁은 실내를 들여다보았다. 엘렌트엘레와 제벨베처가 맨 구석 테이블에 앉아 포도주를 마시고 있는 것이 보였다.

아버가 즐거운 듯 소리쳤다.

"빙클러를 마시고 있군! 내가 그럴 거라고 말하지 않았나? 자넨 내 말을 무시한 대가로 맥주를 사야 하네."

"짯짯한 친구! 그건 걱정 말게."

라우셔가 투덜거리며 좁은 문으로 먼저 들어갔고, 그 뒤를 아버가 따랐다. 천연수를 선전하는 광고물이 벽에 매달린 채 의미 없이 돌아가고 있었다. 시중들기에 바쁜 술집 주인의 딸 마틸데가 그들의 외투를 받아 들었다.

술을 마시고 있던 친구들이 두 사람에게 알은체했다.

"때마침 잘 왔네. 술 마시겠나? 자네들 목욕을 한 건가? 물에 빠진 생쥐 꼴이군? 빙클러는 다 떨어졌어. 이제는 더 이상 술 마시는 내기는 못하겠네. 열다섯 병이면 진저리 날 만도 하지 않은가?"

라우셔가 소리쳤다.

"걱정 말게. 마틸데, 두 병 더 갖다 줘!"

그는 진열되어 있는 술병 중에서 하나를 꺼내 맛을 보고는 친구에게 술을 따라 주었다.

"내가 내는 술이네. 아버? 마시게나!"

제벨베처가 물었다.

"괜찮은가?"

라우셔는 짤막하게 대답했다.

"맛있는데."

그는 왼쪽 팔을 의자 걸이에 걸친 채 배가 볼록하게 나온 포도주 잔을 다 채우더니 천천히 음미하듯 술잔을 들이켰다.

제벨베처가 물었다.

"어디서 한잔 걸치고 오는 길인가 보군?"

그 말에 무슨 소리냐고 라우셔가 대꾸했다. 그러자 아버가 불쑥 나섰다.

"자네 말이 맞네. 라우셔는 슈납스를 마시지 못하네. 그래서 베네딕티너를⋯⋯."

"여보게 아버, 그만두게! 그리고 도대체 그런 어리석은 질문이 어딨나, 제벨베처."

라우셔는 다시 한 잔을 들이키고는 더욱 진지하게 말했다.

"자네들은 정말 형편없는 친구들이야. 내가 다시 자네들과 어울리다니, 내 스스로도 놀랍군."

엘렌트엘레는 웃으면서 라우셔에게 술을 권했다.

"그게 어쨌다는 건가? 자네들은 최소한 지루하진 않지. 게다가 좋은 형제들인걸."

"흐음⋯⋯."

"자, 그렇게 투덜대고만 있을 텐가? 이렇듯 하찮은 일에 신

경 쓰기보다는 재능을 발휘해야 되지 않겠나? 자네들은 유머
니 철학이니 예술에 대해 생각해 본 적이 있는가? 또⋯⋯."

아버지가 웃으며 말했다.

"그럼, 들어 보도록 하지. 우리에게 자네의 예술, 철학, 유
머에 대해 한번 이야기해 보게! 그것은 자네의 감상적인 시
와는 전혀 다를걸세."

"시라고! 가슴속에 금은보화와 궁전 그리고 동화를 간직
하고 있는 내가 이렇게 구제 불능인 자네들의 머리통을 보고
있다는 게 바로 유머가 아니겠나. 자네들은 어째서 시간을
낭비하고 있는가? 왜 술독에만 빠져 지내는가? 시험, 약간
의 재능, 미관말직, 이런 것들을 자네들은 거저 얻을 수 있을
거라 여기에 있나 보군. 어째서지? 자네들은 그런 일들이 별
볼일 없는 것이라고 생각하고 있기 때문일세. 그럼 나는 어
떻지? 나는 푸른 시의 천국을 한 조각 꿀꺽 삼키기도 하고,
환상의 성을 삼키기도 하고, 내 하프의 현을 삼키기도 하지.
그뿐인가? 나는 예술이니 명성이니 영원함이니 하는 것들의
한 단편에 빠져 있다네. 왜일까? 그 모든 것 없이 산다는 게
무의미하게 느껴지기 때문이지. 목표가 없는 삶은 황량해.
그러나 목표가 정해진 삶은 하나의 고행 길이라네."

엘렌트엘레는 계속 웃고만 있었다. 아버는 술을 한 모금
죽 들이켜고서 당당하게 말했다.

"마시게나, 라우셔. 더 이상 우릴 기만하지 말고."

라우셔는 엘렌트엘레를 바라보며 말했다.

"아버, 말해 보게. 엘렌트엘레, 도대체 지금 뭘 하고 있는 건가? 자네 나이가 몇인지 알고 있나?"

"도대체 무슨 말을 하고 있는 거야?"

라우셔가 물었다.

"자네 모르고 있나? 그 친구는 세 번이나 시험에서 낙방했네. 게다가 정학 처분을 당했지. 자, 엘렌트엘레, 자네 무슨 생각을 하고 있나?"

"무슨 생각을 하고 있냐고? 난 군인 모집에 응했네."

"아뿔싸, 신병 모집에 응했다고?"

"그래, 그래, 그래!"

"뭣 때문이지? 광란의 군대가 창설되기라도 했는가?"

"어처구니가 없군! 여러 학기 동안 고통의 눈물을 충분히 흘렸더라면 낙원행 승차권을 살 수 있었을 텐데."

"그렇다면야 좋지."

제벨베처가 웃으며 말했다.

"그건 당연한 일이야. 자넨 이제 숨을 곳이 없네. 뷔르템베르크의 개신교 신학교에서 세 학기 동안 공부해 본 적이 있기 때문에 그런 것쯤은 잘 알지."

"아버, 도대체 누가 자넬 응시시켰나?"

라우셔가 물었다.

"누구냐고? 그래, 자네 그를 알고 싶은 게로군? 어떤 멋진 신사 양반이라네."

아버의 대답에 라우셔가 이렇게 소리쳤다.

"멍청한 친구! 멋진 신사라고 했나? 나보다 더 멋지던가?"

"훨씬 멋지지. 내가 쓸데없는 말을 늘어놓았군! 오늘 저녁 그가 이곳에 올걸세. 이미 약속이 되어 있지."

"뭐, 뭐라고! 거짓말 아니야? 믿어도 되겠는가?"

"물론이지. 내 말을 믿게나. 건배하세, 라우셔!"

"건배, 엘렌트엘레!"

라우셔는 조그만 통에서 검고 긴 시가를 꺼내 다른 사람들에게 권했다.

그는 시가에 불을 붙이더니 구름 같은 연기를 내뿜었다. 스스로의 무게에 눌려 재가 떨어졌다. 다른 사람들 또한 아무 말없이 술을 마시거나 담배를 피웠다. 식탁 위는 온통 담배 연기로 자욱했다. 몇몇 손님의 말소리와 웃음소리가 들려왔다. 술만 들이켜대는 친구가 있는가 하면, 명상에 잠긴 듯 잠자코 서로 마주 보고 앉아 있는 친구가 있었다. 그들은 이미 수많은 시간, 수많은 밤을 명상에 잠긴 채 묵묵히 술자리 어디엔가 앉아 있었던 것처럼 보였다.

한참 후에 아버가 입을 열었다.

"난 자네에게 구혼을 해온 사람에 대해 호기심이 많다네."

아무도 대답하지 않았다. 마틸데가 새로 가져온 두 술병을 열었다. 제벨베처가 술을 따랐다.

192

아버가 다시 말을 이었다.

"그리고 또 내 사랑 말일세. 장차 우리는 무엇이 될 수 있을까? 누가 우리에게 구애해 줄까? 2학기가 되면 내게 있어 유예 기간은 지나가 버리게 되지."

"그러나 나는 재물이 사라져 버렸지."

제벨베처가 말했다.

"결코 돌이킬 수 없게 됐어."

"나 역시 그렇다네."

아버는 하품을 했다.

"지금 내 나이가 부끄럽네."

라우셔가 웃었다.

"자넨 아직 두 학기가 남아 있다는 사실을 알고 있나? 두 학기라네! 두 학기 동안 모든 것이 변할 수 있다는 사실을 염두에 두게나!"

"이를테면?"

"이를테면 자넨 지금 당장 아무렇게나 담뱃불을 붙여 입에 가까이 가져가기만 하면 연기 불꽃을 일게 할 수 있지. 아름다운 죽음! 혹 자네가 클럽을 만든다고 상상해 보게. 자네들은 건물을 세우고, 자네는 주방장이 되는 거지."

"취했군!"

아버가 흥분해서 소리쳤다.

"정말 기막힌 생각이야!"

"그러면 자네가 해보게나."

라우셔는 말을 이었다.

"왜 그래? 무슨 일이야?"

제벨베처가 소리쳤다.

라우셔는 손가락으로 창문을 가리켰다.

"저기!"

그는 말을 더듬었다.

모두들 손가락이 가리키고 있는 곳을 향해 몸을 돌렸다. 창문에는 키가 크고 깡마른 사내가 꼼짝 않고 서 있었다. 긴 턱과 뾰족한 콧수염, 벗겨진 이마를 하고 있는 그는 광채가 나는 잿빛 눈으로 술집 안을 뚫어지게 들여다보고 있었다.

그런데 제벨베처만은 전혀 놀라지 않은 눈치였다. 제벨베처가 웃으며 말했다.

"저 친구 자기가 카스파르나 자미엘(악마의 우두머리 : 옮긴이)쯤 되는 걸로 착각하고 있군. 내가 저 뻔뻔한 친구와 맞부딪쳐 볼까?"

그러자 그 낯선 사내가 홀연히 창문에서 사라졌다. 이윽고 문이 열리더니 그 사내가 술집으로 들어왔다. 그러고는 그들 옆 테이블에 자리를 잡았다. 갑자기 제벨베처가 벌떡 자리에서 일어나 그 사내를 난폭하게 쫓아내려 했다. 그러자 엘렌트엘레가 테이블 너머로 그에게 손을 내밀면서 웃었다.

"죄송합니다. 손님. 처음 뵙겠습니다만 제 친구들을 소개

194

해도 되겠죠?'

엘렌트엘레는 취해 젖어 있는 친구들을 소개했다. 그러나 그는 이 낯선 사내의 이름을 물어보는 것을 잊고 있었다. 모두들 한동안 말없이 테이블에 앉아 술만 마셨다. 얼마 후 라우셔가 자리에서 일어났다.

"난 가야겠네. 당구 한 게임 칠 사람 없나?"

친구들은 아무 대답도 없었다. 그러자 그 낯선 사내가 자리에서 일어나며 말했다.

"괜찮으면 나와 한번 겨뤄 보죠. 우리 모두 '봐휘시'로 가는 게 어떻겠소. 막 그곳을 지나오면서 들여다보니 당구장이 비어 있던데."

모두들 술 마시기를 그만두고 흔쾌히 사내의 제안을 받아들였다.

밖에는 아직 비가 내리고 있어 몹시 쌀쌀했다. 골목길은 온통 진창길이 되어 있었다. 그들은 곧 '봐휘시'에 이르렀다. 맨 먼저 엘렌트엘레가 성큼성큼 계단을 올라갔다.

가스등 불이 깜박이는 복도에서 아버는 낯선 사내를 잡으며 말했다.

"잠깐만 시간을 내주시겠소?"

그는 계단을 바라보았다. 벌써 다른 친구들은 모두 올라가고 두 사람만 남아 있었다.

키 큰 사내가 물었다.

"무슨 일이오?"

아버는 당혹스런 표정을 지으며 말했다.

"엘렌트엘레가 당신에 대한 이야기를 했었죠. 당신이 임원을 모집하고 있나요?"

"그렇소만."

"가능하다면 나도 입회하고 싶은데……. 난 당신과 친숙해지길 바라고 있소."

"반갑소. 그런데 난 오늘 하루만 이곳에 머물 것이오. 그러나 당신 친구들은 내일이나 되어야 그 소식을 전해 줄 것이고. 난 학기마다 한 번씩 튀빙겐에 옵니다."

그들은 친구들이 시끄럽게 떠들어대고 있는 카페로 올라갔다. 엘렌트엘레는 이미 포도주를 주문해 놓고는 소파에 벌렁 누워 있었다. 라우셔는 당구봉에 초크 칠을 했다. 낯선 사내 역시 당구봉을 손에 들었다. 그는 아주 능숙한 솜씨로 당구를 쳤다. 게임은 얼마 되지 않아 끝나 버렸다.

낯선 사내가 라우셔에게 말했다.

"잘 치는군요. 당신은 조금 머뭇거리는 태도만 고치면 천부적 소질을 발휘할 수 있을 거요. 당구란 이렇게 시작하죠. 자, 보시오."

그는 다시 한 번 당구봉을 잡고는 신비에 가까운 실력으로 공을 맞추었다. 그가 당구봉을 흰 공에 갖다 대자 공은 신기하게도 포물선을 그리며 빨간 공 쪽으로 굴러갔다.

라우셔의 얼굴에는 놀란 기색이 역력했다. 그들은 자리를 옮겼다.

아버와 라우셔는 커피를 마셨고, 다른 사람들은 포도주와 셰리주를 마셨다. 키가 작고 참을성 없는 성격의 몰리가 자리에 끼어들어 함께 마셨다. 그는 엘렌트엘레와 함께 소파 위에 앉았다.

"저 친구는 어떻소?"

낯선 사내가 나지막한 소리로 몰리를 가리키며 라우셔에게 물었다.

"돼지 같은 친구죠. 하지만 마음씨는 곱다오."

라우셔는 속삭이듯 말했다.

"그리고 저 친구는 어떻소?"

낯선 사내는 턱으로 제벨베처를 가리켰다.

"그렇게 아둔한 편도 아니고, 그렇게 상스럽지도 않소. 그러나 좀 호전적인 기질을 가졌죠. 그는 일단 걸려든 사냥감은 절대 놓치는 법이 없죠."

"그래요. 그럼, 세 번째 사람은?"

"아버 말씀인가요? 주관이 강하지 않은 게 결점이긴 하지만 셋 중에선 제일 괜찮은 친구죠. 그는 자기 앞에 닥친 위험 앞에선 무서워서 꼼짝도 못해요."

"당신은 친구들에 대해 무척 호의적이군요."

"당연한 일 아닌가요? 모두들 각기 다른 장점과 단점을 지녔으니까요."

"당신은 내 맘에 드는군요."

"그런가요?"

라우셔는 자리에서 일어서며 아버를 향해 소리쳤다.

"이리 오게나! 우리 나가지!"

낯선 사내는 불쾌하게 일그러진 미소를 지으며 앞서 나가는 친구들에게 인사했다. 제벨베처는 벌써 곯아떨어져 있었다. 엘렌트엘레와 몰리는 친구들에 대해서 까마득히 잊고 있는 듯했다.

아버와 라우셔는 사람들의 발길이 뜸해진 어두운 골목을 비를 맞으며 반 시간쯤 쏘다녔다. 아버가 말했다.

"'뢰벤'은 이미 문을 닫았을 테고, '슈반츠봐트'에는 가고 싶지 않네."

시계가 세 시임을 알렸다.

"이리 오게, 집으로 가지!"

마침내 아버가 참을 수 없다는 듯 소리쳤다.

"난 가지 않겠네."

라우셔는 멈추어 서서 주위를 둘러보았다.

"모든 게 죽어 버렸군! 도대체 사람들은 뭣 때문에 잠만 자는 거지!"

"자, 이제 우리도 자야지."

"아니야, 잠을 자다니!"

198

라우셔는 몸을 돌려 취기 오른 얼굴로 아버를 노려보았다.

"여보게, 아버! 자네 모든 사람들을 향해 '빌어먹을, 제기랄' 하고 욕하고 싶은 생각 없나?"

"소용없는 일이야. 차라리 '슈반츠봐트'에나 가지."

"좋은 생각이야."

그들은 술집에 들어가 길카를 주문했다. 아버는 점차 그의 동행인의 우울한 분위기에 함께 젖어 들어가고 있었다. 그들은 슬픔에 젖어 여송연을 피우며 공허한 시선으로 밖을 내다보았다. 취객 세 명이 늦게까지 테이블에 앉아 도박을 즐기고 있었고, 여점원은 카운터에 앉아 꾸벅꾸벅 졸고 있었다. 가스관 위를 기어 다니는 겨울 벌레 한 마리가 한순간 불덩이 속으로 떨어져 버릴 것처럼 아슬아슬해 보였다. 블라인드 위에 떨어지고 있는 빗방울 소리가 처량하게 울려 왔다.

한 시간쯤 지났을 때 아버가 말했다.

"그렇게 감상에 젖지 말게!"

아버가 마시던 술잔을 내려놓았다. 두 사람은 썰렁한 홀을 빠져나와 가파른 유대인 골목으로 내려갔다.

길을 지나면서 그들은 '봐휘시'의 종업원이 문을 닫는 소리를 들었다. 슈미트오르가 끝에 위치해 있는 낡은 교각에 이르렀을 때 그들은 잠시 걸음을 멈추었다.

아버가 하품을 하며 말했다.

"왼쪽으로 가세!"

라우셔가 잠긴 목소리로 중얼거렸다.

"다리가 있는 곳이군!"

아버가 웃으면서 소리쳤다.

"이 사람 잠을 자고 있군."

"오, 하느님."

"동지를 만났군."

라우셔가 그에게로 다가서며 말했다.

아버가 갑자기 그를 막아섰다.

"오, 하느님. 이 친구 엘렌트엘레 아닌가. 유럽의 그 누구도 이런 프록코트를 입진 않지."

그들은 몇 계단을 내려갔다. 엘렌트엘레는 계단 위에 얼굴을 파묻고 누워 있었다. 그들은 그를 일으켜 세우려 했다. 그의 얼굴은 온통 피범벅이었다.

아버가 탄식하며 말했다.

"무슨 나쁜 일이 있었군!"

그때 엘렌트엘레의 굳어진 손에서 권총 한 자루가 굴러 떨어졌다. 그들은 엘렌트엘레의 오른쪽 관자놀이 부위에 검은빛의 작은 상처가 나 있는 것을 발견했다. 라우셔가 성냥을 꺼냈다.

아버가 상기된 목소리로 말했다.

"자넨 여기 남아 있게. 내가 경찰을 불러오지."

"내 걱정은 말게."

그때 날카로운 목소리가 들려왔다. 바로 그 낯선 사내가 계단 위로 걸어오고 있었다. 그는 독기 어린 미소를 지으며 모자를 벗었다. 경멸에 찬 차가운 눈초리로 그들을 쏘아보는 그의 눈에서 섬광이 번뜩였다. 놀란 두 친구는 어두운 밤을 뚫고 그곳을 도망치듯 빠져나왔다.

다음날 잠에서 깨어난 라우셔는 지난밤의 일들이 악몽인 듯싶었다. 하숙집 여주인이 라우셔의 방문을 노크하고는 커피를 가지고 들어왔다.

"생각나세요? 라우셔 씨. 끔찍한 일이에요. 지난밤에 한 학생이 죽었다는군요."

루루

그녀의 발밑에 무릎을 꿇고 자신의 가슴속에서 불타오르는 열정으로 그녀를 포옹할 수만 있다면, 그녀에게 간곡하게 사랑을 구걸하고 싶었다. 아니, 그녀를 굴복시켜 강탈하고 싶다는 생각이 그를 고통스럽게 했다.

·

1

아름다운 옛 도시 키르하임은 방금 내린 여름 소낙비로 촉촉히 젖어 있었다. 성벽 너머로는 빨간 지붕들과 풍향계, 정원의 울타리들, 관목림과 상수리나무들이 더욱 신선하고 화사한 자태를 뽐내며 빛나고 있었다. 무뚝뚝한 콘라드 뷔더홀트는 그의 아내와 함께 흐뭇한 표정으로 나이에 비해 건장해 보이는 그들의 모습을 과시하는 듯했다. 투명해진 허공 사이로 태양이 다시금 따사로움을 쏟아 내고 있었다. 나뭇가지 끝에 매달린 작은 빗방울이 영롱한 빛으로 반짝였고, 넓게 확 트인 성벽 길 위에는 빛이 넘쳐흐르고 있었다.

어린아이들이 무리 지어 즐겁게 뛰놀고 있었으며, 그들 뒤로 작은 강아지 한 마리가 마구 짖어대며 따라다니고 있었다. 줄지어 서 있는 집들 사이로 노랑나비 한 마리가 한가로이 날갯짓을 하며 날아다녔다.

우체국에서 오른쪽 방향으로 세 번째 벤치에는 여행을 무척이나 즐기는 헤르만 라우셔가 친구 루드비히 우겔과 나란히 앉아 있었다. 그들은 메마른 대지에 촉촉한 생명의 비를 뿌려 준 자연의 섭리와 다시 얼굴을 내민 쪽빛 하늘의 아름다움에 대해 이야기를 나누었다. 그는 가슴속에서 일어나고 있는 자신의 풍부한 정서를 환상적 사고를 통해 표현하고 있었다. 그는 쉴 새 없이 이야기하며 들판을 서성거렸다. 시인인 그가 이렇듯 장황하게 연설을 늘어놓고 있는 동안 묵묵히 듣고만 있던 우겔은 이따금 보이힝거를 지나 비스듬히 나 있는 국도 쪽을 기웃거렸다. 그는 저쪽 어디에선가 오고 있을 친구를 기다리고 있었던 것이다.

"그렇지 않은가? 내 말을 어떻게 생각하나?"

자리에서 약간 몸을 일으키면서 라우셔가 힘차게 소리쳤다. 그는 의자의 등받이가 몹시 불편했다. 게다가 마른 나뭇가지를 깔고 앉아 있었기 때문에 참다못해 자리에서 일어나고 말았다.

"그렇지 않은가?"

그는 다시 한 번 소리를 지르면서 나뭇가지를 멀리 집어 던져 버렸다. 그의 바지에는 아직 나뭇가지 자국이 선명하게 남아 있었다.

"아름다움이란 바로 빛 속에 잠재해 있는 게 틀림없어. 자네는 그렇게 생각하지 않는가?"

우겔은 눈을 비비는 시늉을 해보였다. 그는 라우셔가 하는 말을 거의 듣지 않고 있다가, 그가 던진 마지막 질문만 얼핏 듣고는 황급히 대답했다.

"물론 그렇고말고. 여기서는 그것을 볼 수가 없지. 그것은 저쪽 헛간 뒤에 있으니 말일세!"

라우셔는 화를 내며 큰 소리로 말했다.

"뭐라고? 헛간 뒤에 있다니. 자네 지금 무슨 말을 하고 있는 건가?"

"웨트링겐 말일세! 카알 하멜트는 다른 길이 아닌 그쪽으로 오는 게 틀림없어."

라우셔는 불쾌한 듯 넓게 트인 국도 저편을 말없이 응시했다. 아직 한 시간 정도는 그늘이 드리워질 거라고 판단한 두 젊은이는 벤치에 앉아 친구를 기다리기로 했다. 헛간 쪽으로 몸을 돌린 두 사람은 웨트링겐 마을이 여태껏 옛날의 아름다움을 그대로 간직하고 있다는 사실을 새삼 깨달았다. 바로 그때 기다리고 있던 친구 법학도 하멜트가 걸어오고 있는 모습이 보였다. 그는 웨트링겐에서 휴가를 보낸 후 돌아오는 길이었다. 전부터 비대했던 그는 여전히 우스꽝스러운 모습으로 뒤뚱거리며 걸어오고 있었다.

그러나 강인한 인상을 주는 우뚝한 코와 굳게 다문 입술, 계속된 논쟁으로 한껏 부풀어 오른 듯한 뺨은 그를 사려 깊고 고집스러워 보이게 했다. 좁은 와이셔츠 깃 사이로 보이는 넓은 턱에는 주름이 져 있었고, 이마와 모자 사이에는 땀방울이 송골송골 맺혀 있었다. 하멜트는 잔디밭에 벌렁 드러누웠다. 그는 눕자마자 잠에 빠져 든 것처럼 보였다.

뜨겁게 내리쬐는 오후의 여정에 지친 그는 정말 잠이 들어 버리고 말았다. 그러나 그의 풋잠은 결코 편안하지가 않았다. 이상한 환상의 꿈이 그를 괴롭혔던 것이다. 낯선 정원의 희한하게 생긴 나무 아래서 그는 모조 양피지로 된 낡은 고서를 읽고 있었다. 그 책에는 전혀 이해할 수 없는 낯선 언어의 활자들이 뒤죽박죽 나열되어 있었다. 이따금씩 느껴지는 싫증에도 불구하고 그는 계속 책을 읽어 내려갔다. 그는 곧 그 문자의 의미를 이해할 수 있게 되었다. 나선형의 무늬와 문자들이 뒤섞인 주술 같은 그림들이 갑자기 나타나 형형색색의 빛깔로 눈부시게 빛나더니 이내 사라져 버렸다. 마치 요술 램프처럼 그림들이 잇달아 나타나면서 아주 먼 옛날의 이야기를 묘사하고 있었던 것이다.

라스크샘의 신비로운 마력에 의해 청동 반지로 된 부적이 난쟁이 나라의 왕의 손에 들어간 바로 그날, 아스크족의 투명한 별이 빛을 잃어 가기 시작했다. 라스크샘은 눈에 보이지 않는 가느다란 은빛 실처럼 바짝 말랐고, 대지는 오팔성 아래로 잠겨 들어갔으며, 지하 묘지조차 마구 흔들리더니 차츰 붕괴되어 갔다. 백합 정원에도 무서운 죽음의 형극이 시작되었다. 다만 왕관을 두 개 쓰고 있는 왕의 백합만이 교만한 자태로 서 있었다. 황폐해진 아스크의 도시에서는 축제도 음악도 멎고 말았다. 오팔 성에서는 하프의 마지막 현이 청아한 소리를 멈추자, 어떤 음악 소리도 울려 나오지 않았다. 왕은 커다란 연회장에 홀로 남아 단단하게 굳어진 조각상처럼 하루 종일 우두커니 앉아 있었다. 그는 자신의 행복이 모두 무너져 버린 사실을 받아들이지 못해 놀란 가슴을 다스리지 못하고 있었다.

그는 위대한 성인들의 역사가 생긴 이래 가장 행복했던 왕이었다. 오네라이트왕은 몹시 비탄에 젖어 있었다. 그는 붉은색 망토를 걸친 채 커다란 홀에 앉아 그저 놀라고 있을 뿐이었다. 신으로부터 고통이라는 은혜를 받지 못한 그는 울 수조차 없었다. 아침저녁으로 들려오던 흥겨운 음악 대신 무거운 정막이 흐르고, 문 뒤에서 나지막이 들려오는 릴리아 공주의 흐느낌이 공허하게 울리고 있었다. 그러나 더욱 기이한 일은 마치 습관처럼 짧은 외마디의 웃음소리가 끊이지 않고 그의 넓은 가슴을 요동 쳤던 것이다. 그는 매일 스물네 번씩 웃어야 했다.

궁정의 신하와 하인들은 어디론가 사라지고 없었다. 다만 넓은 홀에는 왕과 슬픔에 잠겨 있는 공주 그리고 충복 하더바르트만 남아 있었다. 그는 궁정 시인이자, 철학자요, 궁정의 어릿광대였다. 한편 예전에 부족의 지배 하에 있었던 비겁한 난쟁이 국왕은 마녀의 독주로 분열되고 말았다. 사람들은 마녀의 지배 하에 들어갔을 거라고 짐작만 할 따름이었다.

　　결국 아스크족의 통치에 종말이 다가오고 있었다. 어느 날인가 왕은 한 번도 웃지 않게 되었다. 그는 밤중에 릴리아 공주와 하인 하더바르트를 텅 빈 홀로 불러들였다. 몹시 궂은 날씨였다. 어둠이 짙게 드리워진 커다란 아치형 창문을 통해 번갯불이 음산하게 파고들어 왔다.

　　"나는 오늘 한 번도 웃지 않았단다."

　　오네라이트왕이 말했다.

　　궁정의 어릿광대가 그의 앞으로 걸어 나오더니 아주 험악하게 인상을 찌푸렸다. 그 늙은이의 슬픈 얼굴은 고통과 절망으로 일그러져 있었다. 공주는 애써 그의 얼굴을 외면했고, 왕은 무겁게 머리를 흔들었다.

　　"사람들이 하프를 연주해야만 한다."

　　오네라이트왕이 소리쳤다.

　　"자, 어서!"

　　그가 다시 재촉했다. 그의 목소리는 두 사람의 가슴을 통해 구슬프게 울려 퍼졌다.

왕은 하프 연주자와 악사들이 모두 자신의 곁을 떠나 버리고, 오직 두 명의 충복만이 이 궁정을 지키고 있다는 사실을 모르고 있었다.

　하더바르트가 말했다.

　"이제 하프는 현이 하나도 남아 있지 않습니다."

　왕이 말했다.

　"어쨌든 연주해야만 하네."

　그러자 하더바르트는 릴리아 공주의 손을 잡고 홀을 빠져 나왔다. 그는 백합이 시든 정원 한가운데 바싹 말라 버린 라스크 샘물이 있는 곳으로 그녀를 인도했다. 그러고는 대리석 수조에서 손에 가득 물을 퍼서 그녀의 오른손에 부었다. 그들은 그것을 가지고 왕에게로 돌아왔다. 릴리아 공주는 라스크 샘물을 하프의 가느다란 일곱 현을 잡아당기는 데 사용했다. 그러나 그 샘물이 여덟 번째 현까지 미치지 못하자 그녀는 눈물의 도움을 받아야만 했다. 그러고 나서 그녀는 아무것도 쥐고 있지 않은 텅 빈 손으로 현을 매만졌다. 그녀의 손이 가늘게 떨리고 있었다. 귀에 익은 옛날의 달콤한 음향이 다시금 크게 울려 퍼졌다. 하지만 하프는 화음을 끝내고는 곧 모든 현이 끊어졌다. 둔중한 천둥 소리와 함께 하프의 선율은 끊어지고 말았다. 그리고 오팔 성의 둥근 천장들이 요란한 폭음과 더불어 붕괴되기 시작했다. 하프의 마지막 노래는 이렇게 울려 나왔다.

은빛 노래는 침묵해야만 하네.
그러나 언젠가 하프는 은빛 노래를
울리게 될 거야.
바로 윤무곡을.
—「라스크 샘물에 대한 진실한 역사」의 마지막 부분

하멜트는 맞은편에 앉아 있던 두 친구가 잔디밭에 누워 있는 그를 발견할 때까지 꿈에서 깨어나지 못하고 있었다. 두 사람은 그의 게으름을 불쾌한 어조로 놀려댔다. 그러나 하멜트는 아무 대답도 하지 않은 채 고개를 약간 끄덕이며 대꾸했다.

"좋은 아침!"

그 말에 기분이 상한 우젤은 이렇게 쏘아붙였다.

"그래, 좋은 아침이다!"

그러고는 한 마디 더 덧붙였다.

"그런데 이젠 더 이상 아침이 아닐세!"

하멜트는 어색하게 미소를 지어 보이며 이마를 가리고 있던 엷은 갈색 모자를 벗어 들고 두 친구에게 인사를 했다.

"내버려 두게나!"

라우셔가 말했다. 그러고 나서 세 사람은 시내로 향했다. 그들은 역을 지나고, 작은 시내의 돌다리를 건너 성벽 위로 해서 '쾨니히크로네'라는 술집을 향해 천천히 걸어갔다. 그곳은 바로 키르하임의 친구들이 특별히 즐기는 맥주가 있는 곳이자, 여행을 즐기는 시인이 어쩌다가 묵곤 하는 숙소였다.

그들이 막 술집의 계단으로 다가서려고 할 때였다. 육중한 문이 갑자기 확 열리더니, 회색 수염의 백발 노인이 잔뜩 화가 난 얼굴로 몹시 흥분해서 문을 박차고 나와 번개처럼 빠르게 그들을 향해 돌진해 왔다. 세 사람은 이내 그 늙은 기인이 철학자 드레디히움이라는 사실을 알고는 그의 길을 가로막았다.

시인 라우셔가 그에게 소리쳤다.

"잠깐만요. 친애하는 드레디히움 씨!"

"철학자께서 왜 이렇게 균형을 잃고 비틀거리는 겁니까? 자, 되돌아갑시다. 선생의 고통을 시원하게 떨쳐 버릴 수 있도록 한잔 하시죠!"

그 철학자는 예리하고 분노로 일그러진 불신의 시선으로 그들을 바라보았다. 그리고 곧 젊은 세 남자가 자기가 잘 알고 있는 사람들임을 알아보고는 소리쳤다.

"아, 자네들이로구먼. 모두 서클 회원들이지! 서두르게나. 이곳에서 맥주도 마시고 기적도 체험해 보게. 머릿속에 온통 악마만 우글거리고 있는 이런 만신창이 노인을 동정할 필요는 없네."

"친애하는 드레디히움 씨, 오늘은 또 어디가 편찮으신가요?"

동정심 많은 우겔이 물었다. 그때 갑자기 우겔이 계단 앞에서 비틀거렸다. 철학자가 그의 주먹으로 옆구리를 쳤기 때문이다. 그는 불같이 화를 내며 욕설을 퍼붓고는 시내로 사라졌다.

우겔은 황망히 사라져 가는 철학자의 뒤에 대고 소리쳤다.

"대단히 화가 난 모양이군. 불행을 가져다 주는 마법의 부적! 타인을 경멸하고, 악의에 찬 분노의 희생물! 고통으로 가득 찬 기억들을 학대하고 있군."

놀란 세 사람은 고개를 설레설레 흔들며 분노에 찬 드레디히움을 붙잡지 않았다. 막 계단으로 올라가려고 하는 순간 누군가에 의해 또다시 문이 열렸다. 교회 부목사 빌헬름 뷘골프가 뒤를 향해 다정스럽게 작별 인사를 하며 술집을 나서고 있었다. 그는 아래층에 우두커니 서 있는 사람들을 향해 즐겁게 인사를 건넸다. 사람들은 그의 얼굴 가득 넘쳐흐르고 있는 행복의 빛이 어디에서 비롯된 것인지 무척 궁금해했다. 그는 통통한 손가락으로 위를 가리키는 시늉을 해보이며 시인 라우셔에게 다가가 익살스럽게 미소를 지으며 그의 귀에 대고 속삭였다.

"당신께 감사하오. 오늘 나는 난생처음 시라는 것을 지었다오! 그것도 바로 지금 말이오."

시인은 눈을 크게 뜨고는 좁은 금테 안경 너머로 그를 아래위로 훑어보았다.

"한번 읊어 보시죠!"

그는 큰 소리로 말했다. 부목사는 세 사람 쪽으로 몸을 돌리더니 다시 손가락을 쳐들고는 행복에 젖은 눈을 지그시 감으며 시를 읊기 시작했다.

완전함.
사람들은 그대를 귀하게 여기지만, 그러나 오늘은!

그는 한 소절도 빠짐없이 낭송한 뒤 세 친구들에게 모자를 흔들어 보이고는 자리를 떠났다.

우겔이 말했다.

"제기랄!"

그러나 시인은 깊은 생각에 잠긴 듯 아무 말이 없었다. 그동안 한마디 말도 없던 하멜트는 깊은 감명을 받은 듯 "좋은 시로군!" 하며 입을 열었다.

왠지 묘한 감정에 젖은 세 사람은 더 이상 주저하지 않고 시원한 술집에 발을 들여놓았다. 그들은 젊은 여주인이 혼자 손님 시중을 들고, 이 시간쯤에는 손님이 적은 이 술집을 마음에 들어 했다. 자리에 앉은 세 사람은 오늘따라 그 작고 통통한 여주인이 사랑스러워 보이지 않는 것이 이상했다. 그들은 어슴푸레한 불빛 속에 잠겨 있는 깨끗한 테이블 위로 웬 낯선 여인의 아름다운 모습이 드러나는 것을 보았다.

2

더욱 이상한 일은 맨 마지막 작은 테이블에 앉아 있던 멋진 신사 에리히 텐처가 그들에게 알은체는커녕 인사도 하지 않는 것이었다. 그는 서클의 회원이었고, 특히 하멜트와는 절친한 사이였다. 그는 맥주 잔을 반쯤 비우고 우두커니 선 채 맥주 잔에 노란 장미를 꽂았다. 또 그 잘생긴 코를 술잔에 갖다 대면서 냄새를 맡는가 하면 낯선 여인을 곁눈질로 훔쳐보았다. 그 때문에 텐처의 얼굴이 어쩐지 낯선 느낌마저 주었다.

그들은 에리히 텐처 곁에 늙은 드레디히움이 천연덕스럽게 앉아서 작은 술잔을 기울이고 있는 모습을 발견하고는 아연실색했다. 노인은 술집 주인의 쿠바산 시가를 입에 물고 있었다.

헤르만 라우셔가 날카롭게 소리쳤다.

"이런, 드레디히움 씨로군. 선생이 어떻게 여기에 계시는 거죠? 방금 성벽 위로 달려가는 걸 지켜보았는데 말입니다."

우겔이 소리쳤다.

"선생은 조금 전 몹시 흥분해서 주먹으로 내 옆구리를 치기까지 하셨죠!"

철학자 드레디히움은 특유의 매력적인 미소를 지으며 말했다.

"기분 나쁘게 생각하지 말게, 우겔 씨! 한잔들 하게나, 친구들이여!"

그러고는 단숨에 술잔을 비웠다. 그러는 동안 하멜트는 친구 텐처를 불렀다. 텐처는 꿈에 취한 듯 축 늘어져 맥주 잔에 꽂혀 있는 노란 장미를 마주하고 앉아 있었다.

"텐처, 자네 자고 있는가?"

텐처는 자리에 그대로 앉아 그의 말에 답했다.

"자고 있지 않네."

그러자 우겔이 "잠자는 사람이 자고 있다고 말할 리 없지" 하고 대꾸했다.

그때 카운터 뒤에서 아름다운 여인이 모습을 드러냈다. 그 낯선 여인은 세 친구가 앉아 있는 테이블 옆으로 걸어왔다.

"뭘 드릴까요?"

마치 아름다운 한 폭의 그림에서 불현듯 빠져나온 신비롭고 아름다운 여인의 모습을 보는 듯한 황홀경에 빠져 서클 회원들은 넋을 잃고 바라보고 있었다.

그들은 한결같이 자리에서 일어나 그 여인에게 인사를 했다. 시인이 말했다.

"오 아름다운 여인이여!"

우겔도 한마디 거들었다.

"아가씨?"

그러나 하멜트는 아무 말도 하지 않았다.

아름다운 여인이 물었다.

"자, 쿨룸바하(맥주의 종류 : 옮긴이)를 드시겠어요?"

우겔이 대답했다.

"네, 좋습니다."

하멜트는 고개를 끄덕여 보였고, 라우셔는 붉은 포도주를 한 잔 주문했다.

상냥하고 아리따운 아가씨의 우아한 서비스에 그들은 안절부절못하며 정중하게 답례했다. 그때 저쪽 모퉁이에서 작달막한 밀러 부인이 달려오더니 말했다.

"손님들을 성가시게 하지 말아라. 이복 동생이에요. 일손이 필요해서 데려왔답니다. 루루, 주방에 들어가 보렴. 그렇게 일도 하지 않고 신사 양반들 곁에만 붙어 있을 참이냐?"

루루는 머뭇거리면서 자리를 떠났다. 세 친구는 맥이 빠져 서로 아무 말도 나누지 않았다. 여주인은 창가에 놓여 있던 화분을 그들 앞에 갖다 놓으며 손님들의 기분을 맞추려 애를 썼다.

"자, 보세요. 아름답죠! 이 꽃은 아주 희귀한 것이랍니다. 이 꽃에 대해 아는 사람은 드물어요. 5년 내지 10년 만에 꽃을 피운다고 하더군요."

모두들 그 꽃을 주의 깊게 관찰했다. 빨간 꽃봉오리가 가냘픈 줄기 위에서 가늘게 떨고 있었다. 꽃의 여린 향기가 방 안 가득 퍼졌다. 철학자 드레디히움이 무척 화난 눈초리로 그녀를 쏘아보았다. 그러나 누구 한 사람 거기에 관심을 두지 않았다.

그때 갑자기 다른 테이블에 앉아 있던 텐처가 자리에서 벌떡 일어나 그들에게 다가왔다. 그는 화분 속의 꽃을 쑥 뽑아 내더니, 그것을 가지고 주방 쪽으로 사라졌다. 드레디히움은 살며시 조소를 흘렸다. 여주인은 악을 쓰며 텐처의 뒤를 쫓았다. 외투를 걸쳐 놓은 의자가 바닥으로 나동그라졌다. 우겔이 그녀를 뒤따랐고, 그 뒤를 라우셔가 쫓아갔다. 그가 황급히 자리에서 일어날 때 테이블 위의 포도주 잔과 화분이 굴러 떨어져 산산조각이 났다. 철학자는 쩔쩔매며 허둥대는 여주인에게 와락 덤벼드는 시늉을 하면서 이를 험악하게 드러내 보이고는 그녀의 얼굴에 주먹을 들이댔다. 우겔과 라우셔는 미치광이처럼 날뛰는 철학자에게는 관심을 기울이지 않은 채 찢어진 외투를 매만지는 일에 열중하고 있었다. 때마침 남자 주인이 황급히 가게 문을 열고 들어왔다. 철학자는 갑자기 태도를 바꾸어 친절하게 여주인을 부축하여 일으켜 세웠다. 옆방에서 술을 마시고 있던 농부와 마부들이 문틈으로 방금 벌어진 일을 보고 있었다. 사람들은 주방 안에서 아름다운 루루가 울고 있는 소리를 들었다. 텐처는 엉망이 되어 버린 꽃을 손에 든 채 주방에서 걸어 나오고 있었다. 모든 사람이 그를 향해 위협하듯 욕설을 퍼부었다. 그는 다른 사람들의 눈초리에는 아랑곳하지 않고 패배자의 모습처럼 만신창이가 되어 버린 꽃을 마구 흔들어댔다.

216

3

다음날 아침 카알 하멜트와 에리히 텐처, 루드뷔히 우겔은 시인 라우셔가 최근에 지었다는 시를 듣기 위해 그의 하숙방으로 몰려왔다. 테이블 위에는 커다란 포도주 병이 놓여 있었다. 그들은 손수 술을 따라 마셨다. 시인은 목소리를 가다듬기 시작했다. 그러고 나서 그는 셔츠 주머니에서 작은 종잇조각을 꺼내더니 낭송했다.

"릴리아 공주에게 바침……."

하멜트가 소리치며 긴 의자에서 벌떡 일어났다.

"뭐라고?"

라우셔는 그의 돌발적인 행동에 불쾌감을 애써 억제하며 제목을 한 번 더 읽었다. 하멜트는 뭔가를 골몰히 생각하며 꽃무늬 장식의 긴 의자에 다시 주저앉았다. 시인은 계속 읽어 내려갔다.

나는 오래된 윤무곡을 알고 있어요.
투명한 은빛 노래,
노래는 독특하고 진기하죠.
바이올린의 선율이 나직이 흘러나오면
향수의 마법이 유혹하듯 울리네…….

하멜트는 시에 열중하고 있는 두 사람의 주위를 산만하게 했다.

"릴리아 공주…… 은빛 노래…… 오래된 윤무곡……."

하멜트는 똑같은 말을 되풀이하면서 고개를 끄덕이는가 하면 생각에 잠긴 듯 이마를 문지르기도 하고, 공허한 시선으로 허공을 바라보기도 했다. 마침내 하멜트의 열정적인 시선이 시인에게 고정되었다. 시 낭송을 끝낸 라우셔의 시선이 뚫어질 듯 바라보고 있던 하멜트의 시선과 마주쳤다.

라우셔는 놀란 기색을 보이며 소리쳤다.

"무슨 일인가? 자네 어째서 방울뱀이 가련한 새를 바라보는 듯한 눈초리로 나를 쏘아보는 건가?"

하멜트는 억양이 전혀 없는 목소리로 라우셔에게 말했다.

"자네, 이 노래 어디서 났지?"

긴 의자에 몸을 기대고 있던 라우셔가 대답했다.

"이건 내가 지은 작품일세."

하멜트가 물었다.

"릴리아 공주를?"

하멜트는 반복하여 물었다.

"오래된 윤무곡이라는 것도 말인가? 이 시가 정말 자네가 지은 것이란 말인가? 이 시는 자네의 다른 시들과는……."

라우셔는 재빨리 그의 말을 가로막았다.

"그렇다네. 사실일세."

그는 계속 말을 이었다.

"그건 사실이라네, 친구. 이 노래는 내게도 수수께끼처럼 묘한 작품이라네. 아무 생각 없이 앉아 있다가 습관적으로 종이 위에 어떤 형상과 글자를 끼적였지. 그러고 나서 그 일을 멈추었을 때 이 노래가 종이 위에 씌어 있더군. 그래서 다른 곳에 옮겨 적자 그것은 전혀 다른 필체로 변해 버렸다네. 자, 보게나?"

그는 옆에 앉아 있는 텐처에게 그 종이를 건네주었다. 텐처는 그 종이를 바라보더니 몹시 놀라면서 다시 한 번 주의 깊게 들여다보며 소리쳤다.

"루루!"

우겔과 하멜트도 덤벼들 듯한 기세로 그 종이를 뚫어지게 바라보았다. 우겔이 소리쳤다.

"이런!"

그러나 하멜트는 긴 의자에 몸을 기대고 앉아 경이에 찬 시선으로 글자를 하나하나 세심히 관찰했다. 극도의 희열과 놀라움이 그의 얼굴에서 교차되고 있었다.

하멜트는 갑자기 고함을 쳤다.

"말해 보게, 라우셔. 이 글이 루루를 표현하고 있는 건가, 아니면 단지 릴리아 공주를 묘사하고 있는 건가? 말해 보게."

시인은 화를 내며 소리쳤다.

"지금 무슨 터무니없는 소릴 하고 있나? 이 노래는 내가 지었다네!"

라우셔는 그 종이를 빼앗아 한 번 더 시를 훑어보았다. 갑자기 한 번도 느껴 본 적이 없는 싸늘한 전율로 인해 그의 심장의 고동이 멎는 것만 같았다. 불규칙적으로 마구 흘려 놓은 글씨들이 뭐라고 설명할 수 없는 묘한 방식으로 누군가의 모습을 스케치하고 있었던 것이다. 한동안 그것을 바라보고 있자니, 그 윤곽은 한 소녀의 가냘픈 모습으로 변해 갔다. 그것은 바로 아름다운 루루를 묘사하고 있었다.

텐처는 돌처럼 굳어진 표정으로 소파에 앉아 있었고, 하멜트는 믿을 수 없다는 듯 고개를 흔들고 있는 우겔 곁에 앉아서 뭐라고 중얼거리고 있었다. 시인은 한동안 넋을 잃은 채 창백한 모습으로 방 한가운데에 우뚝 서 있었다. 그때 누군가가 그의 어깨를 두드리자 그는 깜짝 놀라며 뒤돌아보았다. 거기에는 철학자 드레디히움이 서 있었다. 그는 닳아서 해진 모자를 비스듬히 눌러쓴 채 그에게 인사했다.

라우셔는 당혹스런 표정을 지으며 소리쳤다.

"드레디히움 씨, 우박이 쏟아지는 궂은 날씨에 어쩐 일이십니까?"

노인은 미소를 지으며 대꾸했다.

"왜 오면 안 될 곳에라도 온 건가? 왜 내가 오면 안 될 곳에 왔는가? 나는 두 번씩이나 노크를 했는데 못 알아듣더군. 지금 자네가 들고 있는 그 훌륭한 원고를 내게 좀 보여 주지 않겠나?"

드레디히움은 시라기보다 오히려 그림에 가까운 종이를 조심스럽게 라우셔로부터 건네받고는 말했다.

"이 종이를 관찰해 봐도 되겠나? 언제부터 이런 골동품들을 수집했는가?"

"골동품이라고요? 수집이라니요? 드레디히움 씨, 뭔가 오해하고 계시는군요?"

그 노인은 종이를 자세히 관찰하면서 매우 유쾌한 듯 그것을 만지작거렸다. 그는 싱긋 미소 지으며 말했다.

"아! 이것은 언젠가 사라져 버린 문장 중의 아름다운 한 구절이군! 아스크족의 것이었지."

하멜트가 소리쳤다.

"아스크족이라고요?"

철학자는 다정스럽게 말했다.

"그렇다오, 판사 나으리. 그런데 라우셔 씨, 이렇게 희귀한 소재를 어디서 착안해 냈나? 이것을 좀 더 연구해 보고 싶군."

시인은 불안감을 감추지 못한 채 미소를 지어 보이며 대꾸했다.

"어처구니없는 말씀을 하고 계시는군요. 드레디히움 씨, 이것은 오래된 것이 아니랍니다. 바로 어제 저녁 제가 썼으니까요."

철학자는 불신에 찬 시선을 시인에게 던졌다. 그러고는

이렇게 말했다.

"놀랍군. 정말 놀랐소. 젊은 친구, 그런 농담은 나를 당황하게 만든다네."

정말로 불쾌해진 라우셔는 이렇게 외쳤다.

"드레디히움 씨, 제발 장난하듯 저를 혼란 속에 빠뜨리지 마십시오. 그런 우스꽝스런 역할을 굳이 연출해 보고 싶은 생각이라면 제 집이 아닌 다른 무대를 찾아보시죠."

드레디히움은 여전히 즐거운 듯 미소를 지어 보이며 말했다.

"알겠네. 하지만 한 번 더 곰곰이 생각해 보게! 그러면 여러 가지로 즐거운 생활을 할 수 있을 테니 말일세!"

그는 누더기처럼 해진 푸른빛 모자를 하얀 머리 위에 눌러쓰고는 조용히 방을 나갔다.

드레디히움은 길을 거닐다가 텅 빈 술집에 홀로 앉아 있는 아름다운 루루를 발견했다. 그녀는 수건으로 유리잔을 닦고 있었다. 드레디히움은 술집으로 들어갔다.

그는 진열장에서 직접 술병을 꺼내 잔을 채운 뒤 소녀의 맞은편 테이블에 앉았다. 그는 아무 말없이 테이블에 앉아 가끔 아름다운 여인의 얼굴을 특유의 다정한 시선으로 바라볼 뿐이었다. 그녀는 그의 호인다운 기질을 느낄 수 있었다. 그러나 그녀는 하던 일을 계속했다.

철학자는 빈 잔을 하나 집어 들더니 그 속에 물을 조금 채워 넣었다. 그러고는 술잔의 둘레에 물을 약간 적신 후 손가락 끝으로 문지르기 시작했다. 처음에는 윙윙거리는 소리만 나더니 마침내 그것은 투명한 음조를 띠면서 물결치듯 일렁이며 방 안 가득 울려 퍼졌다. 아름다운 루루는 섬세한 그 소리에 귀를 기울이고 있었다.

그녀는 잠시 하던 일을 멈추고는 달콤하고 수정처럼 투명한 그 소리에 취해 잠자코 듣고 있었다. 노인은 이따금 저만치 앉아 있는 그녀를 예리한 눈길로 쳐다보았다. 방은 온통 유리잔의 투명한 음향으로 가득했다.

루루는 아무 생각 없이 아이처럼 천진한 눈망울을 하고 묵묵히 서 있었다.

"그 늙은 오네라이트왕은 아직 살아 있나요?"

그녀는 매우 조심스러운 목소리가 자기에게 말을 거는 소리를 들었다. 하지만 그 목소리가 노인의 것인지, 유리잔에서 울려나오는 소리인지 알 수 없었다. 그녀는 그 질문에 그저 고개를 끄덕였다. 그러나 그녀 자신도 왜 그랬는지 그 이유를 몰랐다.

"당신은 하프가 연주했던 노래를 알고 있나요?"

그녀는 또 무의식적으로 고개를 끄덕였다. 유리잔의 투명한 소리가 조용히 울리고 있었다. 그 목소리가 또 그녀에게 물었다.

"은빛 하프의 현은 어디에 있나요?"

유리잔의 투명한 소리는 여전히 물결치듯 부드럽게 울려

퍼지고 있었다. 바로 그때 아름다운 루루의 눈에서 까닭 모를 눈물이 흘러나왔다.

"왜 우나요, 루루?"

드레디히움이 물었다.

"어머, 제가 울고 있었나요?"

그녀는 수줍게 얼굴을 붉히며 반문했다.

"어린 시절에 부르던 노래가 생각나는구려. 애석하게도 그 노래의 절반밖에 생각나지 않지만 말이오."

그 순간 돌연 문이 거칠게 열리더니 뮐러 부인이 뛰어들면서 고함을 질렀다.

"여태 유리잔에 매달려 뭘 하고 있는 거냐?"

루루는 계속 눈물을 흘렸다. 여주인은 욕설까지 퍼부어대며 떠들었다. 두 여인은 철학자의 짧은 파이프에서 얼마나 커다란 연기 고리가 뿜어져 나오고 있는지 미처 보지 못했다. 담배 연기는 이내 열린 창문을 통해 들어온 바람 줄기를 타고 살며시 자취를 감추었다.

4

서클의 회원들은 다 함께 근처에 있는 숲에 모였다. 교원 실습생인 오스카 립플라인도 자리를 함께했다. 그들은 잔디 위에 누워 젊음과 우정에 대해 열심히 이야기를 나누었다.

웃음소리에 대화가 잠시 중단되기도 했지만 그들의 이야기는 끝이 없었다. 이야기는 주로 얼마 후에 여행을 떠나기로 한 시인 라우셔의 생각과 목표에 관한 것이었다. 사람들은 그를 언제, 어떻게 다시 만나게 될지 궁금해했다. 헤르만 라우셔가 말했다.

"외국으로 여행을 떠날 참이네. 혼자 있고 싶어. 신선한 공기를 맛보고 싶기도 하고. 언젠가 다시 한 번 반드시 이곳으로 돌아올걸세. 지금으로서는 규율에 얽매인 대학 생활이 왠지 답답하고 싫증이 나. 담배와 맥주 냄새에 찌들어 질식할 것만 같아. 게다가 올 한 해 동안 예술가로서의 충분한 지식을 습득한 것 같기도 하고."

립플라인은 문득 무슨 생각이 떠올랐는지 말문을 열었다.

"자넨 어떻게 생각하나? 나는 시인들을 교양 없는 예술가라고 생각한다네."

라우셔가 대답했다.

"그럴지도 모르지! 하지만 교양과 지식은 별개라네. 내가 염려하고 있는 것은 사람들이 뭔가를 깊이 파헤쳐 연구하려고 하는 편집적인 의식이라네. 사람들은 머릿속에 떠오른 모든 것을 자기 나름대로 파악하여 평가하려고 하지. 그러고는 자신의 타고난 재능의 극한점까지 도달하려고 스스로를 시험해 본다네. 그러나 무분별하게 자신의 청춘 속에 내재해 있는 주요한 부분을 헛되이 낭비해 버렸다는 사실을 깨달았을 때는 이미 덧없는 세월을 보낸 뒤지. 사람들은 허무하게 침몰해 버린 섬을 향해 팔을 뻗지만, 그것은 더 이상 강한 고통의 무분별한 몸짓이 아닌 의식과 의도의 한 단면으로서의 몸짓이지."

하멜트가 미소를 지으며 물었다.

"자네 그 점에 대해선 어떻게 생각하는가?"

라우셔가 소리쳤다.

"자네도 이미 알고 있었군! 그렇다면 고백하지. 최근 인쇄되어 나온 책 때문에 무척 불안하다네. 나는 그 어떤 근원으로 되돌아가 완전함을 이룩해 내는 것을 익혀야만 될 것 같네. 내가 진정으로 바라는 것은 새로운 어떤 것을 창조해 내기보다는, 절망하지 않는 꿋꿋한 인생을 펼쳐 보는 것일세. 어린 시절로 되돌아가서 시냇가에 누워 보기도 하고, 산을 오르기도 하고, 바이올린을 켜보기도 하고, 짓궂게 소녀들의 뒤를 쫓아다녀도 보고 싶은 심정이라네. 긴장감 속에서 숨 가쁘게 시를 쓰려고 애태우는 억압된 생활이 아닌, 내면 깊은 곳에서 그것이 솟구치기를 의연하게 기다리면서 유유자적하고 싶다는 말이지."

"라우셔 씨 말이 옳지."

갑자기 어디선가 드레디히움의 음성이 들려왔다. 그는 숲에서 걸어나와 젊은 친구들이 누워 있는 잔디 한가운데에서 걸음을 멈추었다.

"드레디히움 씨?"

모두들 반가운 기색으로 그를 맞이했다.

노인은 잔디 위에 털썩 주저앉으면서 담배를 입에 물고는 힘차게 빨아들였다. 그러고는 그의 호인다운 다정한 얼굴을 시인 라우셔에게 돌렸다.

"나 또한 젊은 시절에 대한 추억의 파편들을 가슴속 깊이 간직하고 있다네. 자네들이 허락한다면 한번 그것에 대해 맘껏 떠들어 보고 싶구면."

하멜트가 말했다.

"좋습니다. 우리의 친구 라우셔도 방금 그런 이야기를 했죠. 시인들은 아직 발견되지 않은 그 무엇을 창조해 내야 하기 때문에 어떤 학문에든 열중할 수 없는 게 사실이에요."

"당찮은 소리요!"

노인은 그의 말에 항변하고 나섰다. 그러고는 계속 말을 이었다.

"난 시인들에게 각별한 관심을 갖고 있어서 잘 알고 있네만, 그들은 한결같이 우리의 삶 속에 어떤 영원한 힘과 아름다움이 잠재되어 있다고 생각하며, 마치 한밤중의 번갯불 같은, 베일 속에 가리어진 신비한 존재를 꿰뚫어 볼 수 있는 섬광 같은 예리한 예감을 신봉하는 경향이 있지. 그들은 일상적인 평범한 삶 속의 존재이기보다는 아름답게 채색된 장막으로서의 상징적 존재이고 싶어하거든. 그들은 바로 그

장막 뒤에서 자기만의 독특한 방식으로 진실한 삶을 연주하고 싶어하는 거라네. 나는 위대한 시인들의 훌륭하고 영원한 언어들을 잠자는 사람이 중얼거리는 불확실한 소리라고 생각하지. 그러나 그들은 저 멀리 얼핏 보이는 세상에 대해 무거운 입술로 중얼거리고 있다는 사실을 알지 못한다네."

립플라인이 소리쳤다.

"정말 훌륭하군요. 매우 근사한 말씀입니다. 드레디히움 씨, 그것은 그다지 고리타분하지도 않고 그렇다고 새롭지도 않군요. 그런 공상적인 교훈은 이미 수백 년 전, 이른바 낭만주의자들에 의해 주창되었어요. 그 당시 사람들은 이렇듯 앞을 내다보는 번갯불 같은 예감을 꿈꾸었어요. 요즘 사람들은 다행히 자신의 가슴앓이를 극복해 낸 시인의 이야기를 접하긴 하지만, 더 이상 그런 허망한 꿈을 갈망하는 사람은 없답니다. 혹시 그걸 꿈꾸는 사람이 있다고 할지라도 그의 생각은 몽상이 아닌 명석한 자기 판단에서 비롯된 것이죠."

그 뒤를 이어 하멜트가 이야기했다.

"1백 년 아니 그보다 더 오래전에도 그런 지혜로운 사람들이 있었답니다. 그들은 지루할 만큼 연설을 일삼았죠. 요즘 사람들은 부단히 술책을 부리는 사람들보다 그런 몽상가들이나 상상가들을 더 훌륭하다고 생각하고 있으며 그들에게 호의적이랍니다. 그건 그렇고 꿈에 관해서 말인데요, 최근 나는 이상한 꿈을 꾸었죠."

드레히움이 말했다.

"말해 보게!"

하멜트가 대꾸했다.

"다음에 하죠."

"말하고 싶지 않은 게로군? 어쩌면 짐작할 수도 있을 것 같은데."

드레디히움은 뭔가 곰곰이 생각하는 듯했고, 하멜트는 큰 소리로 웃었다.

드레디히움이 고집을 부렸다.

"그럼, 우리 이렇게 해봅시다. 당신은 모든 질문에 대해 솔직하게 예, 아니오로만 답변하면 되오. 꽤 재미있을 거요."

모두 흔쾌히 그의 제안에 동의했다. 그들은 질문을 하기 시작했다. 철학자의 순서가 돌아왔을 때, 그는 매우 신중하게 질문했다.

"꿈속에서 물을 보았나?"

"네, 그렇습니다."

질문에 대한 긍정의 대답이 나왔으므로 노인은 질문을 계속할 수 있었다.

"샘물이었나?"

"네, 맞아요."

"기적의 샘물인가?"

"네, 그래요."

"그것은 바짝 마른 샘물이었나?"

"네."

"어떤 소녀에 의해 말랐나?"

"네, 맞습니다."

갑자기 드레디히움이 소리쳤다.

"아닐텐데! 그것은 당신이 꾸며 낸 이야기요."

"아닙니다. 틀림없어요!"

"그 샘물이 어떤 소녀에 의해 고갈되었단 말인가?"

"그렇습니다."

드레디히움은 세차게 머리를 흔들며 말했다.

"그건 불가능한 일이라네!"

그는 다시 물었다.

"정말 그 소녀 혼자서 그 샘물을 다 퍼냈단 말인가?"

"아, 아니에요."

하멜트는 당황하며 소리쳤다. 그러고는 이렇게 말했다.

"맨 처음 물을 퍼낸 사람은 하더바르트였습니다."

"아, 이젠 우리가 질문할 차례군요!"

다른 사람들이 즐거워하며 환호성을 질렀다. 하멜트는 라스크샘에 대한 꿈 이야기를 전부 털어놓았다. 모두 그 신비롭고 이상한 이야기에 귀를 기울였다.

라우셔가 갑자기 소리를 질렀다.

"릴리아 공주. 그리고 은빛 노래? 그것을 어디선가 들어 본 적이 있는 것 같은데?"

노인이 말했다.

"아! 그 이름들은 어제 내게 보여 주었던 아스크족의 문구에 있었다네."

"내 노래에 말인가요?"

립플라인과 텐처가 속삭이듯 작은 목소리로 말했다.

"아름다운 루루의 모습에도."

철학자는 그사이에 담배 한 개비를 꺼내 입에 물었다. 희뿌연 담배 연기가 그의 입에서 힘차게 내뿜어졌다. 오스카 립플라인이 담배 연기를 피하면서 말했다.

"당신은 굴뚝처럼 연기만 뿜어내는군요."

"순수한 멕시코인!"

노인은 길게 연기를 내뿜으며 소리쳤다. 그러고는 계속 담배를 피우다가 바람결 가득 연기만 남겨 놓은 채 그 자리를 떠났다.

허공 속에서 흔적 없이 사라져 가고 있는 담배 연기를 뒤쫓아 하멜트와 라우셔가 숲 속으로 뛰어갔다.

교원 실습생인 립플라인이 투덜댔다.

"소용없는 일일세!"

그는 이 애매한 성격의 모임에 참석한 것이 불쾌한 모양이었다. 텐처와 우겔은 늦은 오후 투명한 태양 빛이 길게 드리워진 도시로 발길을 향했다. 그들은 술집 '쾨니히크로네'

앞에서 멈추어 섰다.

하멜트와 라우셔는 담배 연기의 흔적을 따라 숲 속 깊숙이까지 드레디히움을 뒤쫓다가 거대한 너도밤나무 앞에서 걸음을 멈추었다. 한숨 돌리기 위해 이끼 낀 바닥에 주저앉으려는 순간 나무 뒤에서 드레디히움의 목소리가 들려왔기 때문이다.

"여보게들, 그곳은 축축하다네! 이쪽으로 오게나."

그들은 마치 바닥에 누워 있는 한 마리의 용처럼, 커다란 마른 나뭇가지 위에 앉아 있는 노인을 발견했다.

"자네들이 오니 기분 좋군! 이리 와 내 곁에 앉게나. 나는 자네들, 하멜트 씨의 꿈 그리고 라우셔 씨의 시에 흥미를 느낀다네."

하멜트가 노인에게 격한 어투로 말했다.

"우선, 어떻게 해서 내 꿈을 알아맞힐 수 있었는지 말씀해 주시죠."

라우셔도 말을 꺼냈다.

"내 시도 읽으셨죠!"

드레디히움이 말했다.

"물론 그랬지. 그게 무슨 놀랄 만한 일인가? 누구든 주의 깊게 질문한다면 모든 것을 짐작해 낼 수 있지. 게다가 얼마 전 릴리아 공주에 대한 이야기를 듣기도 해서 쉽게 그것을 상상해 낼 수 있었다네."

하멜트가 소리쳤다.

"아, 바로 그거였군요! 그런데 도대체 그 이야기는 어디서 들으셨나요? 그리고 아무에게도 말한 적이 없는 내 꿈에 대해서는 어떻게 그렇게 자세히 알고 계셨나요? 그리고 불현듯 나타나 라우셔의 수수께끼 같은 노래 속에서 그렇듯 이상한 점을 끄집어낼 수 있었던 것은 어떻게 받아들여야 할까요?"

철학자는 미소를 지으며 부드러운 목소리로 말했다.

"영혼이나 그 영혼의 구원에 대해 한 번쯤 깊이 생각해 본 적이 있는 사람이라면 그런 이야기는 수없이 많다는 사실을 깨달을 수 있네. 릴리아 공주에 대한 이야기는 다양하게 변형되어 표현된 것들이 많긴 하지만, 그 이야기는 해를 거듭하면서 변형되고 왜곡되어 그야말로 엉망이 되고 말았지. 사람들은 흔히 그 이야기의 환상적인 형상만을 좋아한다네. 내가 알고 있는 것은 다만 그녀가 분명 인간의 모습을 하고 있다는 것과 구원받을 순간을 애타게 기다리고 있다는 것이지. 나는 잠깐 동안 그녀를 본 적이 있어 이야기를 나누어 보려고 했었지. 그것은 꿈속의 일처럼 느껴졌는데, 내가 그녀에게 은빛 노래를 연주하던 하프의 현에 대해 물으려고 하자 그녀는 마구 눈물을 흘리더군."

두 젊은이는 두 눈을 크게 뜨고 철학자의 이야기에 귀를 기울였다. 그들의 머릿속에 어떤 예감 같은 것이 스쳐 지나갔다. 그러나 두서없는 드레디히움의 이상한 이야기와 빈정거리는 듯한 찡그린 얼굴은 그들을 혼란스럽게 만들었고, 도저히 이해의 실마리를 찾을 수 없게 했다.

"라우셔 씨, 자네는 예술가지. 그러나 자네는 선과 아름다움 사이에 놓여 있는 깊이 팬 균열을 없애는 일이 매혹적인 일인 동시에 얼마나 위험한 일인지를 인식해야 하네. 그리고 그 균열은 절대적인 것이 아니라 단지 어떤 동일한 본질에서 파생되어 나온 것임을 반드시 알아야 하네. 선과 미는 어떤 법칙의 의미가 아닌 바로 진리이며, 그래서 겉으로 보기에는 완전히 이질적이고 극도의 적개심을 품고 있는 것처럼 보이지만, 대지의 깊은 품 안에서는 하나의 공동체라네. 어떤 높은 곳에 올라서서 끊임없이 갈라지고 있는 심연을 발견했을 때 과연 우리는 무엇으로 그걸 막을 수 있을까? 심연을 없애는 것이나 릴리아 공주를 구원하는 것이나 결국 같은 의미라고 볼 수 있을 거네. 그녀는 푸른 꽃이네. 그 영혼은 엄숙하고, 그 향기는 영혼을 부서 버릴 만큼 강렬하지. 그 꽃이 활짝 피어나 구원을 받게 되는 날, 은빛 노래를 연주하던 하프는 다시 그 투명한 소리를 울려 퍼지게 할 것이고, 라스크 샘물은 새롭게 피어난 백합 정원을 지나 졸졸졸 소리를 내며 흘러가게 될걸세. 꽃들이 피어나고 샘물이 흘러가는 광경을 지켜보는 사람은 오랜 세월의 악몽에서 벗어나 투명한 아침의 생명력 넘치는 신선한 소리를 들을 수 있게 되겠지……. 그러나 아직도 공주는 악마의 마력에 사로잡혀 고통스러워하고 있네. 그리고 불운한 세월의 천둥 소리가 폐망한 오팔 성 가운데에 공허하게 메아리치고 있지. 나의 왕은 아직도 그 백납 같은 꿈의 사슬에 묶여 무너진 성의 홀에 앉아 있을 거네."

5

한 시간쯤 지나서 젊은 두 친구는 숲에서 빠져나왔다. 때마침 그들은 우겔과 텐처 그리고 교원 실습생인 립플라인이 화사한 옷차림의 어떤 여인과 함께 '드라이쾨니히'라는 술집을 지나 산으로 걸어가고 있는 것을 발견했다. 그들은 이내 그녀가 루루임을 알아차리고는 그들을 황급히 뒤쫓았다. 그녀는 사랑스러운 목소리로 천진난만하게 이야기하고 있었다.

산 중턱에 이르렀을 때, 모두 넓은 벤치에 앉았다. 도시 전체가 계곡 한가운데에서 선명한 모습으로 빛나고 있었고, 황혼녘의 황금빛 안개가 높은 초원 위에서 반짝이고 있었다. 8월의 풍성함이 꿈결처럼 드넓게 펼쳐져 있었고, 나뭇잎 사이사이에는 벌써 풋풋한 열매가 송골송골 맺혀 있었으며, 곡물을 가득 실은 차량들이 좁은 계곡을 지나 마을을 향해 줄달음치고 있었다.

우겔이 말했다.

"8월의 저녁을 이토록 아름답게 하는 건 도대체 뭘까? 사람들은 그것도 부족해서 높은 초원에 드러누워 황금빛으로 곱게 물든 순간의 온화함을 향유하려 하지."

시인은 우수 어린 순결한 눈동자를 지닌 아름다운 루루를 흘끔 쳐다보며 말했다.

"자네 말이 옳네. 우리는 이렇듯 계절의 끝에 서서 그것의 따스함과 황량함을 동시에 느끼게 되지. 여름의 태양 빛 아래 무르익은 과일의 달콤함은 바로 이런 나른한 오후에 더욱 강렬해지는걸세. 그리고 나서 내일 혹은 모레 어느덧 붉게 물들어 버린 잎들이 거리를 나뒹굴게 되리라는 사실을 우리는 이미 알고 있지. 그게 세월이라는 거야. 그때야 비로소 우리는 시간의 수레바퀴가 침묵 속에서 천천히 돌아가고 있음을 새삼스레 인식하는걸세. 그리고 자신 또한 붉게 물든 나뭇잎들이 누워 있는 그 어딘가로 내몰리게 되리라는 사실 앞에서 깊은 비애에 빠지게 마련이지. 그게 바로 인생이라는 거네."

모두 아무 말 없이 황금빛의 저녁 하늘과 다채롭게 채색되고 있는 정경을 바라보고 있었다. 아름다운 루루가 나지막한 소리로 어떤 멜로디를 흥얼거리기 시작했다. 속삭이듯 작은 목소리는 점차 커지더니 아름다운 노랫소리로 변해 갔다. 젊은 사내들은 묵묵히 그 소리에 귀 기울였다. 청아한 목소리의 부드러우면서도 감미로운 음조는 마치 졸고 있는 대지의 품에서 깨어난 꿈처럼, 황홀한 초저녁 하늘로부터 새어 나오고 있는 것처럼 느껴졌다.

모든 평화가 투명한 하늘로부터
침몰하고 있네.
모든 환희, 모든 고통
달콤한 죽음의 노래 속으로 사라져 버리네.

그녀의 노래는 이렇게 끝이 났다. 이어서 우겔이 일어나 노래를 부르기 시작했다.

오, 나무 그늘 아래로 흘러가는 작은 샘물,
그대는 아름다운 은빛 샘물.
숲 속 깊이 감추어진 하얀 예배당 저 아래로
흘러가고 있어요.
저기 이끼 낀 계단 위에 마리아 상이 있죠.
그대는 졸졸 소리를 내어 조용히 그녀를 불러야 해요.
그리고 그녀에게 나의 깊은 고뇌를 나지막이 전해 주세요.
나의 입술은 죄와 노래로 붉게 되었다고.
그녀에게 희고 순결한 백합 한 송이를 내게
선사해 달라고 전해 주세요.

그 꽃은 나의 핏빛 인생과 죄를 모두 용서해 줄 테니!
어쩌면 그녀의 관대함은 그대에게 미소를 지으며
인사할지도 모르죠.
고결하고 순결한 꽃의 달콤한 향기가 번져 나와요.
가수는 사랑과 태양을 들이킨 죄 때문에
노래를 부를 수 있는 축복을 받았던 붉은 입술은
오직 키스만 하게 되었답니다.

그 뒤를 이어 라우셔가 그의 시 가운데서 하나를 낭송했다.

지친 여름날이 고개를 숙이고
잿빛 형상이 호수 속에 비치네.
나는 피로로 지친 재투성이가 되어
그늘진 가로수 길을 거닐고 있네.
나는 먼지투성이의 지친 모습으로 거닐고 있다네.
청춘이 멈칫멈칫 뒤로 물러나고
그 아름다운 모습이 고개를 숙이며,
나와 함께 가려 하지 않는다네.

태양이 스러져 가고 하늘에는 온통 붉은빛이 넘쳐흘렀다.
소심한 립플라인이 당장에라도 떠나려는 듯 서두르자, 아름
다운 루루가 또 다른 노래를 부르기 시작했다.

나의 아버지는 수많은 성과

도시를 가지고 있죠.

나의 아버지는 왕이랍니다.

바로 오네라이트왕이 나의 아버지랍니다.

아름다운 기사가 나타나

나를 자유롭게 해주면

나의 아버지는 그에게

자신의 영토 절반을 수여하려 했죠.

사람들은 천천히 자리에서 일어나 작열하듯 빨갛게 달아오른 산을 내려왔다. 산꼭대기 저편, 아직 남아 있는 태양의 희미한 빛이 시야를 황홀하게 했다.

"어디서 그 노래를 배웠나요?"

카알 하멜트가 루루에게 물었다.

"많이 알진 못해요. 저는 옛날부터 전래된 민요라고 생각했는데요."

그녀의 걸음이 더욱 빨라졌다. 귀가가 늦어질 경우 여주인에게 호된 꾸지람을 들을 거라는 불안감이 불현듯 엄습해 온 것이다.

그걸 눈치 챈 텐처가 큰 소리로 말했다.

"우린 그걸 허용하지 않을 겁니다. 언젠가 한번 뮐러 부인에게 내 생각을 분명히 말해야겠다고 벼르고 있었습니다.

내가 그녀에게……."

루루가 그의 말을 가로챘다.

"아니에요, 안 돼요. 그것은 저를 더 난처하게 만들 뿐이에요! 저는 불쌍한 고아예요. 제게 부담이 되는 일은 제발 하지 말아 주세요."

교원 실습생이 말했다.

"오, 루루 아가씨, 당신이 공주라면 내가 당신을 자유롭게 해줄 수 있을 텐데 말입니다."

시인 라우셔가 소리쳤다.

"그렇지 않네. 당신은 진정 공주예요. 다만 우리가 당신을 구원할 만큼 능력을 갖춘 기사가 못 될 뿐이랍니다. 무엇이 우릴 방해할 수 있겠어요? 오늘 그 일을 하고야 말겠습니다. 괴씸한 뮐러 부인의 목덜미를 잡아서……."

"그만들 하세요!"

루루가 간청하듯 외쳤다. 그리고 말을 이었다.

"제 운명을 스스로 극복할 수 있도록 내버려 두세요! 오늘처럼 아름다운 저녁이 계속되지 못한다는 사실이 유감스러울 뿐이에요."

사람들은 더 이상 아무 말도 하지 않았다. 이윽고 일행은 시내로 돌아왔다. 루루는 다른 사람들과 작별한 뒤 쓸쓸히 '쾨니히크로네'로 돌아갔다. 다섯 사내는 그녀가 어두운 거리로 완전히 모습을 감출 때까지 그녀를 지켜보았다.

나의 아버지는 왕이랍니다.

바로 오네라이트왕이 나의 아버지랍니다…….

하멜트가 혼잣말로 중얼거렸다. 그는 웨트링겐 마을 방향으로 귀가길을 재촉했다.

6

바로 그날 저녁 늦게까지 텐처는 '쾨니히크로네'에서 시간을 보냈다. 라우셔가 침실 램프를 들고 방으로 들어가 버리자, 그는 홀로 술집에 남겨졌다. 루루는 여전히 테이블에 같이 앉아 있었다. 갑자기 텐처는 술잔을 옆으로 치우고는 아름다운 그녀의 손을 꽉 움켜잡은 채 그녀를 바라보았다. 그는 가볍게 헛기침을 하고 나서 말을 이었다.

"루루 아가씨, 당신에게 꼭 할 말이 있습니다. 난 당신을 비난하지 않을 수 없군요. 나는 장차 검사가 되려고 합니다. 그런데 당신은 지나치게 아름답소. 당신은 필요 이상으로 아름다워요. 그 때문에 당신은 다른 사람을 비참하게 만들고 있습니다. 변명할 생각은 말아요! 나의 이 아름다운 욕망은 어디에서 비롯된 것일까요? 이 묘한 갈증은? 머릿속을 꽉 채우고 있던 진절머리 나는 민법 법전의 조항들은 이제 어디로 간 걸까요? 유스티니아 법전은? 그리고 형법과 민사

소송법은? 정말, 그것들은 어디 있을까요? 내 머릿속에는 오직 단 하나의 조항이 있을 뿐입니다. 그것은 바로 루루 당신이에요! 그것에 주석을 덧붙이라면 이렇죠. 오, 그대는 너무나 아름다운 여인이오, 오, 그대는 세상에서 가장 아름다운 여인!"

흥분한 그의 두 눈은 쑥 튀어나와 있었다. 그의 왼손은 열정에 겨워 새 실크 모자를 짓눌러 망가뜨렸고, 오른손은 루루의 차가운 손을 꽉 잡고 있었다. 그녀는 이 난처한 상황에서 벗어날 기회를 불안하게 엿보고 있었다. 뮐러 씨가 카운터에서 코를 골며 자고 있긴 했으나, 그를 부르고 싶지는 않았다.

그때 살그머니 문이 열렸다. 문틈 사이로 플라넬 옷소매가 잠시 나풀거리더니 바닥 위로 하얀 종이가 떨어졌다. 그러고는 다시 재빨리 문이 닫혔다. 루루는 자리에서 벌떡 일어나 그곳으로 달려가 바닥 위에 놓여 있는 종이 쪽지를 집어 들었다. 텐처는 기분이 상했지만 잠자코 있었다.

그녀는 갑자기 웃음을 터뜨리며 그 편지를 그에게 읽어 주었다. 거기에는 다음과 같은 글이 적혀 있었다.

아가씨, 웃으실 테지요?
당신이 자부심 강하고 냉정하다고 믿어 왔던 뜨거운 열정,
그 시인의 머리가 당신 발 아래 놓여 있는 것을 봐주십시오.

마치 깊디깊은 고통을 깨우쳤을 때

극도의 희열로 나의 가슴은

당신의 작은 손 안에서 수줍게 떨고 있습니다!

산책길에서 발견한 붉은 장미,

그리고 나의 정열의 노래들이

그리움에 겨워

당신 발밑에서 가련하게 시들어 가고 있습니다.

당신은 웃고 계시겠죠?

"라우셔?"

텐처는 분노를 참지 못해 소리치고 말을 이었다.

"교활한 친구! 당신은 이 진지함을 가장한 터무니없는 글을 믿지 않겠죠? 시라고요? 그는 3주일 전에도 다른 여인에게 이와 똑같은 글귀를 썼었죠!"

루루는 흥분하여 떠들어대고 있는 텐처에게 관심도 주지 않은 채 열려진 창문 너머로 들려오는 소리에 귀 기울이고 있었다. 저만치서 어떤 저음의 목소리가 기타 선율을 타고 묻어 나오고 있었다.

나 여기 서서 기다리고 있네.

기타를 퉁기면서…….

오, 더 이상 주저하지 않으려네.

한줄기 바람이 창가에 와 닿았다. 바로 그때 술집 주인이 잠에서 깨어나 짜증스럽게 카운터 뒤에서 나타났다. 텐처는 먹다 남은 맥주를 마저 마시지 않고 자리에서 일어나 테이블 위에 돈을 던져 놓고는 인사도 하지 않고 술집을 나섰다. 그는 단숨에 계단을 뛰어내려 와 기타를 치고 있는 친구에게 달려갔다. 그곳에는 교원 실습생 립플라인이 앉아 있었다. 그는 텐처와 말다툼을 한 뒤 몹시 언짢아하며 밤나무 아래에 있는 성벽 위를 지나 사라져 버렸다.

루루는 술집 안의 가스등을 전부 끈 뒤 마루로 나와 자기 방으로 올라갔다. 그녀는 라우셔의 방 옆을 지나면서 잠 못 이루고 왔다 갔다 하고 있는 그의 고독한 발소리와 이따금 길게 내뱉는 한숨 소리를 들을 수 있었다. 그녀는 모든 잡념을 털어 버리려는 듯 머리를 세게 흔들며 침실로 들어갔다. 그녀는 지친 몸을 편안하게 침대 위에 눕혔다. 그러나 잠을 이룰 수가 없었다. 그녀는 저녁에 있었던 일들을 다시 한 번 곰곰이 생각해 보았다. 이상하게 더 이상 미소는 번져 나오지 않았다. 아니 오히려 슬픔이 그녀를 휘감았다. 마치 모든 일이 실패한 익살극처럼 느껴졌다. 사람들은 모두 어리석고 자신밖에 모른다. 그녀에 대한 그들의 감정은 단지 그녀의 아름다운 외모에 대한 칭찬에 불과하며, 그들은 오직 그것만을 사랑하고 있다는 사실을 깨닫자 그녀는 놀랍고 허망했다. 그 젊은 사내들이 작은 빛에도 몸을 가누지 못해 비틀거리는 가련한 밤새들처럼 여겨졌다. 그들은 항상 입버릇처럼 거창한 말을 되뇌었다. 끊임없이 아름다움이니, 젊음이니, 행복이니 운운하면서 자기 주변에 다채로운 말의 장막을 구축하고 있었다.

삶의 쓰라린 진실에서 점점 소외되고 있는 그들이 오히려 불쌍하고 우스꽝스러워 보였다. 이 작고 순결한 소녀의 영혼 속에는 삶의 예술이란 고통과 미소에서 얻어지는 것이라는 진실이 깊이 내재해 있었다.

시인 라우셔는 잠시 자신의 침대에서 선잠이 들었다. 무척 후텁지근한 밤이었다. 격렬하고 열정적인 미완성의 상념들이 그의 뜨거운 이마 위에 솟구쳤다가는 빛바랜 꿈속으로 도망치듯 사라져 버렸다. 그는 8월의 후텁지근한 밤의 압박감에서 벗어나지 못한 채 고통스러운 노래가 소용돌이치며 자신의 뇌리를 스쳐 지나가는 듯한 느낌을 받았다. 그 소용돌이가 그를 몹시 괴롭히더니, 이런 노래를 부르는 것 같았다.

완전함,
사람들은 그대를 귀하게 여기지만, 그러나 오늘은!

그것은 바로 상상 속의 하프 노래였다. 갑자기 루루가 시를 읽고 자신의 사랑을 깨달았을지도 모른다는 생각이 들었다. 그는 립플라인이 오늘 저녁 아름다운 루루에게 사랑의 세레나데를 바쳤으며, 텐처가 그녀에게 사랑을 고백했다는 사실을 잘 알고 있었다.

사랑하는 여인의 신비로운 아름다움, 철학자 드레디히움이 설명했던 아스크족의 전설과 하멜트의 꿈, 그것과 연결되는 루루, 모든 것이 불길한 느낌을 주었다. 감정이 풍부하고 독특한 아름다움을 지닌 루루. 그녀의 비극적인 운명 때문에 고민하고 있는 시인의 상념. 돌연 작은 모임의 모든 회원이 마력을 지닌 신의 힘에 이끌리듯 그녀의 주위를 빙빙 맴돌고 있었다. 그 자신 또한 여행길에 오르지 못한 채 그녀의 주변에서 어슬렁거리고 있었다. 모든 시간이 사랑이라는 그물에 걸려 꼼짝없이 갇혀 버린 느낌이 들었다. 환상에 빠진 한 익살꾼이 전혀 다른 꿈의 형상을 쫓고 있는 것 같기도 하고, 무시무시한 전설 속의 주인공이 되어 버린 것 같기도 했다.

그의 머릿속을 고통으로 일그러지게 하고 있는 이 모든 혼란, 루루와 자신이 마치 늙은 철학자의 어떤 원고 위에서 별 의미 없는 단편처럼 미완성의 아름다운 사연과 시험적으로 결합된 부분 같다는 생각이 들었다. 그러나 그의 내면은 '나는 생각한다. 고로 나는 존재한다'라는 철학의 근본 명제까지 부정하고 있었다.

그는 자리에서 벌떡 일어나 열려 있는 창문 쪽으로 다가 갔다. 머리가 한결 맑아지는 듯했다. 그는 곰곰이 생각해 보았다. 그러자 그는 시로 적어 보낸 자신의 사랑의 표현이 얼마나 어리석은 행동이었는지 비로소 깨닫게 되었다. 아름다운 루루가 자신을 사랑하기는커녕 오히려 그를 비웃을지도 모른다는 생각이 들었다.

그는 우울한 기분으로 창가에 앉았다. 구름 사이로 별들이 모습을 드러내고 있었다. 어둠 속에 잠겨 있는 밤나무 우듬지 위로 바람이 스쳐 지나갔다. 시인은 내일 키르하임과 작별을 하리라고 굳게 다짐했다. 체념 뒤에 오는 슬픔과 지난날의 상념에서 벗어난 구원의 감정이 그에게 한꺼번에 엄습해 왔다.

7

다음날 아침 라우셔가 술집에 들렀을 때 루루는 벌써 열심히 술잔을 치우고 있었다. 두 사람은 금방 타서 따끈따끈한 커피를 마시기 위해 테이블에 앉았다. 루루는 라우셔가 어딘가 달라진 것 같은 느낌을 받았다. 그녀의 순결한 얼굴에는 왕족다운 현명함이 반짝거렸고, 그녀의 사려 깊은 눈동자에는 선량함과 총명함이 깃들어 있었다.

"루루, 간밤에 더욱 아름다워졌군요."

라우셔는 감탄하듯 말했다.

"그것이 가능한 일인지는 모르겠지만 그래요, 저는 꿈이 있답니다. 꿈이……"

그녀는 미소를 지으며 고개를 끄덕였다.

시인은 테이블 너머로 놀란 시선을 던지며 그 꿈이 무엇인지 물었다.

"아니에요. 그건 말할 수 없어요."

그녀가 말했다.

마침 아침 햇살이 창문 틈을 비집고 들어와 아름다운 루루의 검은 머리 위에서 반짝거렸다. 그것은 후광인 양 황금빛으로 도도하게 빛나고 있었다.

슬픔과 기쁨이 뒤엉킨 시인의 혼돈스러운 시선은 그 황홀한 모습에 고정되고 말았다. 루루는 그에게 고개를 끄덕여 보이며 미소 띤 얼굴로 말했다.

"당신에게 감사해요. 라우셔 씨, 어제 당신은 제게 시를 선물해 주었어요. 비록 그것을 완전히 이해할 수는 없었지만 무척 아름다운 시였습니다."

"어제 저녁은 후덥지근했죠. 그 편지를 다시 한 번 봐도 될까요?"

라우셔는 그녀의 아름다운 눈동자를 바라보며 말했다.

그녀는 그것을 라우셔에게 건네주었다. 그는 그것을 나직하게 소리 내어 읽어 보더니 꾸깃꾸깃 접어서 주머니 안에

넣었다.

루루는 말없이 그의 행동을 지켜보며 이해한다는 듯이 고개를 끄덕였다. 계단에서 주인의 발소리가 들려오자, 루루는 얼른 자리에서 일어나 아침 일을 시작했다. 작고 뚱뚱한 뮐러 씨가 인사를 하며 가게로 들어왔다.

"안녕하세요, 뮐러 씨. 오늘은 손님으로서 마지막 날이에요. 내일 일찍 여행을 떠날 작정입니다."

라우셔도 그에게 인사를 했다.

"진작부터 그럴 거라고 생각은 하고 있었답니다. 라우셔 씨……"

"그럼 잘됐군요. 오늘 저녁에 샴페인 한 병을 차갑게 준비해 주시고 뒷방을 청소해 주세요. 작별 파티라도 열어야겠죠."

"라우셔 씨의 분부대로 하죠."

라우셔는 우겔을 만나려고 술집을 나섰다. 그는 이 마지막 날을 우겔과 함께 보내고 싶었다.

슈타인라우 거리에 있는 우겔의 작은 하숙방에서는 이른 아침부터 음악이 흘러나오고 있었다. 우겔은 속옷 차림에 머리 손질도 하지 않은 채 테이블 옆에 서서 바이올린을 힘차게 연주하고 있었다. 무척 경쾌한 음악이었다. 작은 방은 온통 아침 햇살로 가득했다.

"자네 내일 여행을 떠나기로 했다는 게 사실인가?"

우겔이 시인을 향해 소리쳤다. 그는 몹시 놀랐다.

"도대체 자네 그 이야길 어떻게 벌써 알고 있나?"

"드레디히움 씨에게서 들었다네."

"드레디히움? 귀신처럼 잘도 아는군!"

"그 노인은 어제 저녁 반나절이나 나와 같이 있었네. 이 어리숙한 친구야! 그는 공주의 이야기며, 백합 정원이며, 또 그 비슷한 것에 대한 이야기를 계속 되뇌더군. 그 공주를 내가 반드시 구원해야 될 것만 같은 생각이 들 정도였지. 그는 자네에 대해 뭔가 잘못 판단하고 있는 것 같았어. 자네가 그 은빛 노래를 지었다고 생각하지 않는 듯했어. 터무니없는 얘기지. 그렇지 않은가? 나는 그 양반이 하는 말을 전혀 이해할 수 없더군."

"난 이해하네. 그 노인이 옳아."

라우셔가 작은 목소리로 말했다.

그는 우겔이 연주하던 소나타가 끝날 때까지 한동안 잠자코 듣고 있었다. 그러고 나서 둘은 팔짱을 끼고 시내로 향했다. 그들은 플로힝거 오솔길로 나 있는 숲길을 거닐었다. 둘은 거의 아무 말도 하지 않았다. 두 사람은 침묵으로 서로에 대한 작별 인사를 대신했다.

아침 햇살이 아름다운 알프산 너머로 따스한 빛을 발하고 있었다. 숲 속 깊이 나 있는 길을 굽이돌아 그들은 차가운 이끼가 깔린 초원 위에 누웠다.

"우리 아름다운 루루를 위해 꽃다발을 만드세."

우겔이 말했다. 그러고는 그는 양치 덤불을 꺾기 시작했다.

"좋아. 아름다운 루루를 위한 꽃다발이라!"

라우셔가 조용히 말했다.

그는 키가 제법 자란 붉은색 풀을 뽑았다.

"이것도 받게. 붉은 디기탈리스지. 난 그녀에게 아무것도 주질 못했어. 야생적이고 열정적인 붉은빛. 그리고 이건 독을 품고 있지……."

그는 더 이상 말을 잇지 못했다. 달콤하지만 고통스러운 울먹임이 그의 목구멍에서 솟구쳐 올라왔기 때문이다. 그는 애써 우울함을 떨쳐 버리려는 듯 몸을 돌렸다. 우겔은 그의 어깨를 팔로 감싸 안으며 그의 옆에 앉았다.

그는 분위기를 바꾸려고 연초록빛 나뭇잎 속에서 유희를 즐기듯 신비롭게 반짝이고 있는 빛을 가리켰다.

두 사람 모두 사랑하는 연인을 생각했다. 한동안 그들은 침묵했다. 그들 위로 덤불이 하늘을 향해 높이 치솟아 있었다. 그들의 이마 위로 차가운 바람이 세게 스쳐 지나갔다. 우겔은 조용히 노래를 부르기 시작했다.

왕후의 이름은 엘리자베스.

태양의 숨결, 그녀가 지나간다.

나는 이름을 갖고 싶었네.

그것은 사랑하는 여인과

아름다운 엘리자베스 앞에서 고개를 숙이네.

아름다운 순간의 잔잔한 슬픔이 그의 가슴속에서 고통과
기쁨으로 번져 갔다. 그는 두 눈을 감았다. 아름다운 루루의
모습이 그의 영혼 속에서 솟아올랐다. 태양 빛처럼 거룩하
고 온유하며 도저히 다가갈 수 없을 만큼 빛나는 모습이었
다. 우겔의 가슴은 흥분으로 고통스러울 만큼 두근거렸다.
그는 한숨을 내쉬며 이마 위에 손을 얹었다. 그러고는 붉은
디기탈리스로 부채질을 하며 노래를 불렀다.

나는 당신 앞에서 깊이 머리 숙이려 하네.

모자를 벗고.

당신에게 바이올린을 연주해 주겠소.

장미처럼 빨갛고, 핏빛처럼 붉은

당신 앞에 허리 숙여 인사하리다.

사람들이 여왕 앞에서 그러하듯,

당신을 장미꽃으로 치장해 주겠소.

핏빛처럼 붉은 장미로.

당신에게 간청하리다.

사람들이 성스러움 앞에 무릎을 꿇듯,

무시당한 나의 사랑과 격렬한 나의 노래로.

노래가 거의 끝날 때쯤 숲 속에서 철학자 드레디히움이 그들을 부르며 걸어왔다. 우겔과 라우셔는 덤불 숲에서 걸어 나오는 그를 쳐다보았다.

"안녕하시오."

그는 두 사람에게 다가오며 소리쳤다.

"안녕하시오. 친구들! 아름다운 루루에게 바칠 그 꽃다발에 이것도 함께 끼워 주시오!"

그는 곧 두 젊은이의 맞은편의 이끼 낀 바위 위에 앉았다.

라우셔가 그에게 말했다.

"말씀해 보시죠. 대체 어디에 계셨기에 모든 사실을 알고 있는 거죠? 아름다운 루루의 정체는 뭡니까?"

"한꺼번에 너무 많은 것을 묻는군."

노인이 싱긋이 웃으며 계속 말했다.

"그녀 자신도 그것을 잘 모른다네. 그녀가 무례한 뮐러 부인의 이복 동생이라는 사실을 자네들이 믿지 않듯이 나 또한 믿지 않지. 그녀에게는 아버지도 없고, 또 어머니가 누구인지도 모르고 있었네. 다만 그녀는 이상한 노래가 적혀 있는 편지를 한 장 지니고 있었지. 그녀는 이따금 그 노래를 부르곤 했는데, 그녀는 노래를 부르며 오네라이트왕을 그녀의 아버지라고 하더군."

"당찮은 소리야!"

우겔이 화를 내며 욕설을 퍼부었다. 그러나 노인은 우겔에게 상냥하게 말했다.

"신사 양반, 어째서 그런가? 사람들은 이런 종류의 신비로운 비밀을 너무 파헤쳐 알려고 해서는 안 된다네. 라우셔 씨, 내일 아침 일찍 다른 나라로 여행을 떠날 것이라는 말을 들었는데, 그게 사실인가? 사람들은 얼마나 그릇된 생각을 하고 있는지……. 나는 자네가 이곳에 더 오랫동안 머물 거라고 생각하고 있었지. 자네는 루루 때문에……."

"드레디히움 씨, 그만하면 충분합니다. 도대체 무엇 때문에 다른 사람들을 싸우게 하는 거죠?"

라우셔는 거칠게 화를 내며 그의 말을 가로챘다.

철학자는 미소를 지으며 그를 달랬다.

"그렇게 화내지 말게. 시인의 운명에 대해 특별한 관심을 갖고 연구하는 나의 학문을 조금이라도 이해한다면 그런 식으로 말하지 않겠지. 나는 자네와 루루 사이가 아주 미묘한 관계로 발전되고 있다는 사실만큼은 믿어 의심치 않네. 두 사람의 관계가 그 어떤 방법으로든 방해할 수 없는 상태에 이르게 된다는 걸 난 이미 예감하고 있었지."

"좀 더 자세히 설명해 보시죠?"

시인은 냉담한 말투로 말했지만, 내심 호기심이 생기는 것은 어쩔 수 없었다.

노인은 어깨를 움츠리는 시늉을 하며 말했다.

"모든 고귀한 인간의 본성은 본능적으로 의식과 무의식의 균형된 조화를 추구하지. 그러나 파괴적인 이원성이 사고하는 자아의 생활 원칙에 의해 지배되는 한 인간의 본성은 어설픈 이해의 충동 속에서 의지와는 상반된 행위에 타협하는 경향이 있다네. 자네는 나를 이해하겠지. 말이나 어떤 지식 없이도 그러한 관계는 성립될 수 있지. 흔히 친족 관계가 그러하듯 그 관계는 순수한 감정적 삶을 성취할 수 있네. 하지만 그것은 예정된 인간의 의지 영역 밖에서 존재하고, 그것은 사람들이 흔히 말하는 운명이라는 것에 있어서 절대 불가피한 요소라네. 오늘 비로소 두 사람의 관계 속에 분리와 체념이 시작되었군. 모든 감정의 이입을 회피하고자 하는 인간의 비겁한 소망에 스스로 무릎을 꿇고 만 거라네."

라우셔는 어조를 누그러뜨리며 말했다.

"선생의 말을 이해합니다. 드레디히움 씨, 선생은 친구 같군요."

"자네는 그 점을 의심했었나?"

그는 즐거운 듯 미소를 지었다.

"오늘 저녁 작별 파티에 참석해 주세요. '쾨니히크로네'에서 파티를 열 참이랍니다."

"꼭 그렇게 하지. 미루어 짐작컨대 오늘 저녁은 내게 중요한 의미를 부여할 것만 같군. 오래된 꿈을 성취하는, 어쩌면 그것은 일치될 수도 있을 것 같네. 잘 가게!"

그는 자리에서 일어나 손을 들어 인사한 뒤 계곡 쪽으로 나 있는 길로 재빨리 사라졌다.

두 친구는 정오 무렵까지 숲 속에 앉아 이별의 아쉬움을 나누었다. 그들의 생각은 사랑과 그것에 상반된 감정으로 가득 찼다. 그들은 때늦은 점심 식사를 하기 위해 '쾨니히크로네'를 찾았다. 그들은 밝은 색 옷을 화사하게 차려입은 루루를 발견했다. 그녀는 무척 기분이 좋아 보였고 두 남자가 가지고 온 꽃다발을 받아 들었다. 그녀는 그것을 장식 테이블 위에 놓여 있는 꽃병에 꽂은 뒤 두 사람에게 식사를 가져다 주었다. 그 아름다운 여인은 쟁반과 접시, 술병 심부름을 하면서 이리저리 분주하게 움직이고 있었다. 식사 후 포도주를 한 잔씩 마시고 있을 때 그녀가 두 사람에게 다가오더니 자리에 앉았다. 세 사람은 라우셔가 계획한 이별 파티에 대해 이야기를 나누었다.

"방과 그 외의 모든 것을 축제 분위기가 나게 꾸며야겠어요. 자, 보시다시피 전 벌써 준비를 했답니다. 새 옷으로 갈아입었죠. 꽃이 좀 모자랄 것 같기는 한데……."

루루가 말했다.

"우리도 미리 생각하고 있었습니다."

우겔이 그녀의 말을 가로챘다.

"다행이군요. 초롱불 한 쌍과 형형색색의 띠가 있다면 훨씬 아름다울 텐데."

그녀는 미소를 지으며 말했다.

"너무 많은 것을 원하는군요!"

우겔이 다시 소리쳤다. 그러나 라우셔는 말없이 고개를 끄덕일 뿐이었다.

"라우셔 씨! 당신은 한마디 말도 안하는군요."

루루는 뾰로통해진 얼굴로 그에게 말했다.

"당신은 동의하지 않으시나요?"

그 말에도 라우셔는 대꾸하지 않았다. 그는 그녀의 날씬한 몸매와 얼굴에 넋을 잃은 채 입을 열었다.

"오늘 정말 아름답구려, 루루!"

그는 똑같은 말을 다시 한 번 반복했다.

"정말 아름답소!"

그는 계속해서 그녀의 아리따운 자태만 관찰하고 있었다. 하지만 루루가 친구 우겔과 함께 이별을 위한 준비에만 몰두하고 있는 모습을 보자, 이상한 고통이 그에게 엄습해 왔다. 그는 우울함에 잠겨 아무 말이 없었다. 순간순간 여행을 포기하고 싶은 생각이 찌를 듯한 고통으로 그의 머릿속을 스쳤다. 그녀의 발밑에 무릎을 꿇고 자신의 가슴속에서 불타오르는 열정으로 그녀를 포옹할 수만 있다면, 그녀에게 간곡하게 사랑을 구걸하고 싶었다. 아니, 그녀를 굴복시켜 강탈하고 싶다는 생각이 그를 고통스럽게 했다. 어쨌든 이렇게 그녀 옆에 앉아 있을 수 있는 축복된 순간이 다시는 돌아오지 않을 것만 같은 불안이 그를 덮쳤다. 그러나 그는 내면 속의 격렬한 감정을 애써 억눌렀다. 그는 마지막 순간까지 그녀의 아름다운 모습을 자신의 영혼 깊숙이 소중하게 간직하고 싶었다.

방에는 그들 세 사람밖에 없었다. 마침내 우겔이 출발을 재촉했다. 라우셔는 자리에서 일어나 루루에게 다가가 그녀의 손을 잡았다. 그의 오른손은 타오르는 열정으로 가늘게 떨리고 있었다. 그는 간절한 어조로 말했다.

"황송하게도 아름다운 공주를 축하연의 시녀로 고용하게 되었습니다. 나는 그대들의 기사로서, 아니 그대들의 노예로서 또한 어릿광대로서 간청하나니 내게 명령을 내려 주오."

"좋아요, 나의 기사님."

루루가 미소를 지으며 대답했다. 그러고는 이렇게 덧붙였다.

"나는 그대들에게 나를 도와줄 하인 한 명을 구해 주길 요구하는 바입니다. 오늘 저녁을 정말 즐겁게 해줄 수 있는 동반자, 이 축제를 더욱 즐겁고 유쾌하게 이끌어 나갈 익살꾼이라면 더욱 좋겠죠. 당신들이 그 일을 해주시지 않겠어요?"

라우셔의 얼굴은 몹시 창백해졌다. 하지만 그는 재빨리 큰소리로 웃었다. 그는 우스꽝스럽게 무릎을 꿇는 시늉을 하며 자리에 앉아 엄숙함을 과장한 말투로 말했다.

"약속하겠소. 고귀한 부인이여!"

그는 우겔과 함께 서둘러 방을 나섰다. 그들은 먼저 사원의 경내에 있는 원예원에 들렀다. 그들은 장미를 손질하고 있는 원예사에게 허락도 구하지 않고 가위로 장미 송이들을 잘라 냈다. 특히 라우셔는 잠시도 일손을 멈추지 않고 그 일에 몰두했다.

"나는 흰 꽃으로 광주리를 가득 채울 참이네."

그가 소리쳤다. 그는 아름다운 루루에게 바칠 아름다운 장미 열두 송이를 가지에서 꺾었다. 그는 원예사에게 꽃값을 지불한 뒤, 그것을 오늘 저녁까지 '쾨니히크로네'로 배달해 달라고 부탁한 다음 우겔과 함께 시내로 걸음을 옮겼다. 그들은 쇼윈도에 갖가지 물건들이 가득 진열되어 있는 곳으로 들어갔다. 그들은 풀무와 여러 가지 천과 비단 리본, 색종이를 샀다. 그러고는 '쾨니히크로네'의 루루에게 가져다 줄 작은 불꽃을 열심히 포장했다. 그날 저녁까지 드레디히움이 루루를 도와주었다는 사실을 아는 사람은 아무도 없었다.

8

루루는 전에 없이 아름답고 즐거운 모습이었다. 라우셔와 우겔이 그녀와 저녁 식사를 마칠 때쯤, 친구들이 하나 둘 라우셔의 하숙집으로 모여들었다. 사람들이 모두 모이자, 루루는 라우셔의 손을 잡고 그를 커다란 뒷방으로 인도했고, 다른 사람들이 그 뒤를 따랐다. 그 방은 온통 천과 색 테이프, 꽃들로 장식되어 벽에 매달려 있었고, 천장에는 색색의 등불이 한 줄로 늘어서 불꽃을 반짝이고 있었으며, 하얀 천이 덮인 커다란 테이블에는 샴페인 병이 놓여 있었고, 신선한 장미꽃들이 여기저기 흩뿌려져 있었다. 시인은 철학자가 준 백합을 그녀에게 바쳤다. 그는 꽃봉오리가 반쯤 열린 장미를 그녀의 머리 위에 꽂아 주고는 그녀를 가장 좋은 자리로 인도했다. 모두 자리에 앉아 즐겁게 떠들었다. 다 함께 노래를 부르면서 저녁 축제는 시작되었다. 병마다 코르크 마개가 튀어나오면서 하얀 거품이 쏟아지고, 이내 잔마다 술이 가득 부어졌다. 게다가 에리히 텐처의 연설까지 덧붙여졌다. 농담과 웃음이 뒤섞였다. 뒤늦게 도착한 드레디히움이 사람들로부터 환영을 받으며 방으로 들어왔다. 라우셔와 우겔이 각각 시 한 편을 낭송했다. 그 뒤를 이어 아름다운 루루가 노래를 불렀다.

왕은 사슬에 묶여 있었습니다.
깊은 어둠 속에서.
그러나 그는 부활했습니다.
그는 오네라이트라고 불리죠.

형형색색의 불빛이 반짝이고
온 나라에 노래가 가득 울려 퍼지고
시인들은 모두

화려한 축제의 예복을 입고 있죠.
활짝 꽃망울을 터뜨린 백합과 장미가
전에 없이 하얗고 붉은빛을 띠고 있네요.
은빛 노래를 연주하던 하프가
축복의 멜로디를 노래합니다.

노래가 끝나자, 라우셔는 자기 앞에 놓여 있는 장미 바구니를 집어 들었다. 그는 그녀에게 박수갈채를 보내며 손에 들고 있던 하얀 장미꽃을 뿌렸다. 모두들 그 즐거운 놀이에 합세했다. 열두 송이의 장미꽃이 이리저리 날아다녔다. 그러고는 마침내 흰색, 붉은색 할 것 없이 수많은 장미 꽃송이들이 사방으로 마구 흩날렸다. 그 꽃들은 늙은 드레디히움의 머리와 회색빛 수염을 온통 뒤덮었다. 벌써 밤이 깊어 가고 있었다. 드레디히움은 자리에서 일어나 이야기를 시작했다.

"친애하는 친구들과 아름다운 루루여! 우리 모두 오네라이트왕의 제국이 부활하리라는 사실을 믿습니다. 나 또한 오늘 여러분과 작별해야 될 것 같습니다. 훗날 다시 만날 수 있을 테죠. 나의 왕이 나를 부르고 있습니다. 그는 내 젊은 시절의 친구요, 시인이랍니다. 만약 당신들이 철학자라면 아름다운 부활과 전설의 역설적인 변형을 통해 구원의 비유적이고 신비로운 이야기를 설명해 주었을 텐데 말입니다. 오늘 당신들은 그 이야기의 행복한 결말을 경험하게 될 것입

니다. 당신들이 마음대로 이야기를 상상해 볼 수 있도록 이
야기의 결말 부분은 남겨 두기로 하겠습니다. 자, 보십시오.
아스크족의 유물입니다!"

모두들 그가 손가락으로 가리키는 곳을 바라보았다. 방
모퉁이에 자수가 놓인 커다란 커튼이 걸려 있었다. 돌연 안
쪽에서 빛이 밝혀지더니, 수없이 많은 은빛 백합이 아름다
운 대리석 그릇에 가득 담겨진 샘물을 에워싸고 있는 형상이
드러났다. 커튼의 천들과 적당히 어우러진 명암의 기교가
대단히 신비로워 사람들은 마치 백합이 점점 자라나 무거운
듯 고개를 숙이면서 마구 뒤엉키는 장면을 보고 있는 듯했으
며, 샘물이 높이 치솟더니 넘쳐흐르는 것처럼 보였고, 시원
한 샘물의 세찬 물줄기 소리가 들려오는 듯했다.

모든 사람의 시선이 화려한 커튼에 고정되었다. 방 안에
있는 등불이 하나 둘 꺼져 가고 있다는 사실을 깨달은 사람
은 아무도 없었다. 그들은 아름다운 백합의 요술 놀이에 매
료당해 완전히 흥분에 들떠 있었다. 그러나 라우셔는 그것
에 관심을 주지 않았다. 그의 열정적인 흠모의 정이 가득 담
긴 시선은 어둠을 뚫고 아름다운 루루를 바라보고 있었다.
아름답고 성스러운 빛이 그녀의 섬세한 얼굴 위에 드리어져
있었다. 그 빛은 그녀의 검은 머리를 화려하게 장식하고 있
는 하얀 장미꽃 속에서 투명하게 반짝이고 있었다.

샘물을 둥글게 에워싸고 있는 백합들은 형용할 수 없을

만큼 화사하고 조화롭게 움직이고 있었다. 그 움직임과 섬세한 조화는 숨죽이며 그것을 바라보고 있는 사람들의 마음속에 놀라움과 희열의 감미롭고 꿈결 같은 그물을 드리웠다. 그때 시계가 자정을 알렸다. 갑자기 화려한 커튼이 위로 올려지면서 희미하고 어스름한 빛 속에서 넓은 무대가 나타났다.

갑자기 철학자가 자리에서 벌떡 일어났다. 사람들은 어둠 속에서 그의 의자가 밀쳐지는 소리를 들었다. 잠시 모습을 보이지 않던 그가 어느새 무대 위에 서 있었다. 그의 머리와 수염은 여전히 장미꽃으로 뒤덮여 있었다. 무대가 점차 밝아지더니 빛으로 가득 채워졌다. 커튼 속의 샘물과 백합 정원이 실제처럼 선명하게 모습을 드러냈다.

무대 한가운데 서 있는 신하 하더바르트가 다름 아닌 드레디히움이라는 것을 모든 이가 알 수 있었다. 그 뒤로 푸른 진줏빛의 아름다운 오팔 성이 웅장한 모습으로 솟아 있었고, 아치형 창문을 통해 들어가게 되어 있는 넓은 홀에는 오네라이트왕이 한가롭게 왕좌를 지키고 앉아 있는 모습이 보였다. 빛이 환하게 밝아지는 동안, 하더바르트는 어우러진 백합 정원을 지나 은으로 된 커다란 하프를 무대 가운데로 옮겨 왔다. 눈부시게 아름다운 조명이 그야말로 장관이었다. 그것의 정열적인 파장은 오팔 성의 성벽 위에서 은은한 무지개빛으로 반사되었다.

하인은 현이 하나밖에 없는 하프의 깊은 소리를 듣고 있었다. 백합의 전경이 천천히 옆으로 물러나고 화려한 계단이 무대 뒤로 옮겨졌다. 어두운 방에는 아름다운 루루가 우아한 모습으로 서 있었다. 뒤로 물러났던 계단이 다시 앞으로 나왔다. 그녀는 말로는 이루 표현할 수 없을 만큼 아름다운 공주처럼 보였다. 하더바르트가 그녀에게 허리 숙여 인사를 하면서 하프를 그녀에게 건네주었다. 하더바르트의 두 눈에서 눈물이 쏟아졌다. 그 눈물은 장미로 뒤범벅된 그의 수염 끝까지 흘러내렸다.

공주는 눈부시게 아름다운 커다란 하프 앞에 서 있었다. 그녀는 우아한 포즈를 취하며 오른손을 하프의 장식 부분에 갖다 댔다. 그녀는 하프를 어깨 위에 댄 뒤에 가냘픈 손가락으로 현을 어루만졌다. 지금껏 들어 본 적이 없는 조화로운 축복의 노래가 연주되기 시작했다.

모든 백합이 충성을 맹세하듯 여주인을 에워싸고 있었다. 마술의 현에서 울려 나오는 순결한 소리. 그때 살며시 커튼이 걷히는 소리가 들렸다. 순간 안으로부터 빛이 완전히 노출되면서 백합 무늬의 커튼이 격렬하게 서로 뒤엉켜 춤을 추었다. 그것이 더욱 빨라지자, 마치 은빛 소용돌이 같았다. 그러고는 마침내 그것은 소리 없이 어둠 속으로 온통 침몰해 버리고 말았다.

친구들은 넋을 잃은 채 말없이 어두운 방에 우두커니 서 있거나 자리에 앉아 있었다. 그들은 곧 정신을 가다듬었다. 불이 밝혀졌다. 까맣게 잊고 있었던 폭죽에 불이 붙어 요란한 폭음을 냈다. 바깥주인과 안주인이 뛰어들어 오더니 비탄의 소리와 함께 욕설을 퍼부어댔다. 거리 순찰을 돌던 야경꾼이 순찰봉으로 닫힌 창문을 두들겼다. 사람들이 아우성치며 이 사람 저 사람을 붙들고 무슨 일이 일어났는지 묻고 있었다.

그후 어느 누구도 루루와 철학자의 모습을 찾아볼 수 없었다. 립플라인은 몹시 화를 내며 전부 사기극이라고 떠들어대기 시작했다. 그러나 그의 말에 귀 기울이는 사람은 없었다. 라우셔는 그 자리를 피해 자기 방으로 돌아와 안에서 문을 걸어 잠갔다.

다음날 아침 일찍 여행길에 오를 때까지 그는 아름다운 루루의 흔적조차 발견할 수 없었다. 그 당시 훌쩍 외국으로 떠났던 라우셔는 키르하임에서의 일들이 어떻게 되었는지 소식을 접할 길이 없었다. 그래서 앞에서 말한 모든 일을 진실하게 기록에 남기기로 한 것이다.

잠 못 이루는 밤들

우리는 침묵의 언어로 이 적막한 밤, 먼 거리를 초월하여 각자의 삶과 고통, 소망을 이야기할 수 있을 겁니다. 우리는 낯선 이의 운명에 대해 눈물 흘리기도 하고 새로운 삶의 의미를 스스로 찾기도 할 겁니다.

헌사

잠 못 이루는 밤이면 찾아오는 뮤즈를 아시나요? 고독한 침대 옆에 앉아 있는 창백한 그녀를?

그녀는 오랫동안 내 고독한 침대 옆에서 숱한 밤을 하얗게 지새웠죠. 그녀는 가냘픈 손으로 내 이마를 쓰다듬으며 피곤에 지친 목소리로 노래를 불러 주었습니다. 고향의 노래, 어린 시절의 노래 그리고 우수에 젖은 고독한 사랑의 노래들을.

그녀는 피곤에 지친 내 무거운 눈두덩이 위에 얹혀 있는 졸음을 몰아내 주었고, 내 앞에 희미하지만 호화로운 빛깔을 띤 추억과 환상의 베일을 펼쳐 주었습니다.

오, 흐느적거리며 지나가는 긴 밤이여! 이렇듯 밤의 정적 속에서 우리의 참된 모습을 하루 종일 바느질하여 화사하게 꾸민 옷을 벗어 던지고, 병을 앓고 있는 어린아이가 보채듯 자신에게 끝없는 질문과 질책을 퍼부어댔죠. 자신을 기만하고 삶의 감추어진 법칙을 어겼던 순간들에 대한 고통스런 추억들이여! 몽매함과 잔인함 그리고 몰이해로 뒤엉킨 삶의 쇠사슬. 우리는 스스로 이 쇠사슬에 얽매어 고뇌의 늪을 헤매고 있습니다. 단 하루라도 자신을 질책하지 않고 자책하지 않으며, 순진한 어린아이의 눈망울 속에서 자신의 영혼을 들여다볼 수 있는 순수한 인간이 이 세상에 존재할까요?

나는 아직 그런 사람을 만나지 못했습니다. 그런 인간이 존재하지 않으리라는 게 저의 생각이기도 하죠. 그럼에도 불구하고 나는 이러한 시간에서 빠져나와 그것을 축복할 수 있게 되었습니다. 어둠 속에 도사리고 있는 절망을 발견했지만, 그것의 독기 어린 숨결은 느끼지 못했습니다.

깊디깊은 심연 속에서 부드러운 손길로 나를 끌어내 준 것은 창백한 모습으로 지켜 주고 있는 뮤즈였습니다. 나는 그대에게 감사의 인사를 드립니다.

그대 미지의 여신, 환상의 여신이여!

우리의 잠 못 이루던 밤들에 대한 추억을 그대에게 바치

겠소. 열정적인 눈길로 나를 바라보던 당신의 모습은 너무
나 아름다웠다오! 나와 함께 옛 노래의 추억에 잠겨 조용히
머리를 숙인 채 미소 짓던 당신의 그 깊은 눈길이 짙은 어둠
을 쫓고 있을 때 당신은 무척 아름다웠소! 아름다운 금발의
곱슬머리가 투명한 영혼이 깃들어 있는 당신의 이마 위에 드
리워져 있을 때 당신은 얼마나 아름다웠는지…….

눈물을 흘리던 당신의 모습, 두 눈을 지그시 감은 채 하얀
침대 곁에 앉아 아무 말 없이 내 손을 더듬던 당신의 연약한
손, 잃어버린 사랑을 꿈꾸듯 옅은 고통의 그림자가 드리워
진 당신의 진지한 얼굴, 당신은 너무나 아름다웠죠!

당신은 정말 아름다웠다오!

첫 번째 밤

정막에 휩싸인 깊은 밤, 비가 내리고 있습니다. 아름답고
창백한 여인, 당신의 이름은 무엇인가요? 당신은 미소를 머
금은 얼굴로 다정한 누이처럼 내 침대에 두 손을 가지런히
모은 채 앉아 있군요. 난 당신을 마리아라고 부르겠소.

그토록 오랜 세월 만나지 못했던 신비의 누이여, 당신은
어떻게 날 다시 찾았나요? 오래전의 일이었죠. 그때도 당신
은 무척 아름다웠어요. 내가 어떤 시를 당신에게 읽어 주었
더니 당신은 날 떠나 버렸죠. 그런데 지금의 당신은 더 아름

답군요. 아, 그때 그 시의 결말을 들어 주었더라면 우리는 젊음을 함께할 수 있었을 것이고, 한밤중에 찾아와 날이 밝아 올 때까지 오랜 시간 날 지키기 위해 침대 곁에 앉아 있지 않아도 되었을 텐데. 그러나 당신은 내 소설을 매우 진지하게 받아들였고, 그로 인해 우리는 동화의 샘에 빠지고 말았죠. 우리에게 행복을 선사한 운명의 여신은 눈물을 흘렸습니다. 아직도 그 여신은 눈물을 흘리고 있답니다.

그 마지막 밤을 기억하고 있나요? 오랑캐꽃 만발한 정원에서는 지빠귀들이 울어대고 있었어요. 우리는 커다란 초록색 벤치에 앉아 우리의 동화 같은 미래를 펼쳐 보고 있었습니다. 나는 당신에게 커다란 단풍나무의 속삭임을 들려주었죠. 우리의 이야기는 오랑캐꽃 향기를 가득 담고 있었습니다. 마침내 그 비극적 장면을 이야기했을 때입니다. 지금껏 기억하고 있나요? 때마침 어둠이 밀려오고 있었고, 싸리 덤불 속에서는 밤꾀꼬리의 울음소리가 들려왔습니다. 아, 그때 그 결말을 읽었더라면! 그러나 당신은 눈물을 흘리면서 당신의 무릎에서 책을 밀쳐 내고는 달아나 버렸습니다. 그날 밤 우리의 밤꾀꼬리는 밤새도록 울어댔습니다.

나는 이제 밤꾀꼬리의 그 노래 속에 숨겨진 비밀을 알고 있습니다. 나는 이미 오래전부터 똑같은 가락의 노래를 부르고 있죠. 사람들은 그 노래를 즐겨 듣습니다. 그것은 아주 감미로우면서도 구성진 가락을 담고 있습니다. 그러나 그 노래에는 구구절절 슬픔과 비통함이 흐르고 있답니다.

그때 당신이 화를 내며 읽지 않았던 그 아름다운 노래는 내 청춘의 책 속에 파묻혀 있습니다. 그 노래들은 그 일이 있은 후 나를 괴롭히고 비웃습니다. 노래를 불러 보려 했지만 그때의 의미를 상실했죠. 모든 것이 당신이 그날 밤 내 청춘의 책에 씌어 있던 그 아름다운 페이지를 읽지 않았기 때문입니다. 몇 장(章)은 당신에게 바치는 글이었습니다. 왜 당신은 그것을 읽으려 하지 않았나요? 그 구절들은 하프의 끊어져 버린 현처럼 내게서도 당신에게서도 사라져 버리고 만 것입니다. 하프는 예전처럼 울리긴 하겠지만 멜로디가 그 끊어진 현 위를 건너뛸 때마다 가슴을 울리는 텅 빈 침묵이 노래를 삼켜 버리고 말아요.

당신은 현이 끊어진 하프의 공허한 연주 소리를 들어 본적이 없겠죠? 그 공허한 침묵이 찾아들 때마다 그것이 바로그 노래에서 빠져 버린 가장 달콤한 음조는 아닐까 생각되지 않으시나요? 그러나 바로 그 순간 우리 두 사람이 잃어버린 음조는 더 이상 달콤하지도 않을 뿐 아니라 불타오르는 열정을 지니고 있지도 않겠죠?

내가 당신을 슬프게 만들었군요? 용서하세요. 마리아! 결코 당신을 슬프게 하고 싶지는 않았습니다. 또한 당신을 비난할 생각은 전혀 없습니다. 단지 당신에게 지난날의 따뜻한 봄날 저녁을 아직도 기억하고 있는지 묻고 싶었을 따름이에요. 그리고 이런 나의 질문에 당신이 고개를 끄덕이는 모습을 보고 싶었습니다. 나의 어린 마음을 황홀하게 하던 꿈꾸듯 매혹적인 당신의 몸짓 말입니다. 오늘 다시 그날로 돌아갈 수 있다면 어떨지 상상해 보세요! 당신은 그저 내 손을 잡은 채 눈을 감고 미소만 짓고 있으면 되죠. 저 커다란 단풍나무의 속삭임이 들리지 않나요? 살며시 바스락대는 소리가 들리지 않나요? 색 바랜 단풍잎 하나가 나뭇가지에서 떨어져 따뜻한 공기를 가로질러 춤추듯 살포시 떨어지고 있습니다. 그때와 조금도 변함이 없군요.

오, 마리아! 왜 눈을 떴나요? 왜 그토록 슬프고 비통한 눈길로 날 바라보고 있나요? 꿈은 사라져 버렸습니다.

커다란 단풍잎 하나가 허공을 맴돌더니 이윽고 내 창문의 처마 위로 떨어져 버리고 마는군요. 그 잎은 시들어 가고 있습니다. 나는 그것이 떨어지는 소리를 들었지만 외면했습니다. 창밖에는 비가 내리고 있습니다. 한밤중의 깊은 정적만이 남아 있습니다.

두 번째 밤
나의 아름다운 뮤즈여, 오늘 당신은 아무 말이 없군요? 이리 와서 나와 함께 놀아요. 밤이 너무 길군요! 무얼 하고 놀까요?

뮤즈는 말없이 내 팔을 잡고 하얀 눈이 뒤덮인 우리의 밤의 성으로 올라갑니다. 드넓은 성주의 계단을 올라가 참을성 있게 버티고 서 있는 대리석의 사자상 옆을 지나, 반 아치 모양을 하고 열려 있는 문을 통과하여 흑백의 융단이 깔린 복도를 지나면 마침내 돌계단에 이르게 되죠. 뮤즈는 용 무늬 촛대가 놓인 곳을 지나 넓은 홀로 날 인도했습니다. 반암이 반짝이는 물기둥 사이로 분수가 물을 뿜어 올리는 소리가 들려옵니다.

그것은 세상을 잊은 듯 청동제 조개 껍질 속 깊이 싸늘함을 자아내며 떨어집니다. 우리는 처량하게 울려 오는 물줄기 소리를 들으며 분수대 앞에 앉아 있습니다. 열려 있는 아치 모양 창문 틈새로 하얀 달빛이 스며들고 있죠. 그것은 잔잔한 물결 위로 창백하게 하늘거리는 은빛 선이 되어 가늘게 떨리고 있습니다. 분수 맞은편에 있는 검은 피라미드의 널찍한 삼각형 표면 위에는 헤르메스 트리스메기토스의 에메랄드빛 주상(柱像)이 빛나고 있습니다.

"저걸 치웠어야 했는데."

뮤즈가 말했습니다.

당신이 옳아요. 그것은 공연히 불안을 느끼게 만들죠.

"그렇지만 우린 달빛 드리운 깊은 밤에 함께 책을 읽곤 했죠. 그때를 잊을 수 없어요."

물론이에요. 그때 그랬죠.

"그 시절! 그 일을 그렇듯 슬프게 말하지 마세요."

하지만 그때는 그랬답니다.

"그만 해요! 그것은 우리를 슬프게 만들 따름이에요."

즐거운 것을 원하시나요?

"이 홀에서만은 그것이 불가능해요."

불가능하다고요? 얼마 전까지만 해도 우리는 이곳에서 즐거워했었죠.

"이 홀은 이제 싫증이 나요. 이 기둥들은 너무 진부하고, 분수의 물소리는 예나 지금이나 한결같고, 돌고래 입상은 여전히 그 자리에 버티고 서 있죠."

우리 다른 홀을 짓기로 합시다. 갈대가 우거진 호수 근처도 좋고 플라타너스숲 속도 좋아요. 붉은빛 홀 말이에요.

"붉은색 말인가요?"

마음에 들지 않나요?

"아뇨. 붉은색도 괜찮겠는데요. 그러면 벽은 황금빛 종려나무 잎으로 장식하도록 해요. 그러고 나서 모차르트의 음악에 맞추어 가보트를 추고 높은 창문으로 울창한 숲을 감상하는 거예요. 그러다가 기분이 우울해지면 예전의 그 반암으로 된 홀로 돌아와 분수 소리를 듣는 거죠. 벌써 우린 그렇게 하고 있군요. 그러면 우린 슬픔을 느낄 때 찾을 수 있는 홀을 두 개나 가지는 셈이 되겠군요."

그렇다면 차라리 이곳에 머무는 편이 낫겠어요.

"그럼 슬픔에 잠기는 일만 남았군요."

당신에게 부족한 게 무엇인가요?

"모르겠어요. 뭐든 선물해 주시겠어요?"

당신이 원한다면 기꺼이 하죠. 첼리니(1500~1571. 이탈리아의 조각가이자 금속 세공가 : 옮긴이)의 「황금의 소금 상자」를 드릴까요?

"포세이돈이 새겨진 것 말인가요? 아니, 그건 싫어요."

그렇다면 정원은 어때요? 보호메오섬에 있는 아름다운 정원을 하나 알고 있습니다.

"그건 나도 알고 있어요. 그런데 저한테 정원이 무슨 소용이 있겠어요?"

그렇다면 당신의 모습을 그림으로 그릴까요? 호제티가 당신을 그렸던 방식은 아니지만 말입니다. 꽃의 여신처럼 아름다운 옷을 입고 있는 당신의 모습을. 내가 알고 있는 사람 중에 프랑스인 화가가 있답니다.

"프랑스 사람이든 스페인 사람이든, 혹은 러시아 사람이든 모두 싫어요."

그러면 당신에게 하프를 선물하겠어요. 어떤 귀중한 보물 상자에서 나온 것인데, 삼나무로 만든 세 발 달린 하프랍니다.

"하프도 싫어요."

그럼 도대체 뭘 갖고 싶으세요?

노래를 불러 드릴까요?

274

"네, 좋아요. 처음부터 난 당신의 노래를 기대하고 있었답니다."

그런데 난 당신 외에는 아는 게 없답니다.

"그렇다면 뭘 해주겠다는 거죠?"

당신은 정말 만족이라는 걸 모르는군요. 내가 당신에게 어떻게 해야 하죠?

"이젠 그만 물으세요! 제발!"

그러면 당신에게 재미있는 이야기를 해주죠. 들어 주시겠어요?

"일곱 명의 공주에 대한 얘긴가요?"

아뇨. 어떤 어린 소년과 소녀의 이야기입니다.

그들은 울창한 숲 가운데 푸른 라일락꽃이 가득 피어 있는 정원에 앉아서 놀곤 했습니다. 소년은 소녀를 사랑했답니다. 그들은 어른이 되어 갔습니다. 어느 따스한 유월의 밤에 그들은 정열적인 첫 키스를 주고받았습니다.

"계속하세요. 그러고는 어떻게 되었나요?"

그러던 어느 날 한 가냘픈 여인이 소년 앞에 나타났어요. 당신처럼 검고 커다란 눈의 그 여인은 노래를 무척 잘 불렀고 이국적인 매력을 지니고 있었습니다. 소년은 결국 자기가 사랑했던 소녀를 멀리하게 되었죠. 이후에 소년은 그 낯선 여인을 따라 다른 나라로 가게 되었습니다. 그곳의 밤하늘은 유난히 푸르렀고 큰 별들은 반짝였습니다. 그들은 눈부시게 아름다운 성을 세웠어요. 넓은 홀에는 반암의 기둥이 서 있었고, 청동제 조개 껍질 속에서는 분수가 끝없이 솟구치고 있었죠. 그들은 분수대 옆에 앉아 물 속에 비친 달을 물끄러미 바라보고 있었습니다. 그들이 마주 잡은 손은 싸늘했고, 그들의 대화는 차디차게 식어 있었습니다. 두 사람은 향수에 젖어 있었죠. 소년의 마음은 더욱 절실했습니다. 소년의 모습은 예전과 달랐습니다. 소년은 더 많이 고향을 그리워하고 있었거든. 그는 투명한 유리에 생긴 가느다란 균열처럼 그 옛날 자신의 분신으로 인해 생긴 인생의 균열을 발견하게 된 거죠.

"슬픈 이야기로군요. 그게 끝인가요?"

아직 끝나지 않았습니다. 그 결말은 정말 슬플 거라는 생각이 드는데 당신은 어때요?

"모르겠어요. 소년이 아직 낯선 여인을 좋아하고 있는지 아닌지조차 알 수 없는걸요."

어느 누구도 그것에 대해서는 이야기하지 않았답니다. 내가 굳이 말할 필요가 있을까요?

세 번째 밤

당신의 아름다운 금발을 내 어깨에 기대세요. 가엾은 뮤즈! 나는 당신의 아름다운 이마 위에 살며시 어려 있는 우수를 보고 있습니다. 당신이 고개를 숙일 때마다 피로에 지친 연약한 몸짓을 느낄 수 있습니다. 나는 당신의 투명하고 새하얀 관자놀이에서 희미하게 뛰고 있는 맥박까지 느낄 수 있답니다.

이리 와서 맘껏 우세요! 가을입니다. 가을은 머물지 않고 덧없이 지나가 버리는 청춘의 마지막 떨림 같습니다. 당신은 내 눈 속에서 그것을 읽을 수 있죠. 당신보다는 내 이마와 손에 더 깊이 새겨져 있습니다. 내 가슴속에서는 고통으로 울먹이고 있는 슬픔이 소리치고 있습니다. 세월은 너무 빨라요. 너무도!

이리 오세요. 그리고 실컷 우세요! 우리가 계속 울 수 있는 한 우린 결코 끝난 게 아니에요. 우리의 시기심으로 가득 찬 사랑의 슬픔과 눈물을 지켜보도록 해요.

이런 눈물 뒤에는 우리가 그토록 기다리던 소중한 보물인 우리의 시, 바로 우리의 위대한 노래가 숨겨져 있습니다. 장밋빛으로 곱게 물들던, 우리가 사랑을 나눈 시간들은 사라져 버렸습니다. 그러나 그 시간들은 여전히 우리를 부드럽게 어루만져 주죠. 고통스럽지만 이제 그 사랑의 시간들을 아름다운 과거 속에 잠재우기로 해요! 그리고 그것의 영롱한 추억을 아주 가까운 벗을 대하듯 상냥하고 관대한 마음으로 소중히 간직해 항상 우리 곁에 머물도록 만들어요. 그리고 더 이상 봄날의 푸른 잎들을 우리 스스로 떨어뜨리는 그런 말들을 하지 않기로 해요. 나와 당신, 우리 꼭 명심해요. 그리고 언제나 자신을 아름답게 치장하는 일을 멈추지 말기로 해요. 그리고 기다리도록 해요. 우리의 노래를.

우리의 노래! 사랑이 싹틀 무렵 우리는 그 노래를 간절하게 꿈꾸었죠. 당신도 생각나세요? 저 화려한 분수대가 서 있는 성당에서였죠. 떨어지는 물소리가 고딕 양식 성당의 정적 속으로 고요하게 스며들고 있었습니다. 아직 기억하나요? 그때의 밤들을 말입니다! 싸늘한 늦가을의 달빛을 머금고 있었던 수많은 밤들. 그것들은 꿈속 깊이 잠들어 있는 듯한 수도원의 지붕에도, 낙엽 깔린 정원에도, 안개가 짙게 깔려 있는 차가운 산에도 부드럽게 드리워져 있었죠! 꽃들로 장식된 대리석 창문 틈으로 바람이 비집고 들어와 어두운 십자형과 궁형 속에 횅한 울림을 남기고 날아가 버렸습니다. 성당의 하얀 복도 위로 달빛이 젖어 들고 있었죠. 나는 친구인 빌헬름에게 까마득히 먼 옛날부터 깊은 어둠 속에 숨겨져 있는 이 수도원과 높이 솟아 있는 둥근 지붕에 대해 이야기를 들려주곤 했답니다. 수도사와 기사 그리고 건축사와 승려에 대해서도 이야기해 주었어요. 그들의 모습을 새겨 놓은 조각상들이 마치 낯선 이방인처럼 혹은 유령처럼 창백한 달빛 속에 서 있었습니다.

그 당시 내게는 친구가 많았지만, 빌헬름과의 친분은 남달랐죠. 당신은 이따금 내가 그와 함께 있는 모습을 본 적이 있죠. 이처럼 달빛이 도도하게 비추는 밤이면 우린 늘 함께 앉아 있었답니다. 친구들은 나처럼 호리호리하고 무슨 일에든 열정적 기질을 발휘하는 소년들이었어요. 그들이 지금 어디에 있는지, 그리고 우리의 우정이 어떻게 되었는지에 대해서는 묻지 마세요. 아, 지금 내게는 두서너 명의 친구가 있으나 그 시절의 친구들은 아니랍니다. 하지만 당신만은 여전히 이곳에 남아 있군요. 당신은 지금도 날 사랑하고 있죠. 친구들은 세상을 떠났거나 낯선 이방인이 되어 버려 더이상 그 시절을 회상하며 이야기를 나눌 수 없게 되었지만, 당신은 내 곁에 남아 가끔 지난날의 아름다웠던 시간들을 이야기해 달라고 조를 테죠. 먼 훗날 우리는 오늘의 일들을 기억하게 될 거예요. 그때는 오늘의 이 슬픔이 아득히 먼 옛날의 아름다운 추억이 되어 가슴속에 남겠죠. 어쩌면 세월이 흐를수록 오늘의 추억은 더욱 선명한 모습으로 남게 될지도 모릅니다.

우리의 노래! 그 노래는 우리의 영혼을 충만하게 해주고 매혹적인 향기가 넘치는 한 폭의 그림이 될 거예요. 그 노래의 슬픈 음조는 마치 꿈결처럼 부드럽게 우리의 모습을 떠올리게 해줄 겁니다. 이 잠 못 이루는 시인은 그의 열정 어린 손을 이마에 대고 앉아, 무릎을 꿇은 뮤즈의 피로에 지친 아름다운 금발을 자신의 어깨 위에 기대게 합니다. 이렇듯 아름다운 한 폭의 그림이 내 생의 유일한 안식이 될 것입니다.

내가 죽고 난 뒤에도 이 노래는 후손들의 사랑을 받을 거예요. 어쩌면 그들이 나를 '불쌍한 시인'이라고 부르게 될지도 모릅니다. 그러나 그들은 결국 불멸의 아름다운 모습을 담고 있는 이 글을 보고 날 부러워하게 될 겁니다.

아름다운 나의 뮤즈! 당신 또 웃고 계신가요? 내게 키스해 주세요. 나의 아름다운 금발의 뮤즈여! 내게 키스를. 그리고 날 용서해 주세요. 우리가 함께 나누었던 모든 고뇌와 청춘의 희생을 노래로써 당신에게 바칩니다.

네 번째 밤

당신은 왜 그 옛날의 이야기를 다시 듣고 싶어하나요? 나는 그것을 거의 잊었습니다. 그것이 최선책이라 생각했죠.

고인이 된 시인 헤르만 라우셔는 생전에 베른의 오래된 거리를 즐겨 거닐었습니다. 비바람이 흩뿌려지던 11월의 어느 날이었습니다. 고향을 등지고 난 뒤 떠돌이 생활에 익숙해진 고독한 시인은 이 쓸쓸한 분위기를 실컷 즐기며 거리를 배회했어요. 성처럼 지어진 견고한 건물들과 높이 둥지를 틀고 서 있는 백서향나무들, 어둠에 잠긴 쓸쓸한 거리들, 이 모든 것이 향수병을 앓고 있는 시인을 더욱 비통하게 만들었습니다. 더욱이 싸늘한 바람은 불쌍한 떠돌이의 영혼을 예민하게 만들었고, 계속되는 방랑 생활 속에서 찢겨져 버린 덧없는 삶에 대한 회한으로 괴로움에 떨게 했습니다. 저 어둠 속의 좁은 공간을 바라볼 때마다 그는 우울증에 빠져 수많은 형상을 향한 그리움의 환상을 펴곤 했습니다. 그는 오랫동안 만나지 못한 친구와 떠나 버린 연인을 그리워했습니다. 만약 그들을 다시 만날 수만 있다면 자신의 운명은 정말 의미 있고 축복된 결실을 맺게 될 것이라고 생각했죠. 그들이 이 거리 어디에선가 배회하고 있을 것만 같았고, 공간의 그림자 속에 숨어 있는 것처럼 여겨졌습니다. 저 멀리서 따라오는 형상이 점차 윤곽을 드러내는 순간, 그는 몸을 돌렸습니다. 그러나 그는 이 작은 우연의 몸짓 때문에 행복의 순간과 미래를 놓치고 말았습니다.

내가 그의 어깨를 두드리자 그는 무척 놀라는 표정이었습니다. 순간 나는 그의 눈 속에서 섬광이 번뜩이는 듯한 광기 어린 슬픔의 빛을 발견했습니다. 우리는 같이 거리를 돌아다녔습니다. 수도원의 높은 탑에도 올라가고, 역사 박물관에 소장되어 있는 화려한 고블랭직으로 짜인 양탄자도 구경하고, 커다란 이레강 다리 밑에 깊숙이 들어앉아 있는 식당에서 송어구이를 먹기도 했습니다. 그렇게 산책을 즐긴 후 '코른하우스' 라는 주점에 들렀습니다.

당신도 잘 알고 있는 일이지만, 그 불쌍한 라우셔는 생의 말년에 알코올 중독자가 되고 말았죠. 우리는 그 자리에서 두세 병의 술을 들이켰습니다. 거품이 많은 노이엔부르거산

(産)이었는데, 난 도저히 그것을 마실 수 없었어요. 머리가 무거워지고 곧 기분이 침울해지는 데다 혼란스러워졌기 때문에 그의 말에는 신경을 쓸 수 없을 지경이었습니다. 그는 공간에서의 환상에 대해 이야기하기 시작했습니다. 나는 그를 비웃었습니다. 그리고 절대로 못 만날 거라고 생각했던 그를 발견한 것을 퍽 자랑스러워했죠.

그는 호탕하게 웃으며 말했어요.

"자네, 자신만만하군. 사람들이란 어디서든 불행과 맞닥뜨릴 수 있는걸세. 자네가 함부로 내 추억을 깨뜨린 바로 이 순간 자네가 오랫동안 만나지 못했던, 아니 다시는 만나지 못할 수많은 사람이 우리의 의식 속에 떠오르기도 전에 우리 곁을 스쳐 지나가 버릴 수 있다는 사실에 대해 생각해 본 적이 있나?"

그 말을 듣는 순간 나는 이상한 기분이 들었습니다.

"당신은 도대체 누굴 생각하고 있소?"

나는 매우 조심스럽게 그에게 물었습니다. 그랬더니 그가 웃으며 대답하더군요.

"특별히 누구 한 사람을 생각하는 것은 아닐세. 그건 하나의 가정에 불과한 거야. 예를 들어 그것이 금발의 마리아일 수도 있고……."

그 이름을 듣는 순간 나는 고통과 슬픔으로 가슴이 두근거리기 시작했습니다. 나는 라우셔에게 다그쳐 물었죠.

"당신이 어떻게 그 이름을 알고 있죠? 나는 누구에게도 마리아에 대해 얘기한 적이 없는데 말이에요. 나 자신조차 그녀의 이름을 까맣게 잊고 있었는데 당신이 어떻게 그녀의 이름을 알고 있는 거죠? 아직도 살아 있나요? 이곳 베른에 살고 있냐고요?"

라우셔는 담배에 불을 붙이며 크게 웃고 나서 말했죠.

"그녀가 아직 살아 있는지 나 역시 모른다네. 몇 년 동안 그녀를 본 적이 없으니까."

"그게 언제였나요?"

나는 숨 가쁘게 물었습니다.

"내가 자네에게 말하지 않았던가?"

그는 독한 술을 단숨에 마시고는 말을 이었습니다.

"그녀는 정말 아름다웠지! 우리는 밤꾀꼬리가 지저귀는 오랑캐꽃 정원에 있는 초록색 벤치에 앉아 함께 책을 읽고 있었어."

"그만둬요."

나는 금방 죽을 듯한 창백한 얼굴로 외쳤습니다.

"그만두지 않으면 당신을 죽여 버릴지도 몰라요! 그건 바로 나였소. 마리아와 함께 초록색 벤치에 앉아 책을 읽은 사람은 당신이 아닌 바로 나였다고."

"그렇게 소리치지 말게."

그는 말하면서 또 술잔을 채웠답니다.

"하지만 라우셔 씨, 계속 이야기해 주세요."

나는 간청했습니다.

"자, 건배나 하세! 자네의 행복을 위해!"

그는 웃으면서 잔을 부딪쳤습니다.

"계속 얘기해도 괜찮겠는가? 그 책은 아름다운 청춘에 관한 이야기였네. 매우 흥미롭게 읽었지. 마리아와 나는 마치 아라비아풍 당초문 같은 다채로운 빛깔의 꽃 넝쿨을 파듯 글자 사이를 오르내렸지."

"그건 나와 마리아였어요!"

나는 또 소리쳤습니다.

"어쨌든, 내 말은 그렇다는걸세."

라우셔는 계속 말을 이었습니다.

"그런데 이야기가 점점 슬퍼지자 그녀는 안절부절못하더니 갑자기 책장을 마구 넘겨 버리더군. 그러고는……"

"그러고는 숲 속으로 달아났겠죠. 그리고 밤꾀꼬리가 다시 울기 시작했겠죠. 오, 라우셔 씨!"

"자, 술이나 마시게."

라우셔가 말했습니다. 나는 울고만 싶었습니다. 무거운 머리를 두 손에 의지한 채 한동안 앉아 있다가 머리를 들었을 때 이미 라우셔는 가고 없었습니다. 나는 술 때문인지 심한 두통을 느끼면서 주점을 나왔습니다. 라우셔가 세상을 떠나기 바로 며칠 전의 일이었죠.

다섯 번째 밤

모든 것은 오랑캐꽃 탓입니다. 그리고 따뜻한 봄날의 온기 탓이기도 하죠. 만약 그것이 아니었다면 지금까지 내 삶에 원기를 불어넣어 주던 모든 달콤한 고통이 차갑게 느껴졌을 겁니다.

명랑한 소년의 영혼에 뽀얗게 우수의 그림자를 드리운 것은 다름 아니라 정원에 가득 피어 있던 오랑캐꽃이었습니다. 봄날의 따스한 이야기가 갑자기 우리의 책 속에서 무겁게 짓누르는 슬픔과 그리움으로 변해 버린 것도, 아름다운 마리아가 저 멀리 달아나 버린 것도, 그리고 밤꾀꼬리가 밤마다 그렇게 애달프게 울어대기 시작한 것도 모두 오랑캐꽃 향기 때문이었습니다.

아, 만약 밤꾀꼬리의 울음소리를 듣지 않았더라면! 그랬더라면 사랑의 노래는 끊임없이 나를 기쁘게 해주었을 테고, 이 침울한 그리움은 내 가슴속에 깊이 잠들어 있었을 테죠. 그리고 무엇엔가 홀린 듯 삶의 뒤안길 어딘가에 잠들어 있을 행운을 꿈꾸지 않았을 겁니다. 이 책 속에 씌어 있는 가장 행복했던 삶의 한 조각이 읽히지 않은 채 먼지에 뒤덮일지도 모른다는 불행한 꿈을 꾸지 않았을 겁니다. 그랬더라면 나는 슬픔을 토해 내는 시인이 되지 않았을 것이고, 고뇌의 회의적인 의미를 깨닫지 못했을 테죠.

하지만 꿈이란 단지 무상하기만 한 것은 아닙니다. 밤꾀꼬리가 토해 내는 최후의 불협화음이 내 가슴속에서 계속 울려 퍼지면서 그것으로부터 분리를 갈망하고 있습니다. 그것은 아직 불려지지 않은 채 꿈속에서 희미하게 산발적으로 떠올라, 나의 열정과 삶 속에 스며들어 노래가 되었습니다. 그 불협화음은 여전히 나를 고통스럽게 합니다. 사람들은 흔히 시가 마치 갑옷을 입은 여신처럼 완전한 화음으로 울려 퍼지고 시인의 머릿속에서 튀어나온다고 생각하지만, 나는 그런 말을 믿지 않습니다. 하나의 순수시가 완성되기까지 얼마나 많은 내적 갈등과 피를 말리는 작업이 요구되는지를 잘 알고 있습니다. 그래야만 시는 자기 발로 우뚝 서서 걸을 수가 있게 되는 거죠. 이것은 어떻게 보면 쉬운 일이라 여겨질 수도 있습니다. 그러나 그 시가 아무리 아름다울지라도 시인의 암담했던 심정은 그의 가슴 저 밑바닥에 남아 있을 겁니다. 그것은 여전히 불협화음으로 울려 퍼지는 시인의 타오르는 그리움의 표현이 아닐까요! 그 시는 바로 우리의 삶 깊숙이 파고들어 그렇듯 많은 심장의 피를 요구했었죠!

아, 인간은 늙어 감에 따라 자신의 삶에 있어 한계를 예감하게 되죠.

다시 말하면 그것은 초조감입니다. 자신이 꿈꾸어 오던 노래가 채 울려 퍼지기 전에 죽음을 맞이할지도 모른다는 불안감, 아무 준비 없이 생을 마무리 짓게 되는 건 아닌가 하는 두려움이 한층 절실하게 자신을 압박해 옴을 예감하게 되는 겁니다. 그래서 그들은 새로운 좌절과 회의를 대할 때마다 자신의 강탈당하고 고문당했던 영혼이 무의식적으로 내뱉은 비난의 언어를 통해 그 영혼의 궁핍을 해결하고, 그것을 성스러워지도록 하죠!

아, 사람들은 얼마나 시인들에게 굴욕적이었던가! 그러나 그들 스스로 자신을 치욕스럽게 생각했으며, 그 사실을 숨기려 했습니다. 심지어는 자신에게조차!

여섯 번째 밤

어둠, 정적, 고독. 시계추의 똑딱이는 소리와 열에 들뜬 관자놀이 부위에서 맥박 치고 있는 피의 섬세한 박자처럼 이 무서운 밤들은 계속되고 있습니다. 나는 마음을 부드럽게 감싸 주는 것만 생각하려 합니다. 내가 소망하는 것은 지난 날의 정겨운 추억과 상념 그리고 마음을 편안하게 해주는 갖가지 우화랍니다.

하지만 소용없는 일입니다. 그 어떤 생각도 압박해 오는 세월의 흐름을 막지 못하기 때문이죠. 어머니가 내 곁으로 다가와 온갖 애정이 담긴 추억과 사랑을 내게 베푼다 한들 그 고통에서 벗어나지 못할 것입니다.

오, 잠 못 이루는 밤이여! 내 존재와 삶을 지탱해 온 모든 힘이 깊은 밤의 희미한 표면으로 밀려 나와 무기력해진 피곤

한 자신의 모습을 바라보고 있군요! 존경하는 신께서는 그다지 동정심이 많지 않은가 보죠? 저 멀리 떨어져 있는 친구들에 대한 그리움과 기도의 의미가 사라져 버린 탓일까요? 아니면 내 소중한 추억마저 고통의 굴레를 깨뜨릴 진실성을 상실해 버린 탓일까요? 그 시절 내게 기쁨을 주었던 잠 못 이루는 시간들 위에 군림한 모든 것이 빛과 온기를 잃었습니다. 나의 신들은 냉담해지고 나의 삶은 빛 바랜 꿈이 되어 버렸으며, 그 꿈의 형상은 낯선 그림자처럼 내면 속에서 꿈틀거렸습니다.

지금 날 기억하고 있는 친구가 있을까요?

아, 그는 잠이 들었겠죠? 나의 공허한 마음은 어디에서도 위로받을 수가 없습니다. 혹 그런 것이 있다면, 나같이 고통에 빠져 있는 사람이나 순교자의 고독한 모습뿐일 겁니다. 그들 역시 나처럼 창백하고 커다란 눈을 뜬 채 밤을 지새우는 피로에 지친 군상들이겠죠. 그대들, 슬픔의 형제들에게 인사를 보냅니다. 그대들은 내게서 너무 멀리 떨어져 있습니다. 그대들은 나처럼 고독하고 암울한 침실에 누워 괴로워하고 있을 테죠. 그대들 역시 어둠 속에서 보이지 않는 형제를 찾고 있군요. 굳어진 눈꺼풀 위로 고통이 밀려옵니다. 그대들은 형제들 생각을 하고 있나요? 아니면 그대들도 나처럼 잠 못 이루고 있을 어떤 이를 생각하고 있나요? 아, 우리 모두 서로를 생각하며 보이지 않는 침묵의 관계를 유지할 수 있다면, 우린 서로를 이해할 수 있을 거예요. 우리의 그 섬세한 신경은 서로의 마음을 전하고 또한 응답하기에 충분하리라 확신합니다. 우리는 침묵의 언어로 이 적막한 밤, 먼 거리를 초월하여 각자의 삶과 고통, 소망을 이야기할 수 있을 겁니다. 우리는 낯선 이의 운명에 대해 눈물 흘리기도 하고, 자신의 운명을 타인에게 전달함으로써 한층 새로운 삶의 의미를 스스로 찾기도 할 겁니다. 다른 사람과의 인연을 통해 다시금 삶을 발견하게 되는 거죠.

그 영역은 점점 확대되어 흡사 우리가 모든 대륙과 종족들과 인연을 맺고 있는 것처럼 느낄 수 있도록 해줄 겁니다. 이 인연의 끈은 커다란 하프의 현처럼 삶을 보다 투명한 소리로 울려 퍼지게 할 것이며, 혼자서는 결코 성취하지 못할 영원에 대한 인식의 첫발을 내딛게 해줄 것입니다.

형제들이여, 나의 목소리는 당신들에게 이르지 못하겠지만, 매일 밤 당신들을 생각하며 고통을 함께 나누고 싶어하는 한 사람으로서 당신들에게 인사를 보내려고 합니다.

이런 생각을 하고 있는 지금 부드러운 손길이 느껴지는군요. 나의 뮤즈! 난 그녀에게서 향수를 느낍니다! 그녀는 나의 잠잠한 영혼 속에서 온화한 이성이 솟구치기를 마냥 기다리고 있었습니다!

오늘 밤은 유난히 부드럽고 온화하여 다정하게 느껴집니다. 별빛이 고요하기만 합니다. 내 영혼 앞에 낯익은 형상이 어둠 속에서 모습을 드러내기 시작합니다. 난 그대를 알고 있어요. 그대는 공원이죠. 그대는 몽상가들이 즐겨 앉던 반원형 벤치, 그대는 내가 처음 노래로 불렀던 아침 안개! 오, 나의 첫 번째 노래여! 봄의 정취를 한껏 풍기는 붉은 너도밤나무 한 그루가 황금빛 붉은 그림자를 내게 드리워 주었습니다.

오, 그 모든 달콤한 시와 수줍은 사랑을 간직하고 있는 감동의 세월이여! 그대에게 감사하오, 나의 뮤즈!

일곱 번째 밤

내게 그렇듯 많은 것을 묻지 마세요! 공원에 있는 붉은 너도밤나무 벤치에 대해 이야기해 드릴까요? 죽은 엘리제에 대해서도요? 그리고 마리아에 대해서 사랑 이야기를 해드릴까요?

그런 것이라면 많이 있죠! 나를 사랑했던 여인들, 나를 사랑하지 않았지만 아름답고 매력적이던 여인들의 이야기, 그들 중 누가 내게 더 사랑의 고통을 주었는지에 대해서는 기억나지 않는군요. 그러나 내 젊은 청춘과 시의 세계를 밝게 빛나게 해주던 세 여인이 있었죠. 마리아와 엘리제 그리고 릴리아. 그녀들은 날 사랑하지 않았습니다. 그러나 그녀들에게서 받은 고통은 날 진정으로 사랑했던 야성적인 엘레오노르가 내게 준 상처만큼 고통스럽지 않습니다. 엘레오노르! 그녀의 이름만으로도 충분히 그런 분위기를 느낄 수 있죠. 귀족적인 우아한 아름다움과 이지적 오만함과 부드러우나 증오심에 찬 그녀의 모습.

아, 언젠가 그녀를 위한 노래를 부를 거예요. 어느 늦여름, 황혼녘의 짙푸른 벨벳같이 따스한 하늘에서 별빛이 쏟아지고 있었죠. 엘레오노르와 나는 장미 덤불 숲에 앉아 채워지지 않는 공허감을 달래고 있었습니다. 엘레오노르! 우리는 서로의 눈길 속에서 파국으로 치닫고 있는 사랑의 슬픈 몸짓을 발견했습니다!

천둥 번개가 몰아치는 어느 스산한 여름 밤, 우리는 철 지난 연노란색 장미와 붉은 나뭇잎 사이에서 고통으로 일그러진 미소를 지으며 작별 인사를 나누었죠. 그리고 깊은 밤, 깨진 술잔 속에 격정의 쓰디쓴 찌꺼기를 쏟아 부었습니다.

그것에 대해서는 더 이상 말하고 싶지 않군요. 그날 밤 이후 나는 인생이 뭔지를 깨닫게 되었습니다. 그것은 잠자고 있는 사람의 몸부림 같기도 하고, 나직이 일렁이는 파도 같기도 하고, 선잠을 깬 사람의 잠꼬대 같기도 했습니다. 삶이 그렇게 가치 있는 것으로 여겨지지 않았습니다. 차라리 다른 여인들에 대한 이야기를 하죠. 그녀들은 날 사랑하지 않았습니다. 단지 내게 연민의 정을 품고 있을 뿐이었죠. 친절하고 커다란 눈을 가진 여인들에게 받는 연민의 정은 고혹적이긴 하지만 잔인하게 느껴지죠. 그들 중 한 여인은 내 사랑의 아름다움을 이해해 주었죠. 그러나 그녀는 그 사랑이 포옹만으로는 만족될 수 없다는 사실을 알고 있었습니다.

시인의 사랑! 사람들은 시인의 아름다운 사랑을 어떤 고통이나 아름다운 노래만큼 고귀하게 생각하지 않는다는 것을 당신은 알고 있을 겁니다. 사랑에 빠진 한 사람이 첫날부터 사랑의 즐거움을 포기하고 절대 도달할 수 없으리라고 스스로 체념한 뒤, 그리움과 꿈을 위해 장식된 별의 세계로 승화시키는 그들만의 사랑의 방식을 뭇사람들이 어떻게 이해할 수 있을까요? 그러나 그들은 삶이 진정 무엇인지를 모르는 사람들이에요. 삶이란 세월의 강에서 번져 나가는 작은 물결과도 같이 솟아올랐다가는 이내 사라져 버리고 말죠. 그리고 삶은 영원하게 연결 지을 수는 없는 것이죠.

사람들은 모든 시인이 자신의 전 생애를 통해 베아트리체의 아름다운 모습을 시로써 읊고 싶어한다는 것을 이해하지 못합니다. 시인들은 현실의 혼탁한 강에서 거칠게 밀려 내려오면서 삶과 죽음 사이를 표류하고 있죠. 그리움의 눈길을 통해 우리의 내면에 비친 영원의 형상을 저 별들이 아닌 그 어디에서 찾을 수 있을까요? 아득히 먼 옛날 고향을 잃고 방황하던 오디세우스의 슬픔에 잠긴 눈망울이 깊은 어둠 속에서 바라보곤 했던 저 별들.

오, 나의 뮤즈여, 그처럼 연민의 정이 가득한 시선으로 날 바라보지 마세요! 불가사의한 생명체가 하얗게 밤을 지새운 창백한 내 영혼 속에서 타오르는 불길 속으로 허망하게 사라져 버린 것을 알고 있나요? 언제나 그렇듯 당신 앞에 놓인 창백한 침묵의 밤들이 명멸해 가는 내 영혼의 불꽃 속에서 마지막 절망의 몸짓을 하며 소멸되어 가는 것을 알고 있나요?

아니, 당신은 모를 거예요. 하지만 당신을 이해해요. 당신의 눈이 내게 이렇게 말하고 있군요.

'당신은 나의 마지막 사랑입니다.'

당신은 마리아도, 엘리제도, 릴리아도, 엘레오노르도 아닌 바로 베아트리체입니다! 난 오래전부터 그걸 알고 있었습니다. 당신의 피렌체풍 가냘픈 몸매나, 단테풍 모습에서 그걸 읽을 수 있었죠. 당신이 내게 다가오기 전에 붉은 너도밤나무 벤치에 앉아 있었던 어린 소년의 가슴은 뛰고 있었습니다. 그리고 그 무덥던 늦여름 밤, 나는 당신의 눈길 속에서 수많은 사랑과 슬픔을 읽을 수 있었습니다.

당신의 눈길은 내게 이렇게 속삭이고 있었죠.

'당신은 알고 있어요. 내가 당신의 것이라는 사실을 그리고 날 온통 짓밟아도 좋다는 사실을.'

그러나 그것은 연민의 눈길이었습니다. 또한 그것은 남성을 노예로 소유하고 싶은 욕망의 눈길이기도 했습니다. 하지만 그 뒤에는 조소가 담긴 서글픈 질문이 있죠. 그것이 전부인가? 그게 사랑인가?

내게서 눈길을 돌려주세요! 나는 그 눈길 속에 감추어진 의혹과 냉혹함을 참을 수 없습니다. 오, 내가 어떻게 당신을 비난할 수 있겠어요.

나는 당신을 잘 알고 있어요. 당신은 미소 띤 얼굴로 내 말에 귀 기울이고 있군요. 내가 당신 때문에 분열의 아픔을 느낄 때조차 당신은 고개를 끄덕였어요. 당신은 미소를 지으며 내 말을 듣고, 또 고개를 끄덕이다가 결국에는 물을 테죠. '떠나도 될까요?'라고.

당신은 알고 있어요. 그가 허락하지 않으리라는 것을.

여덟 번째 밤

또 하루의 연속! 피의 나지막한 소용돌이, 커튼 뒤에서 들려오는 바람의 긴 탄식음! 1초, 1분 그리고 다시 1초, 1분 이렇듯 짧디짧은 생의 한 방울, 한 방울이 낯선 이방인이 되어 쉴 새 없이 내게서 달아나고 있습니다. 얼마나 많은 시간이 내 손아귀 속에서 빠져나간 것일까? 아마, 수천 아니 수만이겠죠! 그 시간들은 의미 없이 사라져 버리고 말았습니다. 그것은 이제는 내게 더 이상의 고통도 행복도 주지 못합니다. 그 시간들은 이미 존재 의미를 상실해 버렸으니까요. 그리고 내게 주어진 삶에서 떨어져 나간 것입니다.

언젠가 나는 아무 말도 못한 채 창백한 얼굴로 눕게 되겠죠! 무의미한 의식이 치러지고 나무 관 속에 갇힌 채 비좁고 축축한 땅속에 영원히 잠들게 되겠죠! 친지들이 장례 행렬을 따를 테고, 그들 사이에서는 일상적인 대화가 오갈 겁니다. 그리고 목사가 무덤 앞에 서서 신의 섭리 속에 내재해 있는 인간의 삶의 한계와 영생을 설교하겠죠. 어떤 시인의 무덤에서!

아름다운 뮤즈여, 여전히 미소를 짓고 있군요! 당신은 그 목사 뒤에 서서 어린아이처럼 놀란 시선을 하고 있겠죠. 당신은 이미 수많은 사람의 무덤 앞에서 그런 광경을 지켜보았을 거예요. 목사가 내 영혼의 불멸에 대해 이야기할 때 당신은 그 이야길 어떻게 들을까요. 그 영혼은 바로 당신이랍니다. 그것은 당신의 한 부분이거나 당신에게서 떨어져 나온 한 조각의 파편일 것이기 때문이죠. 그 영혼은 당신의 몸짓 속에, 미소 짓는 아름다운 자태 속에, 당신의 독특한 억양의 목소리에, 당신의 아름다운 금발의 곱슬머리에서 풍겨 나오는 분위기 속에 살아 있습니다. 이제는 고인이 되었거나 잊혀진 수많은 시인들이 당신에 대한 시를 지었죠! 그러나 당신이 아름다운 모습으로 내게 다가온 순간부터 당신은 내 것이 되었죠!

나에 대한 이야기와 시가 비록 오래 지속되지 못한다 한들 당신의 모습을 통해 영원히 기억될 것입니다. 그래서 내 이름조차 알지 못하는 후세 사람들의 존경과 이해를 받게 될 것입니다. 그리고 어느 때 누군가의 손에 의해 완성될 불멸의 작품 속에서 나의 시는 하나의 언어로 혹은 음조로 또는 작고 가벼운 필치로 그 생명이 영원히 지속될 것입니다. 이 작품의 구절구절마다 당신에 대한 감사의 마음이 독특한 필치로 묘사되어 있습니다. 내가 아니면 절대 불가능했을 이 불멸의 작품 속에서 그 순결한 아름다움은 영원히 남게 될 것입니다. 그래서 내 인생을 통해 풀지 못했던 여운은 영원함과 조화를 이루어 보다 훌륭한 음조로 울려 퍼지게 될 것입니다. 영원함!

죽음, 무덤, 목사, 이것들이 대체 무엇이란 말입니까? 그것은 인간의 삶 속에 흔하게 널려 있는 그다지 유쾌하지 않은 우연사일 뿐이죠.

민족이니, 지구니, 천체니 하는 것들이 내 자신 미처 의식하지 못하는 사이에 내 작품 속으로 파고들어 와 의미 있는 존재가 되어 버렸습니다. 몇천 년이라는 세월이 무슨 의미가 있을까요? 그것은 영원함에 있어 한순간 혹은 한낱 먼지에 불과한 것이죠. 우리는 영원이라는 심안을 통해 그 먼 옛날 바닷가를 거닐던 젊고 아름다운 나우지카의 모습을 만날 수 있습니다. 수천 년의 세월 속에서도 그녀는 여전히 아름답고 젊으며 참신한 모습으로 항상 우리의 기억 속에 살아 있습니다.

또 웃는군요? 아름다운 나의 뮤즈. 당신도 한낱 여인에 불과한가요? 여인들은 영원을 좇고 있어서, 나처럼 손을 뻗어 먼 곳만을 향하는 사람들을 이해하지 못하죠. 당신들은 이 해하지 못하는 사실에 대해서는 미소를 지을 뿐이죠. 정말 우스운 일이라고 당신들은 외쳐대겠죠.

당신을 위해 나는 언젠가 우아하게 죽어야 될지도 모르죠! 당신이 부럽군요. 나의 뮤즈여!

오, 당신에게 나의 모든 삶은 한낱 에피소드에 불과하고, 어느 가을날의 불안한 하룻밤에 지나지 않겠죠! 머잖아 당신 은 아무 일도 없었던 듯 자리를 털고 일어나 불쾌한 순간을 까마득히 잊어버리고는, 얼굴 가득 미소를 머금은 생기 찬 모습으로 되돌아가겠죠. 얼마 후, 이를테면 내가 죽게 되면, 그 불쾌한 순간은 환희와 절망으로 뒤섞인 모든 세계와의 단 절을 의미하게 되죠. 나의 인생은 그렇게 공허하지만은 않 을 것입니다.

영원이라는 신비의 빛은 과연 무엇일까요? 가장 위대했던 인물들, 예를 들어 알렉산더나 티치안이, 나폴레옹 같은 위 인들이 대체 무엇이란 말인가요? 굶주린 사람에게는 위대한 알렉산더 대왕보다 한 조각의 빵이 더 중요하죠. 뭔가에 결 핍을 느끼지 않는 사람이 과연 존재할까요? 사람들은 저마 다 수천 가지의 궁핍한 욕구에 둘러싸여 있습니다. 그들에 게는 위대한 알렉산더보다 자신들의 욕구가 더 중요하지 않 을까요? 내 이마와 눈 속에 도사리고 앉아 있는 성숙되지 않 은 상념의 하찮은 열정에 안식을 가져다 주기 위해 나는 내 인생의 얼마를 바쳐야 할까요? 4분의 1, 절반, 아니 전부를 내주어도 좋아요!

오, 당신은 날 바라보고 있군요! 내가 귀찮은가 보죠? 당신을 위해 내 모든 것을 바치겠어요! 가슴속에서 무겁게 뛰노는 심장의 고동, 고통스럽게 떨리고 있는 나의 눈꺼풀, 굳게 다문 입술 사이로 내뱉는 메마른 숨소리, 이 모든 것은 당신을 위한 내 삶의 물 한 방울이고, 당신의 모습을 새기기 위한 끌이고, 한 자루의 붓입니다.

내게 충고하려 하지 마세요! 이 모든 것은 결코 당신을 고통스럽게 하고자 함이 아니랍니다. 당신이 없다면 그것들이 무슨 의미가 있을까요! 영원히 내 침대 곁에 앉아 나와 고통을 함께 나누겠다고 말해 주어요.

나는 당신의 손을 사랑스럽게 어루만지는 방법을 알고 있어요! 당신의 손길이 느껴질 때마다 나는 그 손의 모든 내력을 느끼게 된답니다. 그것의 생김새와 움직임이 간직하고 있는 고귀한 문화를 말입니다. 이미 초기 피렌체풍 화가들은 당신을 소재로 그림을 그렸고, 당신은 수많은 예술가의 영혼에 날카로운 선으로 깊이 새겨져 있죠. 이렇듯 고귀한 여인을 애인으로 삼았던 왕이 과연 있었을까요? 당신의 오른손이 내 손 위에 그리고 내 이마 위에 고귀함과 부드러움을 전해 줍니다. 나는 당신의 독특하고 섬세한 삶의 잔잔한 흐름이 내게 스쳐 지나가는 것을 느낄 수 있습니다.

훗날 그 누구도 날 기억하지 못하게 될지라도 당신의 손길은 다른 사람의 이마 위를 그리고 어깨 위를 스칠 것입니다. 당신의 손길이 타인에게 닿을 때마다 나의 고통과 아름다운 예술은 수천 명의 가슴속에 영원히 살아남게 될 겁니다.

　이렇듯 눈에 띄지 않은 채 잔잔하게 흘러가는 삶의 의식, 이것이 바로 영원이죠. 단테나 도나텔로(1386~1466. 이탈리아의 조각가로 르네상스 양식의 창시자 : 옮긴이)에게 삶의 흐름은 단지 아름다운 작은 소용돌이에 지나지 않았습니다.

　이것이 바로 영원함이죠! 그것은 바로 당신이죠! 나의 아름다운 뮤즈!

1900년의 일기

내가 걸어온 저 길 뒤편에는 온통 뒤얽혀 있는 인간들과의 관계가 있고, 지금 내
앞에는 어떤 절대적인 것, 초인간적인 것의 아름다움이 싸늘하게 펼쳐져 있다.
인생이란 한 순간 한 번의 심호흡에 불과한 것을!

1900년 4월 7일, 바젤

저녁. 어둡고 싸늘한 날씨. 톨스토이의 『부활』을 손에서
내려놓았다. 그것을 읽지 않으리라 다짐했는데, 온 세상이
그 이야기로 가득하니 참고 읽을 수밖에. 그러나 그 책은 내
게는 관심 밖이다. 이 러시아인의 공허하고, 슬프고, 황량하
고, 비참한 분위기가 나를 무겁게 짓누른다. 이런 유의 소설
은 신체적으로 유익하지 않다.

졸라, 입센, 루터, 헵벨 외 20명쯤의 위인들과 마찬가지로
톨스토이 또한 내게는 중요하다. 만약 이들을 만나게 되면 경
의를 표해야겠지만, 그들을 보지 않는 쪽이 마음 편하다. 톨

스토이는 고매한 정신의 소유자다. 그는 일단 진실의 목소리를 들으면 주인에게 순종하는 개나 순교자처럼 온갖 고난을 무릅쓰고, 모멸감이나 피의 흐름조차 참아 내며 그것을 추종한다.

그의 작품이 그다지 내게 흥미를 불러일으키지 못하는 이유는 러시아적이기 때문이다. 그 둔중함, 우울함, 문화의 빈곤, 즐거움의 결핍, 러시아 특유의 분위기는 온화한 성품의 투르게네프조차 권태로움을 느끼게 만든다. 성 마르틴이나 성 프란시스도 톨스토이와 같은 설교를 했다. 톨스토이의 음침하고 냉담하게 느껴지는 압박감에 비해 그들의 설교와 교훈은 밝고 경쾌하다. 세계의 개혁이 그곳에서 일어날 수 있다는 사실을 부인하지는 않을 것이다.

차라리 가혹하다 할 만큼 순결하고, 자연 그대로의 모습을 간직하고 있는 꽃봉오리에서 하나의 예술품이 창작되기까지 수백 년, 아니 그 이상의 세월 동안 성숙의 과정을 거쳐야 할 것이다.

언젠가 나는 이상한 꿈을 꾼 적이 있다. 나는 침묵하고 있는 거대한 군중의 한가운데 서 있었다. 갑자기 헐렁한 연미복 차림의 건장한 청년이 내게 다가오더니 매우 진지하고 엄숙한 목소리로 물었다.

"그리스도를 믿습니까?"

무슨 말을 해야 할까 신중하게 생각하고 있는 동안 나는 그의 이글거리듯 타오르는 모멸스런 눈길과 거칠고 도전적인 태도에 불쾌감과 모욕감을 느꼈다. 순간 나는 냉담하고 경멸에 찬 목소리로 "아니오"라고 대답했다. 그것은 단지 그의 난폭한 시선과 당돌한 태도를 눈앞에서 내몰기 위한 작은 몸짓에 불과했다.

톨스토이가 바로 그런 방식으로 내게 질문을 던진 것이다. 그의 목소리는 광신자의 격렬한 열정을 담고 있으며, 동양의 독특하고 조잡한 음향을 지니고 있다. 따뜻한 봄날이 되면 해맑은 햇살 속에 누워 괴테의 시를 읽고 싶다.

1900년 4월 11일, 바젤

그리스도를 믿나요?

어제 저녁 무렵 리엔호프에 있는 작은 홀에 있었다. 나는 이틀 동안 나켈스 박사 댁에 초대되었다. 나는 그의 친절한 부인과 함께 황혼을 즐기며 대화를 나누었다. 전혀 예상치 못하던 행복한 순간이었다. 우리의 화제는 온갖 중요한 사건, 즐거운 일들, 죽음, 운명에 관한 것들이었다.

우리는 호의적이고 신뢰에 가득 찬 마음의 대화를 나누었다. 서로의 이야기에 고개를 끄덕이기도 하고, 붉게 물든 노을빛을 감상하기도 하고, 뚜렷한 윤곽을 상실한 채 푸른빛의 덩어리로 보이는 광활한 게젠 평야와 선명한 모습을 드러내 보이는 짙푸른 슈바르츠발트 숲을 바라보았다. 잠자리에 들기 전에 우리는 노발리스의 찬가 세 번째 구절을 읽었다.

리엔호프에 있는 커다란 거실의 소파 위에는 프리츠 브로거의 그림이 걸려 있었다. 작은 시냇물이 흐르고, 탐스럽게 익은 과일들로 풍성한 초원의 풍경이었다. 이렇듯 금방 완성된 예술 작품에서 나는 고통과 흥분, 선망을 동시에 느낀다. 그것은 일상생활 속에 파묻혀 더욱더 작품의 세계에서 멀어져 가고 있는 자신에 대한 보상 심리 때문일 것이다. 날이 갈수록 나의 욕심은 커져 가고 계속 무엇인가를 갈망하고 있다.

1900년 4월 15일, 바젤

리엔호프의 온화하고 푸른 저녁이여! 나는 몇 달 동안 단한 줄의 시도 쓰지 못했다. 그런데 지금은 잔잔하게 끝없이 솟구치고 있다. 시, 시! 그것은 아름다운 시집에 실려 있는 시처럼 완벽하다. 봄, 젊음이 생동하는 초원, 검은 지빠귀들의 노랫소리, 축복 넘치는 황금빛 저녁놀, 이 모든 신비의 세계가 시인을 둘러싸고 있다. 잔디에 누워 하늘을 바라보고, 숲 속을 산책하고, 벤치에 비스듬히 걸터앉아 황혼의 어스름한 빛에 젖어 본다.

그리고 포도주를 마신다. 내 입술은 시를 읊고 싶은 열망으로 활활 타오르고 있다. 그것은 어떤 의미도 사상도 담고 있지 않다. 다만 거기에는 흥겨운 언어의 음악과 박자, 운율이 있을 뿐이다.

그러나 난 알고 있다. 그것이 비록 잘 지어진 시구들이라 해도 결코 서정시는 될 수 없다는 것을. 어제오늘 이해할 수 없던 어떤 것, 아름다웠던 추억은 고통과 아이러니일 뿐이다. 죽음을 아름다운 시로 노래한 시인이 있었지. 지금 곰곰이 생각해 보니 기분 나쁜 친구 하이네였던 것 같군.

그대 날 사랑한다 말하지 마오,

난 알고 있다오,

세상에서 가장 아름다웠던,

봄과 사랑도,

결국엔 사라져 버리고 만다는 것을.

봄과 사랑. 사랑이란 무엇일까? 내게 있어 그것은 단지 하나의 이름에 불과하다. 사랑은 사람을 가끔 독특한 형태의 감상주의에 젖게 하고, 달콤하지만 사람을 무기력하게 만든다. 그것은 잔잔하게 가슴속에 스며드는 서정이다. 엘리자베스에 대한 나의 관심은 과연 사랑일까? 흔히 여자들과 이야기할 때, 그녀와 더 많은 것을 이야기하고 싶은 느낌이 나의 내면에서 솟구치는 그 감정이 사랑일까? 그녀에게 사랑

304

을 고백한 뒤 부끄러워 도망치려는 내 자신을 상상할 때마다 난 슬픔에 빠지겠지? 내 삶에서의 불확실한 모든 것을 떨쳐 버리고, 단단한 기반 위에서 어떤 고난과 희생을 무릅쓰고 라도 정열의 붉은 깃발을 높이 쳐들고 그녀를 좇아가야만 할까? 진지했던 열정, 소년 시절 첫사랑의 연인과 이별, 모든 황홀감, 울며 지새운 숱한 밤들, 열정 속에서 계획되었던 욕구의 좌절, 시련을 겪고 용감하게 다시 설계했던 삶의 계획. 침실에서 수없이 되뇌던 엘리제의 이름.

정원에서 노래를 부르고 큰 소리로 외쳐대던 그때의 격한 감정들. 이 모든 것을 생각하면서 나는 쓸쓸히 비애의 미소를 짓는다. 이런 소심한 연민의 정을 과연 사랑이라고 부를 수 있을까? 해거름 속에서 울려 퍼지는 단조의 슬픈 화음, 시인의 불안정하고 우울한 감정이 소심하게 표현되어 있는 시의 서두. 그러나 내게도 여러 해 동안 잔잔하게 가슴 두근 거리는 흥분을 느끼게 하던 연인이 있었지. 그 이름만 들어도 떨리는 사랑의 감정이 내면 깊이 솟아오르는 것을 느꼈으니까.

그때의 황홀감은 철학이니, 미학이니, 예술이니, 아이러니니 하는 것들에 의해 빛 바랜 의미 없는 감정 나부랭이가 되고 말았다. 어쩌면 그게 사랑은 아니었을까? 종종 열정적으로 불타오르던 옛사랑이 그립고, 내 자신의 오만과 그 어떤 숙명에 얽매여 날카로운 목소리로 미친 듯이 외쳐대던 정열이 그립다. 내가 할 수 있는 게 고작 꿈꾸고 막연히 그리워하는 것뿐일까? 그 그리움은 옛사랑의 여운일까, 아니면 앞으로 찾아올지도 모를 사랑의 예감일까? 그리고 꿈은 단순히 잃어버린 기억 속에서 생겨나는 무의식의 삶과 충동일까, 아니면 베클린의 색채와 쇼팽이나 바그너의 웅장하고 매혹적인 박자에 매료된 혼돈의 감정일까?

사람들은 흔히 자신의 내면적 삶의 결핍의 원인이 무엇인지를 진정으로 깨닫지 못한다. 덧없는 쾌락에서 오는 흥분과 자극적인 것만 추구하는 사람들은 더 더욱 깊은 암흑 속으로 잠식해 버리고 말 것이다. 그로 인해 점점 무의식 속에 빠지게 되고, 모든 일에 두려움을 느끼게 되며, 조심스럽게 타인의 눈치를 살피는 비굴함을 보이게 되는 것이다.

1900년 5월 3일, 악센슈타인

이곳에서는 도저히 글을 쓸 수가 없다. 병이 들 것만 같은 불길한 예감.

1900년 5월 13일, 바젤

호수는 여전히 잔잔하게 일렁이고 있다. 호수의 아름다움은 정말 무한하다. 온통 하얀 눈으로 뒤덮여 있는 산은 한층 선명하고 순결하다. 나는 이따금 이 호수를 찾는다. 이곳은 항상 신선함과 위안 그리고 충만감을 준다. 루체른(알프스를 볼 수 있는 스위스의 휴양지 : 옮긴이)에 있는 선착장에서도 이런 감정에 젖곤 한다. 어쩌면 선착장은 보다 더 강렬하고 보다 더 신선한 느낌을 자아내는지도 모르겠다.

아름답다고 일컬어지는 알프스의 목장이나 산은 내게 그다지 감동적이지 않았다. 내 눈을 황홀케 한 것은 숲과 산이 아닌 초록빛과 회색빛이 감도는 짙푸른 수면 위에 반사된 은빛 영롱한 색채와 온갖 뉘앙스를 자아내는 투명한 호수였다. 그 물빛은 금속의 육중한 잿빛을 띠기도 하고, 물결이 잔잔히 일렁일 때는 차가운 연초록빛을 띠기도 한다. 그것은 마치 자포자기한 화가가 수면 위에 물감을 마구 흩뿌려 놓은 듯하다.

갖가지 빛깔의 반점들이 때로는 날카로운 실루엣으로 드러나는가 하면, 때로는 극도로 섬세한 선이 교차되어 있는 것처럼 보인다. 정말 아름다움의 극치다. 짙푸른 구름과 햇빛에 반사되어 은회색으로 반짝이는 눈.

높은 곳에서는 이 호수의 진정한 매력을 느낄 수 없다. 화창한 날에 모르샤하나 제리스베르크 언덕에서 바라볼 때, 혹은 호젓이 작은 배를 타고 호수 위를 떠다니면서 감상할 때, 그것의 참된 아름다움을 느낄 수 있다.

나는 그곳에서 저녁노을이 진 뒤 하늘에 남아 있는 짙푸른 빛을 바라보았다. 그것은 황금색이라기보다 은색을 띠고 있었다. 그 아름다운 색채와 뽀얀 은빛으로 변해 가는 광경을 지켜보면서 나는 무한한 기쁨과 중력의 법칙에서 벗어난 듯한 해방감을 맛보았다. 마치 내 영혼이 자신을 망각한 채 드넓은 호수의 침묵 속으로 빠져 드는 듯한 느낌이었다. 모든 것이 에테르요, 색채요, 아름다움 그 자체였다. 정적이 깃든 언덕에서 나는 예술적이고 시적인 인상을 받았다. 그것은 아름다운 그림을 보는 순간 느껴지는 기쁨과는 다른 것이었고, 사람들이 훌륭한 예술 작품을 보면서 흔히 느끼는 즐거운 자기 기만 또한 아니었다. 그 색채를 바라보면서 나는 의식적이든 무의식적이든 살면서 경험했던 흥분들이 몽땅이 순수한 아름다움 앞에서 패배하고 마는 승리감을 마음껏 즐겼다.

하지만 나는 때때로 내 운명을 의심하지 않았던가? 그리고 '예술적 세계관'에 반박하는 몇몇 사람들의 의견에 동의하지 않았던가? 그러나 나는 신앙이 결코 미신이 아니라는 사실을 알고 있다. 또한 신앙이 내게 주는 순수함과 희열은 순교자나 성직자의 그것에 결코 뒤지지 않는 정신적 성숙을 가져다 준다는 사실도 알고 있다. 그것은 적잖은 희생, 고통, 회의, 자신과의 투쟁을 요구한다는 것을 나는 이미 오래전에 깨달았다. 아름다움은 우리의 내면 속에 그리스도의 삶에서처럼, 원죄와 타락 그리고 부활을 존재케 하고 축복과 더불어 불행이 교차되는 삶의 진실을 깨우쳐 준다.

우리 같은 유미주의자들이 존경할 만한 사람이 있다면 그것은 오직 진실된 믿음의 소유자일 것이다. 그들은 우리처럼 일상의 심연과 비속함에 잠재해 있는 고통의 깊이를 헤아릴 줄 알고, 이상을 향해 무릎 꿇을 줄 알고, 진실에 대해 경외심을 표할 줄 알며, 신앙에 있어 그 누구보다 철저하기 때문이다. 고대가 몰락한 이래 이 두 개의 삶의 방식을 지녔던 사람들만이 비속함을 초월할 수 있었다. 나는 이 유미주의자들과 그리스도인들의 사상만이 철학사에서 추구될 만한 가치를 지녔다고 생각한다.

사상가들의 경우 역시 마찬가지였으리라.

영원함을 추구하기 위해 그들 또한 희생과 고통을 겪고 상처를 스스로 어루만져야 하며, 어떤 의미로든 현세에 대한 체념의 상태를 극복해야 하고, 혐오와 의혹의 몽매함에서 벗어나기 위한 고통의 몸부림을 쳐야 했을 테니까 말이다. 똑같은 세계를 추구하고자 하는 이상을 갖고 있는 이 유미주의자들이나 철학자나 기독교인들에게 무슨 커다란 의견 차이가 있겠는가? 그들은 모두 사색을 즐기고 타협적인 태도를 경멸하며, 또한 임기응변이니 유머니 하는 것을 업신여긴다. 그러나 비속한 위트는 차치하고라도, 이상주의자들의 고통스러울 만큼 철저한 의식 앞에서 나약해지고 불안해져 뒤로 물러서지 않을 유머가 과연 존재할까? 만약 함께 이야기를 나누는 사람이 본질적으로 품위가 있고, 무지몽매한 사람들에게조차 위트 있는 이야기를 건네 그 의식을 사로잡는 재치를 지녔다 할지라도 언젠가 능력의 한계를 느끼지 않겠는가? 희극에서의 위트는 등장인물의 비참함에서 비롯된다는 점을 인식하게 되었을 때, 과연 이 연극의 주인공이 되고자 하는 사람이 있겠는가? 하나 이상주의자들에게 있어 희극의 매력은 영웅이 비천한 인물로 몰락하는 데에 있다. 우리는 이상을 위해 내면의 희생을 감수해야 한다. 결혼 지참금 따위는 초월하고 열정적 사랑을 나누는 연인들의 이야기, 혹은 어떤 고귀한 일을 하기 위해 고행에 나섰다가 육체적 피로에 지쳐 도중에 자기의 이상을 팔아먹는 영웅의 이야기는, 그다지 코믹하지 않음에도 불구하고 관중들로부터 열렬한 박수갈채를 받는다. 그들이 그 연극에서 강렬한 매력을 느끼는 이유는 완전히 성숙되지 않은 도덕의식 때문일 것이다. 이런 사람들의 대부분은 순간의 쾌락을 탐닉한다. 투지력이 결핍되어 있는 이들은 벌써 수백 번이나 극중인물이 겪은 어려움에 직면했었기에 주인공들에게 박수갈채를 보내고 그들을 흉내 낸다. 그러는 동안 그들은 만족을 위해 자신의 이상을 팔아 버린다. 하지만 이런 종류의 연극이 성공을 거두는 예는 극히 드물다. 이 경우 연극은 순수 예술 표현과는 상관없이 소재가 지니는 우스꽝스러운 면을 추구하게 된다. 나는 이런 종류의 희극에 대해 분노와 슬픔을 느낄 뿐이다.

1900년 5월 19일, 바젤

엘리자베스. 나는 공원에서 그녀를 만났다. 그녀는 매우 단조로우면서 색이 바랜 듯한 연푸른 여름 옷을 입고 있었다. 그녀는 예쁜 한 마리 새처럼 그네 위에서 나풀거렸다. 날이 저물어 가는 무렵 박사 부인이 왔다. 우리는 차와 빙수를 마셨다.

별이 하나 둘 떠오르고 있었다. 나는 그녀를 집까지 바래다주었다. 오늘 저녁은 왠지 권태로움이 밀려왔다. 나는 그녀에게 내가 쓰려는 소설에 대해 설명하면서, 그 소설을 그녀에게 바치겠노라고 약속했다.

별들이 내 방을 비추고 있다. 지난날의 달콤한 비애가 가슴 속에 울려 온다. 쇼팽의 G단조 발라드풍 멜로디가 떠오른다.

1900년 5월 23일, 바젤

아이러니! 저녁 내내 우린 그 얘길 했다. 그래서 나는 한밤중에 이 글을 쓰고 있다. 벌써 새벽 한 시. 아이러니? 우리는 그것에 대해 거의 알지 못한다. 그런데 이상하게도 나는 문득문득 그것에 흥미를 느낀다. 그것은 나의 우울한 기분을 완전히 해체시키고 아름다운 비눗방울처럼 허공을 날게 해 준다. 모든 것을 표면화시키고 언어로 표현되지 않은 모든 것을 그 자체의 감추어진 신비로서 세련된 의식으로 남아 있게 한다. 그 로맨티시즘은 피히테로부터 슐레겔에게, 슐레겔로부터 티크에게, 티크로부터 현대에 이르렀다. 왜 그렇지 않겠는가? 티크는 비길 데 없이 훌륭한 인물이고, 하이네 또한 그러하다. 나는 그들의 비유형적이고 음악적인 우아미에 매료되었는지도 모른다.

1900년 5월 30일, 바젤

쇼펜하우어. 나는 그가 종종 어릿광대 놀이를 하고 있다는 생각이 들 때가 있다. 어쩌면 내 생각이 틀릴 수 있겠지만 말이다. 그의 좋은 점을 알고 있으나 그것을 표현하기가 힘들어 침묵하는지도 모른다.

1900년 6월 6일, 바젤

동화 소설이 완성되었다. 사람들은 때때로 이해심을 갖고 그것을 칭찬한다. 그 기쁨은 소설을 쓸 때보다 덜하다. 제잘

리우스의 작품을 탐독했다. 「유혹에 대하여」에선가 「잠의 유혹에 대해」에서 몇 가지 흥미로운 소재를 발견했다. 낭만파의 문학 작품집에 마음에 드는 작품 두 개가 첨가되었다. 1803년의 민네장(중세 기사들이 읊은 서정시 : 옮긴이)과 슈테른바르트의 초판이 그것이다. 민네장은 특히 귀중한 작품이다. 호프만은 낭만파 작가로서 내게 확고한 위치를 굳혔고, 티크는 점점 동화에서 분리되어 버렸고, 노발리스는 여전히 미완성인 채로 남아 있었으며, 브렌타노는 지나치게 의식적으로 형식을 무시하는 경향이 짙어졌다. 그러나 그의 작품 「고드비」는 티크의 「로벨」에 비해 피상적이긴 하지만 매우 흥미진진한 천재적 작품이다. 단순히 문학 작품이라고 규정지을 수 없는 노발리스의 「푸른 꽃」을 제외하고, 나는 「브람빌라」를 가장 높이 평가하고 있다. 이 시대 이후 대부분의 작품들은 기교 면에서 가치가 별로 없다. 켈러 역시 내면으로부터 소재를 조명하여 예술로 완성시킨 것은 단 몇 번에 불과했다. 그러나 그의 기교 속에 로맨티시즘이 내재해 있었다는 사실만큼은 주목해야 할 것이다.

1900년 9월 4일, 비츠나우

피렌체의 우피치엔 궁전(메디치 가문에서 수세기에 걸쳐 수집한 명화가 소장되어 있는 궁전 : 옮긴이)에서조차 이렇듯 광대한 호수에 비길 만한 아름다움은 아직 보지 못했다.

9월. 아침 안개. 이런 날씨에 비가 오는 경우는 무척 드물다. 뜨겁게 달아오르는 낮과 점점 달이 차오르면서 싸늘해지는 밤. 아직 어디에서도 마른 잎을 발견할 수 없다. 나뭇잎들은 여전히 늦여름의 푸르름을 간직하고 있다. 이미 모든 곳은 9월의 금속성 광휘로 물들어 가고 있다. 사과, 배, 무화과 열매가 잔뜩 휘어진 나뭇가지에서 떨어지고 있다. 밤은 예외 없이 다채로운 빛깔로 밝게 빛나고 있다.

1900년 9월 5일, 비츠나우

아, 천진스럽게 뛰놀던 어린 시절의 즐거움을 다시 누릴 수만 있다면! 그 옛날처럼 가슴 두근거리는 황홀경을 느낄 수만 있다면!

그런데 나는 날마다 작은 무도회를 벌이고만 있다. 호수가 차츰 모습을 드러내고, 내 시선은 분주하게 그것을 쫓고 있다. 나는 그것의 황홀, 매력, 경이로움 속으로 끊임없이 빨려 들어가고 있다. 그것은 다가왔다가는 멀어지고 그리고 다시 돌아와 귀중한 보물을 한 아름 안겨 주면서 내 눈앞에서 아른거린다. 잔잔한 호수의 물결, 하늘, 시시각각 변하는 색조를 난 알고 있다. 그러나 환희로 넘쳐흐르는 삶에 맞서 아무 목표나 규범도 없이 순간순간 어마어마한 피를 쏟아 내며 새롭게 변해 가는 물보라는 대체 무엇일까!

나는 하루 종일 호수 위에서 펼쳐지는 색채의 유희와 그 신비를 바라보았다. 첫날 호숫가를 몇 차례 배회한 이후 모든 시간을 그 호수에서 보냈다. 때때로 그저 멍하니 저 먼 곳을 향해 시선을 고정시킨 채 앉아 있었다.

하메취반트 고지에서 바라보니 호수는 한껏 아름다운 자태를 뽐내고 있었다. 위로 올라갈수록 그것의 광채와 색조는 희미해진다. 리키쿨름 고지에서 바라본 호수는 희뿌연 안개에 가려져 거의 회색빛을 띠고 있었다. 조금 더 낮은 곳으로 내려오면 호수는 아주 미묘한 매력을 느끼게 해준다. 숲 사이로 드문드문 보이는 너도밤나무, 상수리나무, 참나무들의 잎에는 향기로운 뉘앙스가 깃들어 있다.

도대체 이 가련하고 공허한 시선은 무엇을 찾고 있는가? 시간을 낭비할 만큼 의미가 있는 일일까? 나는 하루 종일 배에 앉아 노를 저으면서 호수를 둘러보고 있다. 작은 배 한 척, 휴식을 위한 담배 한 갑, 책 한 권 그리고 낚싯대와 낚시 도구들, 이것이 내 모든 장비이다.

내게 현란한 축복과 다양한 순간을 펼쳐 보이던 이 호수의 물보라를 시로 표현할 수 있게 되는 날이 과연 올까? 오늘 나는 단지 어설픈 서술을 하고 있다. 어쩌면 여기에서 그칠 수도 있다. 그것은 언어로는 표현할 수 없는 아름다움 자체이기 때문이다. 조잡하게 길들여진 모든 뉘앙스를 초월하여 그것을 본 그대로 표현하기란 불가능한 일일지도 모른다. 화가들 역시 의혹에 싸인 채 그들의 피상적인 감각에 의지해 지극히 단순해 보이는 색채를 혼합할 수밖에 없으리라. 언어의 점묘파 화가가 있을까? 그렇다면 청록색은 무엇일까? 진줏빛 청색은 또 어떤 것일까? 노란색이나 코발트색, 바이올렛색처럼 약간 강한 톤의 색조는 어떻게 표현될까? 이 모든 오묘한 색조 속에는 그것만의 독특한 분위기와 조화를 통한 달콤한 비밀이 깃들어 있다.

1900년 9월 6일, 비츠나우

아름다움을 지켜보면서 그다지 만족감을 느끼지 못하고 그것을 해체해 깊이 파고들어 간 다음 그것을 다시 정립시키는 것이 예술가의 길이라고 고집하는 나는 어쩌면 저주 받은 운명인가 보다.

그렇듯 빈번하게 내게서 빗나가던 해묵은 본성이 지금 새삼 내부에서 꿈틀거리고 있다. 그것은 너무 오래되어 무뎌진 체념과 변명의 여지가 없는 탐닉일 뿐이다. 하지만 이런 순간들은 점차 사라지게 될 것이고, 그것의 순간적인 기쁨을 위해 결코 내 이상을 팔아 버리지 않을 것이다. 이제는 인생의 저편으로 사라져 버린 천진난만한 그 시절로는 결코 되돌아갈 수 없기 때문이다. 그러나 어디에서든 인생의 즐거움과 의미는 계속된다. 나는 오직 아름다움의 본질과 법칙을 이해하는 일에만 몰두하면 되는 것이다.

오늘 나는 소멸되어 가던 빛이 황혼 속에서 되살아나는 순간을 체험했다.

태양이 작열하는 오후, 베기스 산맥 맞은편에 넓게 펼쳐진 호수 가운데로 노를 저어 갔다. 그러고는 잠시 몸을 뱃전에 기대고 수면을 바라보았다. 자줏빛 붉은 노을과 이글대는 태양의 황금빛이 수면 위에서 반짝이고, 내 시야 가득 끊임없이 물결이 일렁거렸다.

내 모든 의식은 잠이 들어 꿈속을 헤매고 다녔다. 환상과도 같이 따스한 평온함이 나를 감쌌다. 내 눈은 아무런 윤곽도 색채도 구별할 수 없었다. 내 시선은 모든 시력을 상실했고, 마치 자유를 얻은 사람처럼 붉은빛과 푸른빛과 황금빛 찬란한 신비의 아름다움을 품고 있는 대양 사이에 서서 비틀거렸다. 목표점도 없이 날개를 파닥이는 나비처럼.

1900년 9월 7일, 비츠나우

육지로부터 떨어져 나와 맨 끝에 불쑥 튀어나온 '높은 코'라고 불리는 곳은 어린 초목들 덕분에 풋풋하고 신선한 아름다움을 풍기고 있었다.

그곳에는 15년생 정도의 떡갈나무들이 늘어서 있었다. 수면 위로 반사된 옅은 색의 여린 나뭇잎들이 신비롭기까지 하다. 수면 전체가 저 화려한 황금빛 광채에 의해 밝게 모습을 드러낸다. 짙푸른 아침 호수의 밝고 투명한 수면 위로 배를 타고 다니는 것은 정말 멋진 일이다. 해가 없는 것이 좀 유감스럽긴 했으나, 하얀 구름의 형상들이 수면 위에 비친 푸른 떡갈나무숲의 경계를 가로질러 가는 광경을 볼 수 있어 운이 좋았다. 호수 위에 고정되어 있는 하얀 하늘의 그림과 그림자는 호수 위에서 더 선명한 윤곽으로 드러났다. 저 멀리 아름다운 수평선을 바라보고 있을 때 기선 한 척이 그 위를 지나가고 있었다. 그때 갑자기 태양이 배가 남기고 간 물결 위로 솟아오르더니 은빛으로 반짝였다. 물보라의 파문은 잠시 일렁이다가 은빛 속에 잠겨 버렸다. 배가 일으킨 물결은 온화한 황갈색으로 반짝이기도 하고 연초록의 하얀빛을 띠기도 했다. 나는 순간순간 일어났다가 사라지는 매혹적인 빛의 조화를 마음껏 음미했다. 그것은 마치 여신의 미소 같았고, 아름다운 시의 현란한 운율과 깊은 의미를 담고 있는 짧은 한순간의 황홀경이었다.

1900년 9월 8일, 비츠나우

날이 흐리고 바람이 분다. 어쩌다가 태양이 잠깐잠깐 얼굴을 내민다. 부오크스 맞은편에 있는 뷔르겐스톡 산기슭을 따라 배를 저어 갔다. 저편에서는 호수가 섬세하고 차가운 색의 무리 속에서 기슭을 향해 희미한 빛을 발하고 있었다. 그것은 빨갛게 달구어진 강철이 식을 때처럼 적록색, 적갈색, 노란색, 흰색으로 변해 갔다.

뷔르겐스톡의 중턱에서 암소의 방울 소리가 울려 왔다. 연두색 초원이 잿빛 하늘 아래에서 물결치고 있었다. 그것은 애수 깃든 가을의 싸늘한 기운을 담고 있었다. 사람들은 가을의 기운을 인식하지 못한 채 지나쳐 버리고 만다. 그것은 어느 한순간 불현듯 나타났다가는 죽은 애인을 회상하듯 그렇게 기억 속에 잠시 파고들었다 잊혀지고 마는 것이다. 그것은 우리에게 커다란 변화와 회의, 죽음과 숱한 고난의 길들을 회상하게 한다.

화려한 빛깔로 피어 오르는 보오크셔 호수의 물보라를 보려고 배를 저어 갔다. 색채의 혼합, 빛의 굴절, 은은한 은빛 색조로 조화를 이루고 있는 한 폭의 그림 같은 경치를 바라보면서 나는 상상의 나래를 한껏 펼쳤다.

냉기가 피부에 와 닿았지만 즐겁고 황홀했다. 귓가에는 아름다운 선율이, 입술 위에서는 시 구절이 맴돌았다. 아직은 낯선 여행길이 내게 펼쳐 보이는 아름다움과 새로운 유희를 찾기 위해 계속 노를 저었다. 그러나 이 쓸쓸한 가을의 초원, 자연의 섭리에 순종할 수밖에 없는 연약함과 슬픔을 발견하는 순간 나의 여정은 끝이 났다. 나는 몸을 돌려 물결치고 있는 투명한 수면을 오랫동안 지켜보고 서 있었다.

햇빛 한줄기가 위로 솟아오른 물기둥 벽으로 스며들고 있었다. 나는 멍하니 그 빛에 시선을 고정시켰다. 내 눈은 아무런 의식도 없이 담황색으로 반사되어 하늘거리며 떨어지고 있는 형상을 바라볼 따름이었다. 나의 사고는 어느덧 가파른 숲을 지나 연푸른 초원을 향해 치닫고 있었다.

가을이로구나!

그리고 생각했다. 나는 정말 올바른 길을 가고 있는 것일까? 이 끝없는 항해는 과연 나의 별자리 가까이로 다가가고 있는 것일까? 아니 더 멀어지고 있는 것은 아닐까? 이 여정은 내게 정신적 성숙을 가져다 줄까? 그리고 이 가을의 우수는 내 마음을 잠재울 수 있을까?

한동안 생각에 잠겨 있었다. 만약 내게 마술과 같은 힘이 있다면 피상적인 삶의 베일을 벗겨 버리고 환희와 사랑, 향수와 추억으로 묶인 끈을 잘라 버렸을텐데. 절정, 높은 산마루에 올라가 짧게 내뱉는 안도의 한숨. 내가 걸어온 저 길 뒤편에는 온통 뒤얽혀 있는 인간들과의 관계가 있고, 지금 내 앞에는 어떤 절대적인 것, 초인간적인 것의 아름다움이 싸늘하게 펼쳐져 있다. 인생이란 한 순간 한 번의 심호흡에 불과한 것을!

산에서는 종소리가 울려 퍼지고 있었다. 나는 눈을 감았다. 높은 곳에서 아래를 향해 추락하고 있는 듯한 느낌이었다. 육체적 슬픔이 무겁게 엄습해 왔다. 고통으로부터 벗어나고 싶었다. 하지만 나의 상념은 학대 받은 말처럼 뒷발질을 해댔다. 나는 더욱더 깊은 나락으로 굴러 떨어졌다.

잔인할 정도로 피곤한 슬픔이 무겁게 나를 짓눌렀고, 마침내 나는 그것에 굴복하고 말았다. 그것은 나를 괴롭혔고, 잔악한 정복자의 치욕적인 승리를 찬양했다.

추억 속에 깊이 잠겨 있던 내 어린 시절의 정원이 흡사 찢긴 면사포 사이로 훔쳐볼 때처럼 눈앞에 선명하게 나타났다. 부모님과 소년 시절의 첫사랑, 그리고 젊은 날 꽃피웠던 우정. 억눌렸던 시간들 속에서 이 모든 것은 죽은 사람들의 모습처럼 슬펐으며, 그들의 언어는 낯설었고 내게 진지한 질문을 던졌다. 나는 그들의 슬픔을 위로하지 못했으며, 그들의 은혜에 보답하지 못했다. 나는 늘 그들을 거역하기만 했다. 그들은 공허한 추억을 내게 남겨 둔 채 가버리고 말았다.

가슴 깊이 억압된 채 무디어져 있던 가을 분위기는 이별의 고통을 떠올리게 했다. 며칠 동안 계속된 고독한 여행이 끝나고 나면 나는 다시 일상에 묻혀 사람들과 책들, 거짓과 자기 기만의 강요 속에서 삶을 소진해 갈 것이다. 갑자기 쓰라린 삶의 욕구가 내면에서 불타오르기 시작했다. 나는 힘껏 노를 저었다. 앞으로 불쑥 튀어나온 뷔르겐스톡으로 방향을 돌린 다음, 넓은 초원이 펼쳐져 있는 베기스 산맥까지 힘껏 노를 계속 저어 갔다. 아련하게 피로가 밀려왔다. 나는 무엇인가를 끝없이 갈망하고 있었다. 단 며칠 간의 짧은 시간 속에 삶의 자유와 힘을 전부 밀어 넣어 버리고 말겠다는 헛된 자포자기의 욕망이 가슴에서 솟구치고 있음을 느낄 수 있었다. 호수는 너무 공허하고, 산은 너무 잿빛이고, 하늘은 너무 낮았다.

나는 호수 가운데로 헤엄쳐 들어갔다. 두 팔로 수면을 헤치면서 이따금 심호흡을 했다. 그러다가 지치면 수면 위에 드러누워 천천히 헤엄쳤다. 하늘을 바라보았지만 여전히 우울한 기색을 띠고 있었다. 내가 그렇듯 애태우는 그 무엇을 충족시켜 주는 것이 있다면 내 생명까지 바치고 싶은 심정이었다. 나는 헤엄쳐 되돌아왔다. 가을, 이별, 채워지지 않은 빈 가슴을 간직한 채 배에 올랐다.

여행 후 내 마음은 전보다 한결 평온해졌다. 생활의 일상들이 마침내 승리를 거둔 것이다. 나는 습관처럼 몸에 지니고 살아온 슬픔과 절망을 즐기고 있다. 그것은 나름대로 달콤함을 지니고 있다. 나는 이 달콤함과 대화를 나누고 함께 유희를 즐긴다. 마치 가수가 단조로운 검은 현의 하프를 켜듯. 반복되는 일상의 단조로움, 나는 거기에서 어떤 독특한 색조를 찾을 수 있을까? 한 구절의 노래를 찾은 것만도 다행스런 일이 아닐까?

1900년 9월 9일, 비츠나우

낚싯대를 들고 호숫가에 앉아 어제의 슬픈 여운에 잠겨 있자, 불현듯 엘리자베스라는 이름이 입가에서 맴돌았다. 그런데 그녀의 모습을 선명하게 떠올릴 수 없었다. 그 순간 거울 속에 비친 내 자신의 모습을 발견하듯 환상에서 깨어났다. 나는 단테의 「신곡」을 읽고 싶은 충동을 느꼈다. 그리고 당장 바젤로 돌아가고 싶었다.

빌셰(독일의 과학 평론가 : 옮긴이)는 서로 멀리 떨어져서도 사랑을 나눌 수 있다는 비과학적 실례를 내게서 확인할 수 있으리라. 내가 엘리자베스에게 매료당한 것은 그녀의 독특한 옆모습을 본 순간부터였다. 그녀의 목과 이마의 우아한 윤곽은 세련미를 지니고 있었다. 그녀의 옆모습은 정말 인상적이었다. 그녀의 헤어스타일이나 옷매무새, 날씬한 허리 그리고 어여쁜 머리띠 또한 분명히 매력적이었다. 하지만 옆모습의 매력은 좀 특별했다.

사람들이 대가들의 그림을 바라보노라면 그것에 매료당하게 되듯, 나는 그 사랑스런 여인의 아름다운 자태에 반해 버렸던 것이다. 그녀의 육체적 아름다움은 내 추억 속에 선명하게 남아 있다. 그러나 내가 진정으로 사랑했던 여인을 단지 외모로만 판단하는 것은 옳지 않다. 나는 얼마나 그녀의 가냘픈 손을 만져 보고 싶어했던가. 그리고 얼마나 그녀와 대화를 나누고 싶어했으며, 또한 얼마나 그녀의 깊은 눈을 바라보고 싶어했던가!

그 시절의 아름다움은 이제 형체를 알 수 없는 빛이 되어 상념과 욕정 속에서 꿈틀거리고 있을 뿐이다. 하지만 잠시 동안이나마 회의에서 벗어나니 천사의 노랫소리가 들려오는 듯하고, 천국과도 같은 추억의 세계가 내 영혼의 문을 두드리는 듯하다.

그런데 내 영혼은 미소 지으며 헛된 욕망에 들뜬 상념의 교만함과 탄압을 인내하고 있다. 그것은 어두운 베일에 가려져 깊은 내면의 신비를 꿈꾸고 있는지도 모른다. 나의 의식적인 삶은 지금 이 순간 저 내세의 문 앞에서 머뭇거리며 서 있다.

나의 영혼은 아름답고 낯선 언어로 서로에게 버림받은 우리 두 사람의 행복했던 시절에 대해 속삭이고 있다. 그것은 흡사 이국적인 감미로운 향기를 지니고 있는 것 같았고, 한 번도 들어본 적이 없는 멜로디 같았으며, 또한 어떤 즐거운 질문에 대한 흔쾌한 응답 같았다.

아, 나의 영혼이여! 아름답지만 우울하고, 향수를 불러일으키는 위험한 대양이어라! 오색영롱한 영혼의 바다 위를 한없이 탐색하고 애무하고 질문을 퍼부어대면, 바다는 언제나 나를 비웃기라도 하는 양 끝없는 심연으로부터 알 수 없는 수수께끼를 내 앞에 끌어올린다. 마치 태곳적의 장신구 한 점이 침몰되었던 그 시절의 모습을 예감하게 하듯, 조개 껍질들은 헤아릴 수 없이 많은 미지의 세계에 대해 이야기하고 있다.

그곳에 아마 나의 예술이 있을지도 모르는 일이다. 내가 황량한 들판에서 청춘을 헛되이 소모하고 있는 동안 나의 열광적이고 오만한 노래는 깊은 심연 속에서 잠자고 있을 것이다. 아, 그렇듯 풍성하게 넘쳐흘렀던 모든 봄날 밤의 정취를 다시 느낄 수만 있다면! 그 시절의 열광적인 심장의 고동과 환상 그리고 열정적인 포만감에 젖을 수 있다면!

1900년 9월 10일, 비츠나우

1주일 동안 함께 테이블에 앉곤 했던 사람들이 오늘은 거의 눈에 띄지 않는다. 어제 하루가 10년 세월처럼 느껴졌다. 내 책, 내 방, 내 낚싯대, 내 옷, 내 손……. 이 모든 것이 낯설고 내 것 같지가 않다. 예기치 못했던 지난날의 모든 추억이 나를 짓누른다.

오, 지난밤이여! 잠 못 이루던 시간들은 무서운 힘으로 억압해 오는 상념과 억눌린 영혼과의 싸움이었고, 가슴과 가슴을 맞부딪치며 이를 갈며 흐느껴 우는 투쟁이었으며, 절망에서 오는 모든 술책과 잔인함과의 싸움이었다. 삶 깊숙이 새겨진 한계점들, 힘들여 거두어들인 곡식들이 바로 이 순간 유린되고 파괴되었다. 여전히 그것이 꿈만 같다.

슬픔에 지친 우울한 저녁 무렵. 그것은 여태껏 한 번도 본적 없는 고아한 석양이었다. 나는 일찍 잠자리에 들었다. 호수에서는 안개가 피어 오르고 있었고, 가느다란 물결이 규칙적으로 성벽을 두드리고 있는 것이 창문을 통해 보였다. 나는 침대에 누워 하메트슈반트 절벽이 창백한 하늘을 향해 우뚝 솟아 있는 모습을 바라보았다.

그때 나는 오랫동안 형체를 알아볼 수 없었던 투쟁의 시간들이 가차 없이 내게 다가와, 매우 위협적인 자세로 모든 속박의 사슬을 끊어 버리는 것을 느낄 수 있었다.

나의 운명을 새롭게 해준 중요했던 모든 순간, 영원함에 대한 감동, 소박한 본성, 무의식적이고 본능적인 삶의 순간들이 잊혀졌던 추억의 문 앞에 증오심 가득한 무리가 되어 나타났다. 그것의 위협 앞에서 모든 절대 권위와 그것을 떠받들고 서 있던 기둥들이 무너지기 시작했다. 순간 나는 더 이상 아무것도 구제할 수 없을 것만 같았다. 세상 전체가 내 가슴속에서 비틀거렸고, 창백한 궁전과 싸늘하게 경직된 사랑하는 이의 모습들이 파괴되었다. 그러나 나는 이 절망적인 내면의 폭동과 격정의 소용돌이 속에서 그리운 추억과 어린 시절을 떠올렸다.

이런 생각을 할 때마다 깊은 내면으로 쓰라린 고통이 밀려왔다. 그것은 감정을 일그러뜨리고 분열시키는 고문을 가했으며, 그로 인해 나는 오랫동안 괴로움을 당해야 했다. 억누르는 고통 때문에 어쩔 줄 몰라 겁에 질린 아이처럼 되고 말았다.

슬픔이 밀려왔다. 그것은 형언할 수조차 없을 만큼 아픈 고통과 절망으로 몸부림치는 메마른 오열이었다.

밤이 지났으니까 이제는 충분하다! 이제 더 이상 무서운 밤은 오지 않을 것이고, 내게는 더 이상 고통이 없을 테니까. 허탈감에서 오는 무기력 증세, 마치 내면 속에서 무엇인가가 불쑥 튀어 오르면서 신경을 끊어 버린 느낌, 미처 생을 펼치기도 전에 싹이 꺾인 듯한 절망감, 수수께끼처럼 불확실과 난해함이 느껴지는 고통. 나는 확신한다. 아니, 아니야!

내게 절대적 확신을 주는 게 있다. 그것은 나의 청춘이요, 희망이다. 그리고 그것은 무엇이든 최선을 다하는 나의 성실성이다. 하지만 그것들의 덩굴이 꺾어지면 나는 낯선 이방인이 될 것이고 혼돈 속에 머물게 될 것이다.

가을이다.

더 이상 이곳에 머물 수는 없다. 내일은 도시를 떠나야겠다. 빛 바랜 가을 들판에 둘러싸인 쓸쓸하고 적막한 호수, 을씨년스런 산들, 차가운 하늘, 이 모두가 나를 불안하게 한다. 테이블 위에는 플라톤의 책이 놓여 있다. 가엾은 고서! 이제 저 플라톤이 내게 무슨 의미가 있는가?

사람들을 만나고, 시끄러운 자동차 소음을 듣고, 새로운 서적을 접하고 신문을 오려 내며 재빨리 지나가 버리고 마는 삶의 신선하고 풋풋한 향내에 젖어 들어야지. 조그마한 술집에서 밤을 지새우고 싶고, 천박한 여인네들과 이야기를 나누고 싶고, 당구를 치고 싶고, 가치 없는 온갖 것에 몰두하고 싶다. 내가 알지 못했던 즐거움이 어딘가에 존재할 것이다. 또한 내 신경을 격렬하게 흥분시킬 수 있는 자극이 아직 어딘가에 존재할 것이다. 내게 기쁨을 줄 만한 진귀한 책과 매혹적인 음악 또한 어딘가에 있을 것이다.

나는 고통의 순간들을 결코 잊지 못할 것이다. 오, 밤이여! 나는 잠 못 이루는 밤이면 고통의 순간들을 되씹으며 괴로워할 것이다. 고통은 악령처럼 몰래 숨어 지켜보고 있다가 모든 즐거움과 기쁨 속에서 불쑥 나타날 것이다. 즐거움과 고통의 한계가 사라지고, 내 감각들은 찌르는 듯한 고통과 독기 어린 달콤함 속으로 녹아든다. 오늘 밤처럼 고통스러운 날은 다시없을 것이다. 쇼팽의 B단조 프레스토는 섬뜩한 격정을 표현하고 있다. 이 곡은 아주 가냘프면서도 섬세한 운율로 신경을 어루만져 주는가 하면, 난폭할 만큼 빠른 프레스토 박자로 사람들을 절망적인 비애의 번민 속으로 굴러 떨어지게 하고 마침내는 격렬한 육체의 고통마저 안겨 준다.

엘리자베스⋯⋯.

자, 이제는 결심을 하자! 난 아직 젊다. 나는 오래전의 눈부신 환상들을 여전히 간직하고 있으며, 이미 조금은 소비해 버렸지만 오색영롱한 정취에 잠겨 그것을 즐기고 변화시킬 수 있는 능력을 가지고 있다.

 게다가 조금 신중하게 사용하기만 한다면 가벼운 사랑 정도는 연출할 수 있는 영혼의 재산이 남아 있다. 오랫동안 비극적이고 이상주의적이며 절대적 인내를 요구하는 몸짓에 익숙해져 있던 나는 훌륭한 시인의 자질을 갖추고 있다는 자부심을 가져도 될 것이며, 작가로서의 장래 또한 염려하지 않아도 될 것이다. 나는 개인적인 주석 없이 「닐스 리네」(덴마크의 작가 야콥센의 대표작. 유럽의 근대 소설 가운데 가장 완성도 높은 고전으로 꼽는다 : 옮긴이)를 모방하지는 않겠지만, 섬세하기 이를 데 없는 빈 사람을 능가하진 못할 것이다. 빌어먹을! 그럼 뭣 때문에 현대 독일어와 빈 사투리를 배웠던가?

1900년 9월 16일, 바젤

 다시금 내게 다가온 충만과 포만감! 나는 요즈음 책 속에 파묻혀 지내고 있다. 단테의 「신곡」을 읽으면서 틈틈이 호프만과 하이네의 시를 읽기도 하고, 지나치게 기교를 일삼는 게오르게와 서정적 분위기의 호프만 슈탈의 작품을 읽기도 하고, 그것이 지루해지면 야콥 뵈메의 작품을 들여다보기도 한다. 고서 상인에게 경의를 표하는 바이다! 그는 내게 훌륭한 뵈메의 1730년 판본을 구해 주었다. 그 책은 동판화가 삽입된 위버펠트출판사에서 인쇄된 것이다.

이 위대한 독일 철학자가 자신의 신지학(神智學)에 약간의 흥미로운 이야기를 덧붙였더라면 더 좋았을텐데! 이 책에는 독특한 매력을 지닌 내용이 실려 있긴 하지만, 낯선 어조로 표현된 언어들로 씌어져 있기 때문에 그 의미를 이해하기 위해서는 세밀한 언어의 음미가 필요하다. 오늘 읽은 대목 중에서 특히 분노에 대해 묘사해 놓은 구절을 적어 둔다.

"인간은 자신의 내면에 분노를 간직하고 있다. 그것은 하나의 독이긴 하지만 그것 없이는 살아갈 수 없다. 분노는 성신을 움직이게 하고, 환희가 넘쳐흐르게 하며, 승리의 기쁨을 느끼게 하고, 웃음을 자아내게 하는 원초적 힘이기 때문이다. 하지만 그것에 불이 당겨지면 인간 전체를 파멸시키기도 한다. 성신 속에서 나타나는 분노도 이 담즙에서 유래되기 때문이다."

뵈메의 말은 계속된다.

"환희는 분노와 똑같은 감정의 원천을 가지고 있다. 담즙은 인간들에게 매우 유익하다. 그것은 달콤해 일단 발화하게 되면 온몸은 기쁨으로 떨게 되는 것이다. 담즙이 지나치게 많이 분비되어 달콤한 성분이 발화될 때 성신이 즐거움 속으로 끼어들게 되는 것이다."

20년 전, 금발의 어린 소년은 처음으로 독서에 매혹되어 몰두하게 되었다. 책에 온통 정신을 빼앗겨 버린 소년을 지켜보시던 아버지는 글자 읽는 법을 가르쳐 주셨다. 잠시 후 아버지는 책을 덮게 하고는 문자와 서적들의 위대한 세계에 대해 말씀하셨다. 그럼으로써 소년은 알파벳을 알게 되었고, 인간이 살아 있는 동안 아무리 열심히 책을 읽는다고 해도 이 세계의 1천 분의 1도 제대로 알지 못하리라는 점을 깨닫게 되었다. 그 당시 아버지는 너무 많은 책을 읽으셨던 탓인지 머리가 희끗희끗했고, 때때로 고통으로 일그러지는 이마 위에는 수많은 서적의 훌륭한 내용들이 축적되어 있는 것처럼 보였다.

20년! 그후 나는 문자 세계의 거대한 영역을 파헤쳤고, 대부분 잊혀져 쓸모없이 되어 버린 고서들을 찾아내어 뒤적이곤 했다. 그러나 지금까지 내게 감동을 준 훌륭한 말들을 다 모은들 기껏해야 열 권 정도밖에는 되지 못한다. 나는 꼭 갖고 싶은 고서가 몇 권 있다. 그것들을 손에 넣게 되면 흥분을 감출 수 없을 것이다. 그것은 이미 내 손아귀 속에 들어온 나비와 진배없다. 즐거움은 한순간의 만족스러운 광휘에 지나지 않는다. 오직 남는 게 있다면 책 제목과 아직 채워지지 않은 목록 속의 여백일 뿐이다.

날짜 미상, 바젤
어제 저녁, 나는 콘서트홀에서 나오는 청중들을 보려고

카지노에서 기다리고 있었다. 날씨는 차가웠고 비까지 뿌렸다. 이윽고 사람들이 쏟아져 나왔다. 2층 관람석의 계단에서 낯익은 얼굴들 사이로 엘리자베스의 모습이 나타났다. 그녀는 천천히 계단을 내려와 일행과 함께 군중 속으로 사라져 버렸다. 그녀가 계단 위에서 아름다운 모습을 드러냈을 때 나는 이상한 기분이 들었다. 마치 내가 아름다운 고대 소설 속에 나오는 비련의 남자 주인공이 된 느낌이었다.

휘황찬란한 연회의 홀 앞에 남자 주인공이 비를 맞고 서 있다. 아름답게 치장한 연인이 축복 받은 동행자와 농담을 주고받으며 자신의 곁을 스쳐 지나는 것을 그는 물끄러미 바라볼 뿐이다. 그는 고통으로 일그러진 이마를 감추려는 듯 모자를 깊이 눌러쓴다. 그의 잿빛 외투가 바람에 나부낀다. 그의 두 눈은 모멸감으로 번뜩이고 입술은 사랑의 고통과 슬픔으로 일그러져 있다. 그는 몸을 돌린다. 그러고는 모자를 치켜 올려 헝클어진 머리카락을 쓸어 올린다. 비가 난무하는 밤안개 속으로 그의 모습도 점차 사라지고 있다.

나는 술집 '어부의 오두막'의 마담 부저를 찾았다. 그녀는 진열된 술병들 가운데서 달콤한 것을 가져왔다. 이 기분 좋게 만드는 성향에 대해 담즙이 반대 반응을 일으키자, 나는 가련한 뵈메의 거짓말을 책망했다. 나는 그곳에서 헤세와 오랜 시간 이야기를 나누었다. 그는 날 비난하고 야유했다. 한동안 그러고 나자 그는 만족해하는 듯했고 나 역시 그랬다. 결국 이 착한 친구는 비틀거리는 집들과 왈츠를 추는 가스등의 온갖 위험을 무릅쓰고 나를 집까지 바래다 주었다.

날짜 미상, 바젤

내 젊은 시절 친구였던 엘렌트엘레가 튀빙겐의 '발피쉬'에서 권총으로 자살한 끔찍한 일만 없었더라면, 우리의 모임에 들어올 것을 권유했을 텐데. 우리 세 사람은 '탈선자 클럽'을 창립했다. 회원이 세 명밖에 안 되는 작은 모임이긴 하지만, 바젤이란 도시에서는 그 이상의 회원을 바랄 수는 없을 것 같다.

날짜 미상, 바젤

헤세는 나보다 훨씬 티크에 능통하면서 내게 티크에 대한 논문을 써보라고 한다. 이 동화 작가와 나는 유사한 점이 많았다. 우리 두 사람은 예민한 감수성을 지니고 있었고, 유연성이 결여되어 있었으며, 일시적이고 이성적인 것 그리고 애매모호한 것이나 한순간 번뜩이다가 소멸되는 섬광 같은 것, 불확실한 것에 집착하는 경향이 있었으며, 끝없이 용솟음치는 상상력의 소유자들이었다. 또한 우리 둘은 음악적 취향이 비슷했으며, 고정된 원리 원칙을 배척했고, 예술에 있어서 아이러니를 강조했다.

날짜 미상, 바젤

오, 일상의 반복, 나의 고독한 보헤미안이여!

날짜 미상, 바젤

술 마시는 일은 더 이상 지속되지 않을 것이다. 나는 이따금 구석진 좁은 자리에 앉아 하라우어를 마시면서 뵈메의 『그리스도로 가는 길』을 뒤적이곤 한다. 책을 읽는 동안 그 특유의 방랑 생활에 매력을 느낄 때가 있다.

"나 그대에게 경고하노라"라고 이 신지학자는 말을 시작하고 있다. 또 이런 말들도 있다.

"그대 진실성 없이 위대한 신의 이름을 부르지 말라. 그것은 신의 분노가 그대의 영혼 속에서 불타오르지 않게 하기 위함이니라. 갱생의 길을 걷고자 하는 진지한 의도가 없다면 기도할 때 위에서 한 말들을 절대 해선 안 된다. 그렇지 않으면 그 말들은 그대의 마음속에서 신의 심판을 받게 할 것이다."

이 경건한 현자의 말은 옳다. 하나 그의 말은 나처럼 세속적인 독자를 슬프게 하고 절망에 빠지게 한다. 그의 말 한 마디 한 마디는 보이지 않는 힘과 영감과 믿음을 지니고 있기 때문이다. 그것을 읽고 있으면 나의 마음은 온통 선망과 향수로 넘쳐흐른다.

날짜 미상, 바젤

여행을 떠나고 싶다. 그날 밤 나는 젊은 시절을 꿈꾸었다. 나의 청춘은 푸른 산으로 둘러싸인 아득히 먼 나라에 살고 있었다. 낯익은 아름다운 여인이 피아노 앞에 앉아 오랑캐꽃 다발로 쇼팽의 「야상곡」을 연주하고 있었다. 그녀는 향수병을 앓고 있는 날개 다친 사람들만이 이해할 수 있는 노래를 부드러운 박자로 연주했다. 노래는 은밀하게 번뇌 속으로 스며들어 영혼을 말끔하게 씻어 주었다. 나는 오랫동안 먼지 속에 방치해 두었던 바이올린을 끄집어내 가볍게 현을 뜯어 보았다. 낡은 갈색 악기에서 흘러나오는 부드럽고 수줍은 멜로디에 맞추어 내 잃어버린 청춘은 은근한 저음으로 노래를 부르고 있었다.

생애 마지막 고양이 푸름이와
함께 즐기는 헤세(1961)

헤르만 헤세 연보

1877년

7월 2일 독일 남부 뷔르템베르크주의 소도시 칼브에서 아버지 요하네스 헤세의 맏아들로 태어남. 요하네스 헤세는 에스토니아 태생의 선교사로서, 출판 사업을 하는 한편 신교전도출판협회의 지도자. 어머니 마리아 군데르트는 저명한 인도학자인 헤르만 군데르트의 딸로 인도에서 출생, 요하네스 헤세와의 결혼은 두 번째 결혼이었음. 헤세의 형제로는 두 살 위의 누나, 세 살 아래의 여동생, 다섯 살 아래의 남동생과 어머니가 첫 결혼에서 낳은 형이 둘 있음.

1881년(4세)

부모와 함께 스위스 바젤로 이주.

1883년(6세)

전에는 러시아 국적이었으나 스위스 국적을 취득.

1886년(9세)

다시 칼브로 돌아와 초등학교에 입학.

1889년(12세)

2월 바이올린을 배움.

12월 처음으로 시를 씀.

1890년(13세)

괴팅겐에서 라틴어 학교에 다니며 뷔르템베르크 지방 시험을 준비. 헤세는 스위스 국적을 포기하고, 아버지 요하네스는 뷔르템베르크 주정부로부터 시민권을 취득.

1891년(14세)

7월 주정부 시험에 합격.

9월 마울브론 신학교에 입학하여 기숙사 생활을 시작.

1892년(15세)

2월 이때 이미 시인 이외는 아무것도 되고 싶지 않다고 생각하여 신학교에서 도망.

5월 결국 신학교를 자퇴.

6월 자살을 기도하나 미수에 그치고 슈테텐 정신 병원에서 9월까지 요양.

11월 칸슈타트 고등학교 입학.

1893년(16세)

10월 칸슈타트 고등학교 퇴학. 에스링겐의 서점에서 견습 점원으로 일하지만 3일 만에 그만둠. 아버지의 신교 전도 출판 일을 도움.

1894년(17세)

6월 칼브에 있는 시계 공장의 견습공이 되어 다음해 9월까지 일함.

1895년(18세)

10월 튀빙겐의 헤켄하우어 서점에 견습 점원으로 취직. 이때부터 산문을 쓰기 시작.

1898년(21세)

10월 견습을 끝내고 정식 점원이 되며 첫 번째 시집 『낭만의 노래(*Romantische Lieder*)』를 자비 출판.

1899년(22세)

6월 산문집 『한밤중 후의 한 시간(*Eine Stunde hinter Mitternacht*)』 출간.

9월 스위스 바젤로 이주하여 라이히 서점에서 서적 분류 조수로서 1901년까지 근무. 「고슴도치(*Schweingel*)」라는 습작 소설을 썼으나 원고를 분실.

1900년(23세)

1월 『스위스일반신문』에 기사와 서평을 쓰기 시작하여 신문에 실림. 이무렵 「얼음 위에서(*Auf dem Eise*)」를 집필.

12월 『헤르만 라우셔의 유작과 시(*Hinterlassene Schriften und Gedichte von Hermann Lauscher*)』를 출간.

1901년(24세)

3~5월 플로렌스, 제노바, 피사, 베네치아 등 처음으로 이탈리아를 여행.
8월부터 1903년 봄까지 바젤의 바텐빌 고서점에서 근무.

1902년(25세)

4월 어머니가 세상을 떠남. 이해에 발표한 『시집(*Gedichte*)』을 어머니에게 헌정. 바젤의 목사 딸 엘리자베트를 사랑함.

1903년(26세)

4월 서점 점원 생활을 그만두고 집필에만 몰두. 베를린의 피셔 출판사로부터 집필을 의뢰받고 쓴 소설 「페터 카멘친트(*Peter Camenzind*)」를 탈고. 두 번째로 이탈리아 여행을 함.
5월 아버지의 반대를 무릅쓰고 아홉 살 연상인 피아니스트 마리아 베르누이와 약혼.

1904년(27세)

2월 『페터 카멘친트』가 출판되자 호평을 받고 일약 명성을 얻게 되며 '비엔나 농민상'을 수상.
4월 『보카치오(*Boccaccio*)』와 『프란츠 폰 아시시(*Franz von Assisi*)』 출간.
8월 마리아 베르누이와 결혼하고 보덴 호수 근교의 가이엔호펜에 농가를 빌려 살며 집필 활동에 전념.

1905년(28세)

10월 『수레바퀴 아래서(*Unterm Rad*)』를 피셔 출판사에서 출간.
12월 장남 브루노 탄생. 이해에 「추억(*Erinnerungen*)」을 집필.

1906년(29세)

여름 이탈리아를 여행.

10월 빌헬름 2세의 권위에 도전하는 진보적인 주간지 『3월(März)』의 창간에 참여하여 공동 편집자로 1912년까지 활동. 이해에 「어느 소년의 편지(Brief eines Junglings)」 「사랑(Liebe)」 집필.

1907년(30세)

봄 가이엔호펜에 집을 짓고 이사.

4월 중 · 단편집 『이 세상(Diesseits)』 출간. 이해에는 정원 일에 열중하는 한편, 「사랑의 희생(Liebesopfer)」을 발표하고 「그 여름의 저녁(An jenem Sommerabend)」을 집필.

1908년(31세)

10월 단편집 『이웃 사람들(Nachbarn)』 출간. 이해에 「인생의 권태(Taedium Vitae)」 발표.

1909년(32세)

3월 둘째아들 한스 하이너 탄생.

11월 스위스의 취리히, 독일, 오스트리아 등으로 강연 여행. 이해에 「한스 디어람의 수업 시대(Hans Dierlamms Lehrzeit)」 발표.

1910년(33세)

가을에 『게르트루트(Gertrud)』 출간.

1911년(34세)

7월 시집 『도중에서(Unterwegs)』 출간.

9월 셋째아들 마르틴 탄생.

9~12월 화가 한스 슈투르첸에거와 인도, 말레이시아, 수마트라 등 아시아를 여행. 가정 생활의 파탄을 막기 위해 연말에 귀국.

1912년(35세)

9월 독일을 떠나 가족과 함께 스위스 베른 교외로 이주하여 친구이자 화가인 알베르트 벨티가 살던 집으로 이사한 후 평생 스위스에서 살게 됨.
단편집 『우회로(*Umwege*)』 출간.

1913년(36세)

봄에 동방 여행기 『인도에서. 인도 여행의 기록(*Aus Indien. Aufzeichnungen einer indischen Reise*)』 출간.

3~4월 이탈리아 여행. 이해에 「회오리바람(*Der Zyklon*)」 발표.

1914년(37세)

3월 결혼 문제를 주제로 한 장편 소설 『로스할데(*Roßhalde*)』 출간.

7월 제1차 세계대전이 발발하자 자원 입대하려 8월에 징병 검사를 받지만 복무 부적격 판정을 받음.

11월 『뉴취리히신문』에 논설 「오, 친구들이여, 제발 그렇지 않은 어조로」를 게재하여 커다란 반향을 불러일으킴. 연말에 시집 『고독한 자의 음악(*Musik des Einsamen*)』 출간.

1915년(38세)

7월 『크눌프. 크눌프 삶의 세 가지 이야기(*Knulp. Drei Geschichten aus dem Leben Knulps*)』 출간. 이해 여름부터 1919년까지 베른 주재 독일공사관에 설치된 '독일포로후생사업소'에서 일함.

8월 로맹 롤랑이 내방한 이후 평생 친교를 맺음.

10월 『뉴취리히신문』에 「다시 독일에서」를 게재. 헤세는 자신의 평화주의를 굽히지 않고 독일, 스위스, 오스트리아의 신문 · 잡지에 전쟁을 비판하는 내용의 정치 기사와 호소문 및 공개 서한 등을 발표함으로써 독일 국민에게 반감을 사 '매국노' '병역 기피자'라는 비난을 받음. 한편 독일의 신문 · 잡지에서는 그의 글을 싣기를 거부함. 이해에 단편집 『길가에서(*Am Weg*)』와 『청춘은 아름다워라(*Schön ist die Jugend*)』 출간.

1916년(39세)

1월 『독일전쟁포로신문 일요판』, 『독일전쟁억류자신문』의 편집에 종사. 다시 징병 검사를 받지만 불합격.

3월 아버지 세상을 떠남. 아내의 정신 분열증이 악화하고 셋째아들 마르틴은 병에 걸려 입원.

4~5월 심각한 신경 쇠약에 시달려 카를 구스타프 융의 제자인 랑 박사에게 정신 요법 치료를 받음. 수채화를 그리기 시작.

1917년(40세)

12월 '독일인 전쟁 포로를 위한 문고'를 설립하여 1919년까지 22권의 소책자를 출판. 시대 비판적 출판을 중지하라는 경고를 받고 에밀 싱클레어라는 가명으로 신문과 잡지를 간행.

1918년(41세)

『수채화가 있는 시집』을 제작·판매하여 전쟁 포로 위문 자금을 만듦. 이해에 「사랑할 수 있는 사람은 행복하다(*Wer lieben kann, ist glücklich*)」가 수록된 「마르틴의 일기에서(*Aus Martins Tagebuch*)」를 집필.

1919년(42세)

1월 『차라투스트라의 귀환. 어느 독일인이 독일 젊은이에게 보내는 한마디(*Zarathustras Wiederkehr. Ein Wort an die deutsche Jugend von einem Deutsche*)』를 익명으로 발표했다가 다음해에 실명으로 출간.

4월 전쟁 포로를 원조하는 일을 끝냄.

5월 가족과 헤어져 혼자 스위스 테신의 몬타뇰라로 옮겨 가 1931년까지 카무치 별장에 거주하는 한편 국적도 스위스로 바꾸고 재출발을 시도. 수채화에 열중함.

6월 『데미안. 한 젊음의 시적 이야기(*Demian. Die Geschichte einer Jugend*)』를 에밀 싱클레어라는 익명으로 출간하여 호평을 받고 신인으로 오해를 받고 '폰타네 문학상'을 수상. 하지만 다음해 9판부터 실명을 밝히며 이상을 되돌려 줌. 『작은 정원(Kleiner Garten)』 『동화집(Märchen)』 출간.

7월 가수 루트 벵어를 알게 됨.

10월 R. 볼테레크와 공동으로 월간지 『비보스 보코(Vivos voco)』를 창간하여 발행.

1920년(43세)

1월 바젤에서 첫 번째 수채화 개인전을 엶.

2월 테신주로부터 거주 허가증을 받음.

5월 세 편의 단편 소설을 엮은 『클링조르의 마지막 여름(Klingsors letzter Sommer)』 출간.

10월 수채화를 곁들인 여행 소설 『방랑(Wanderung)』과 색채 소묘를 곁들인 시집 『화가의 시들(Gedichte des Malers)』, 도스토예프스키에 대한 에세이인 『혼돈을 들여다보기(Blick ins Chaos)』 출간.

11월 로맹 롤랑 내방.

1921년(44세)

2월과 5월 창작 위기를 맞아 융에게서 정신 분석을 받음.

6~7월 루트 벵어 집을 방문. 그녀의 아버지가 루트와의 결혼을 강요.

8월 아내와 이혼에 대해 거론. 『시선집(Ausgewählte Gedichte)』과 『테신에서 그린 수채화 11점(Elf Aquarelle aus dem Tessin)』 출간.

1922년(45세)

1월 에밀 노르데와 수채화 전시회를 엶.

5월 T. S. 엘리엇 내방.

9월 「픽토르의 변신(Piktors Verwandlungen)」 집필.

10월 '인도의 시'라는 부제가 붙은 소설 『싯다르타(Siddhartha)』 출간.

1923년(46세)

7월 4년 전부터 별거중이던 부인 마리아와 이혼.

9월 취리히 근교의 바덴 온천에서 좌골 신경통 치료 후 해마다 온천을 찾음. 이해에 『싱클레어의 수첩(*Sinclairs Notizbuch*)』 출간.

1924년(47세)

1월 루트 벵어와 결혼.

11월 베른주 시민권 취득.

1925년(48세)

봄 『요양객(*Kurgast*)』 출간.

11월 시 낭독을 위해 독일의 뮌헨, 아우구스부르크, 뉘른베르크 등을 여행. 이해에 「카사노바(*Casanova*)」를 집필하고 루트 벵어에게 바친 사랑의 동화 「픽토르의 변신」 발표. 베를린의 피셔출판사에서 단행본으로 된 『헤세 전집』을 출간하기 시작함.

1926년(49세)

1월 정신 분석 재개.

2월 여행기 『그림책(*Bilderbuch*)』 출간. 여류 예술사가 니논 아우스랜더와 친교.

11월 프로이센 예술아카데미 회원으로 선출됨.

1927년(50세)

1월 부인 루트가 이혼을 원함.

4월 『뉘른베르크 여행(*Die Nürnberger Reise*)』 출간.

5월 두 번째 부인 루트 벵어와 합의 이혼.

6월 히피들의 성서가 된 『황야의 이리(*Der Steppenwolf*)』 출간.

7월 쉰 번째 생일을 기념하여 후고 발이 집필한 『헤르만 헤세. 그의 생애와 작품(*Hermann Hesse. Sein Leben und sein Werk*)』이 출간됨. 여름에 니논 아우스랜더와 만남.

1928년(51세)

3월 니논과 독일 여행.

4월 시집 『위기. 일기 한 토막(*Krisis. Ein Stück Tagebuch*)』 출간. 여름에 수필집 『관찰(*Betrachtungen*)』 출간.

1929년(52세)

1월 시집 『밤의 위로(*Trost der Nacht*)』 출간. 여름에 산문 『세계 문학의 도서 목록(*Eine Bibliothek der Weltliteratur*)』 출간.

1930년(53세)

7월 『나르치스와 골드문트(*Narziß und Goldmund*)』 출간.

11월 프로이센 예술 아카데미 탈퇴.

1931년(54세)

여름에 「싯다르타」「어린이의 영혼」「클라인과 바그너」「클링조르의 마지막 여름」을 한데 엮은 소설집 『내면에의 길(*Weg nach innen*)』 출간.

7~8월 카무치 별장을 떠나 친구가 몬타뇰라에 지어 준 '헤세 저택'으로 옮겨 가 세상을 떠날 때까지 이 집에 살게 됨.

11월 평생의 반려자가 되는 니논 아우스랜더와 결혼.

1932년(55세)

『동방 순례(*Die Morgenlandfahrt*)』 출간. 이해부터 「유리알 유희(*Glasperlenspiel*)」를 집필하기 시작하여 1943년 완성.

1933년(56세)

1월 나치스가 제1당이 되고 히틀러가 독재 정권을 장악하나 헤세는 나치즘과 유대인 박해에 반대.

3월 브레히트, 토마스 만, 로맹 롤랑 등이 내방. 이해에 단편집 『작은 세계(*Kleine Welt*)』 출간.

1934년(57세)

시선집 『생명의 나무에서(*Vom Baum des Lebens*)』 출간. 스위스 작가 협회 회원이 됨. 페터 주르캄프가 피셔출판사와 함께 인수한 『디 노이에 룬트샤우(Die Neue Rundschau)』에 「유리알 유희」를 발표하기 시작.

1935년(58세)

2월 중·단편집 『우화집(Fabulierbuch)』 출간.

11월 동생 한스 자살.

1936년(59세)

3월 스위스의 가장 권위 있는 문학상인 '고트프리트 켈러상' 수상.

9월 전원 시집 『정원에서 보낸 시간(Stunden im Garten)』 출간.

1937년(60세)

2월 『신시집(Neue Gedichte)』을 출간함. 이해에 『기념첩(Gedenkblätter)』과 시구로 씌어진 회상기 『불구 소년(Der lahme Knabe)』을 출간.

1938년(61세)

스위스에서 망명자를 위해 진력함.

1939년(62세)

제2차 세계대전 발발. 헤세의 작품은 독일에서 '원치 않는 문학'이 되어 작품이 출판되는 데 필요한 종이 사용이 금지됨. 『수레바퀴 아래서』 『황야의 이리』 『관찰』 『나르치스와 골드문트』 『세계 문학의 도서 목록』 등을 더 이상 독일에서 발행할 수 없게 됨. 히틀러 집권 12년 동안 481권의 문고본만 판매됨. 주르캄프와의 합의 하에 단행본으로 된 『헤세 전집』을 스위스 취리히에 있는 프레츠 & 바스무트출판사에서 계속 간행키로 함.

1942년(65세)

최초의 시 전집 『시집(Die Gedichte)』이 취리히에서 출간됨.

1943년(66세)

11월 최후의 대작 『유리알 유희』가 스위스에서 두 권으로 출간됨.

1944년(67세)

비밀 경찰이 헤세 작품의 독일 출판업자인 페터 주르캄프를 체포.

1945년(68세)

제2차 세계대전이 종전됨. 단편과 동화를 모은 『꿈의 흔적(*Traumfährte*)』 출간. 가을에 시집 『꽃피는 가지(*Der Blütenzweig*)』 출간.

1946년(69세)

8월 독일 프랑크프르트시에서 수여하는 '괴테상' 수상.

9월 '노벨 문학상' 수상.

12월 전쟁과 정책에 관한 수상집인 『전쟁과 평화(*Krieg und Frieden*)』를 취리히에서 출간한 후 독일의 주르캄프 출판사에서 헤세의 작품을 다시 간행하게 됨.

1947년(70세)

7월 고향인 칼브의 명예 시민이 됨. 베를린 대학에서 명예 박사학위를 받음.

1949년(72세)

누나 아데레 사망. 『테신의 수채화』 출간. 회상집 『겔바스아우』 출간.

1950년(73세)

7월 실스마리아에 체류. 이곳이 마음에 들어 매년 여름이면 머묾. 브라운슈바이크시의 '빌헬름 라베 문학상' 수상.

1951년(74세)

3월 『후기 산문(*Späte Prosa*)』과 『서간 선집(*Briefe*)』을 주르캄프에서 출간.

1952년(75세)

5월 75세 탄생일을 기념하여 여섯 권으로 된 『전 작품집(*Gesammelte Dichtungen*)』이 출간됨.

7월 75세 생일 축하 모임이 독일과 스위스의 각지에서 열림. 이때의 축사와 강연이 『헤세에의 감사』로 출간됨. 가을에 『두 개의 목가』 출간. 이 해에 네프코프가 지은 『헤르만 헤세. 전기 1952(*Hermann Hesse.*

*Biographie 1952)』*가 출간됨.

1954년(77세)

4월 '서독 평화 공로상' 수상.

5월 『픽토르의 변신』과 『헤르만 헤세와 로맹 롤랑의 서신 교환집(*Brief-wechsel : Hermann Hesse-Romain Rolland*)』 출간.

1955년(78세)

10월 회고록 『과거를 불러내다』 출간. 독일서적협회의 '평화상' 수상. 니논에게 헌납한 후기 산문집 『주문(呪文, *Beschwörungen*)』 발표.

1956년(79세)

바덴뷔르템베르크 지방의 독일예술발전협회에 의해 '헤르만 헤세상' 재단이 설립됨.

1957년(80세)

5~10월 실러국립박물관에서 헤세전 개최.

7월 80세를 맞아 『전 작품집』 여섯 권을 『전 저작집(*Gesammelte Schriften*)』으로 이름을 바꾸고 일곱 권으로 증보하여 출간.

1961년(84세)

네 번째 시선집 『단계(*Stufen*)』 출간. 12월 백혈병이 위험한 상태가 되지만 회복.

1962년(85세)

7월 몬타뇰라의 명예 시민이 됨. 85세 생일에 많은 선물과 900통이 넘는 축복의 편지를 받음.

8월 8일 밤, 침대에서 모차르트의 피아노 소나타를 들음.

8월 9일 아침, 자택에서 잠자던 중 뇌출혈로 세상을 떠남.

8월 11일 몬타뇰라의 성 아본디오 교회 묘지에 매장됨.

먼 옛날의 향수처럼 다가오는 헤세

독일의 낭만주의 작가 헤르만 헤세는 젊은 시절 한때 문학을 꿈꾸던 젊은이들을 감동의 홍수 속에 빠뜨려 뜬눈으로 지새우며 가슴앓이를 하게 했던 작가이다.

1877년 개신교 선교사인 아버지 요하네스 헤세와 인도학자의 딸로 인도에서 성장한 어머니 마리 군데르트 사이의 맏아들로 남부 독일의 작은 도시 칼브에서 태어나 1946년 '노벨 문학상'과 '괴테상'을 수상하고, 「데미안」 「수레바퀴 아래서」 「크눌프」 등의 주옥같은 작품을 통해 독일뿐 아니라 세계적 문호로 기억되는 헤르만 헤세는 1962년 스위스에서 생을 마칠 때까지 참으로 격렬한 인생을 산 작가이다.

그는 운명적으로 끊임없이 동양과 서양의 양면적 영향을 받으면서 자라났다. 한때는 신학생으로, 방랑아로, 시계 공장 견습공으로, 서점 점원으로 젊은 시절을 불안과 수많은 대립 사이에서 흔들리는 인생을 살다가 스물일곱 살이 되어서야「페터 카멘친트」를 발표하고 작가로서의 첫 성공을 거두었다.

헤세의 작품에서는 그의 삶 자체에서 나오는 일상의 발현이 자연스럽게 표현되어 작품 전반에 걸쳐 자연과 인간을 사랑하며 자유와 낭만을 추구하는 젊은이들의 방황과 좌절, 사랑과 고독 그리고 애절한 그리움과 향수의 색채가 진하게 묻어 나온다.

헤르만 헤세의 최초의 산문집과 단편집을 함께 담고 있는 특이한 구성의 이 책은 그가 스물두 살 되던 해에 출간한 것으로「제1부 한밤중 후의 한 시간」「제2부 노발리스」「제3부 헤르만 라우셔」 등 총 3부로 구성되어 있으며, 시간적인 흐름에 따라 젊은 헤세의 삶의 모습과 내면 세계가 자연스럽게 표현되어 있을 뿐 아니라 문학의 길로 향하는 헤세의 열정이 한껏 담겨 있다.

특히「제1부 한밤중 후의 한 시간」은 튀빙겐 시절 20대 초반의 젊은 헤세의 고독과 방황, 그리움 , 향수 그리고 사랑이 추억의 형상 속에 잔잔하게 그려져 있다. 우리에게 잘 알려진 시인 릴케는 이 산문집에 대해 "헤세의 경외감은 솔직하고 심오하며, 헤세의 사랑은 위대하며, 그리고 모든 사랑의 감정은 경건하다"라고 높이 평가했다. 「제2부 노발리스」는 최초의 산문집을 쓰고 난 2~3주 후 쓴 단편으로 낭만적 시풍의 시인 노발리스의 시집이 헤세의 손에 들어오기까지의 이야기가 젊은 헤세의 가슴 아픈 사랑 이야기와 함께 담겨 있으며, 「제3부 헤르만 라우셔」는 헤르만 라우셔의 유고집과 시 문학을 헤르만 헤세가 재편집한 것으로, 여기에 담긴 다섯 편의 작품은 작가의 진실한 모습을 잘 나타내고 있다.

이 책에 실린 헤세의 젊은 시절 작품들은 헤세 문학의 핵심이 되는 모티프들을 담고 있다.

"나의 시 문학은 밤과 꿈 그리고 아름다운 고독으로 가는 일상 세계의 골짜기와 폭풍으로부터의 물러섬이었다."

헤세가 서문에서 이렇게 밝히고 있듯이 산문에 담아 낸 진솔한 자기 고백은 그의 문학 세계의 일면을 드러내고 있으며 그의 후기 작품의 시와 소설을 보다 잘 이해할 수 있는 초석이 되고 있다.

이 책에서 우리는 자신을 찾아가기 위해 끊임없이 고뇌하며 노력하는 젊은 헤세의 고독과 방황, 슬픔과 사랑 그리고 손에 닿을 수 없는 것에 대한 그리움을 만날 수 있으며, 그것은 곧 오늘날 21세기 정보 사회를 살아가는 젊은이들도 근원적으로 앓고 있는 열병이라 할 수 있다. 모든 정보 통신이 고도로 발달되어 있지만 늘 고독하고 단지 네트워크 속에 연결되어 있을 때만 안도할 수밖에 없는 현대인들에게 이 책은 마치 먼 옛날의 향수처럼 다가와 위안을 준다.

2005년 4월 김양훈

헤르만 헤세 환상단편집 2

| 초판 인쇄 2005년 5월 3일 | 초판 발행 2005년 5월 10일 | 지은이 헤르만 헤세 | 옮긴이 김양훈 | 펴낸이 임용호 | 편집 민성원 · 임윤빈 | 펴낸곳 도서출판 종문화사 | 인쇄 삼신 문화사 | 제본 우성제본 | 출판 등록 1997년 4월 1일 제22-392 | 주소 서울시 종로구 통의동 35- 24 광업회관 3층 | 전화 (02)735-6891 · 3 팩스 (02)735-6892 | E-mail jongmhs@unitel.co.kr | 값 9,800원 | ⓒ 2005, Jong Munhwasa printed in Korea | ISBN 89-87444-36-8(세트) 89-87444-39-2 04850 | 잘못된 책은 바꾸어 드립니다.

* 이 책은 인하대학교의 지원으로 번역 · 출간되었습니다.